诗歌王子 海子
200cm×150cm
油画
2006 贺洪志

从明天起，做一个幸福的人

海子经典诗全集

（上）

海子　著

江苏人民出版社

图书在版编目（CIP）数据

从明天起，做一个幸福的人：海子经典诗全集：全二册 / 海子著. -- 南京：江苏人民出版社, 2019.3

ISBN 978-7-214-23095-9

Ⅰ. ①从… Ⅱ. ①海… Ⅲ. ①诗集 – 中国 – 当代 Ⅳ. ①I227

中国版本图书馆CIP数据核字(2019)第003372号

书名	从明天起，做一个幸福的人 海子经典诗全集（上）
著者	海子
责任编辑	卞清波
装帧设计	凤凰含章
出版发行	江苏人民出版社
出版社地址	南京市湖南路 1 号 A 楼，邮编：210009
出版社网址	http://www.jspph.com
印刷	北京鑫海达印刷有限公司
开本	880 mm × 1230 mm 1/32
印张	13
字数	83.2 千字
版次	2019 年 3 月第 1 版 2019 年 3 月第 1 次印刷
标准书号	ISBN 978-7-214-23095-9
定价	108.00 元

目录

1985

1986

1987

1988

1989

散佚作品

东方山脉

三角洲和碎花的笑
一起甩到脑后
一块大陆在愤怒地骚动
北方平原上红高粱
已酿成新生的青春期鲜血
养育火红的山冈成群
像浪
倾斜着地平线和远岸的大陆架
将东方螺的传说雕成圆锥形
这里，道道山梁架住了天空

让大川从胸中涌出
让头顶长满密林和喷火口
为了光明
我生出一对又一对
深黑的眼睛和穴居的人群
用雪水在石壁上画了许多匹野牛
他们赶着羊就出发了
手中的火种发芽

和麦粒一道支起窝棚
后来情歌在平坦的地方
绘出语法规则
绘成村落
敲击着旷野

即使脚下布满深谷
即使洪水淹没了我的兄弟
即使姐妹们的哭泣
升到天上结成一个又一个响雷
即使东方的部落群没有写进书本
因而只在孩子琥珀色眼珠里丛生
根连着根
像野草一样布满荒原
即使旗帜迟迟没有
从那方草坪上升起
因而文字仿佛艰涩
历史仿佛漫长

我捞起岛屿
和星星般隐逸的情感
我亲吻着每一座坟头
让它们吐出桑叶
在所有的河岸上排成行
划分着大江流向

划分着领土
我把最东方留给一片高原
留给龙族人
让他们开始治水
让他们射下多余的太阳
让他们插上毛羽
就在那面东亚铜鼓上出发

会有的，会的，
会有鹭鸶和青草鱼一样的龙舟
会有创造的季节
请放出鸥群
和关在沼地里的绿植被
把伏向小河的家乡丘陵拉直
列队，由北压向南
由西压向东

把我的岩石和汉子的三角肌
一同描在族徽上吧
把我的松涛联成火把吧
把我的诗篇
在哭泣后反抗的夜里
传往远方吧
让孩子们有一本自己的历史书
让我去拥抱世界

农耕民族

在发蓝的河水里
洗洗双手
洗洗参加过古代战争的双手
围猎已是很遥远的事
不再适合
我的血
把我的宝剑
盔甲
以至王冠
都埋进四周高高的山上
北方马车
在黄土的情意中住了下来

而以后世代相传的土地
正睡在种子袋里

小山素描（两首）

上山的孩子

（一）

野草和碎石
在我诞生之前
就在这里布置了几道山梁
让鲜花枯萎
把庄稼和村子远远推开
只让人们从远处看
在远处称赞自己

一个男孩
因为自己的年龄和一个故事
来到山口
他要用脚去测量群山的坡度和距离
因而他在一个晚上长大
那时他使一群狼
认识到什么是人
什么是男子汉
我就是男子汉
累了，我靠着群山
看着太阳升起又落下
看着主峰放出一只只小雀在天空打旋

留下的声音安慰着不平的山路
和山路上的虫子
我的愿望是在最高的峰顶
放一块石头
我要参加山的创造

（二）

我喜爱山岗
山岗就是山岗
总要窒息道路的伸展
但不使人胆怯
我向着青山就是向着母亲
弓着腰
让地母的支撑
对抗惯性和风的力量
就这样
兜满黄昏的风
裤管正奋力托举一枚太阳
在山腰上升
是我年轻的脸
于是，我把呼吸呼成光芒
向周围扩散热气

一道细泉朝我跑来
我把清凉的旋律揉进我的思索

我更加深信
有水的地方
就有青草和果实
就应该有村庄
中午，我成了这村庄的主人

恋歌

你们年轻
小伙子，姑娘
在高度挽留你们的地方
你们却用热恋中的目光
在荆丛中描出一条路
你们还用情歌
将我的寂寞静默
解开，从胸前滑下去
我于是开朗起来

我是站着的
生下来就这样
因而高大
线条是粗犷的

你们却把它和细腻的少年情爱
系在一起
你们摇着对方的肩膀
不在乎我的年纪和僵硬的面孔
在我身上笑着闹着
你们勇敢
是一种献身的勇敢
我的沉重的呼吸和黄沙
未能阻止你们的嬉笑
却使你们越挨越近
我感到我的脉搏和着你们的两颗年轻的心
一起激荡，越来越响

年轻的山群

群峰在传说中成长，靠着几株树
白带子一般迷茫的山路纠结在我心尖，尽管中间是深谷
水总也没流出来
泪却流出来不少

　　　　　等着炊烟和村庄一个个瘦弱地升在树丛里
预言被远方的黄风吹灭，山上并没有涌出清泉一样的草
　　　　　　　　　　　　　　　　　　　　因而就没有
纯洁的羊群和歌声
　　　　　　　　　　　　　　　　　　　　　我哭了，
什么时刻泪水能攒成湖泊
　　让山洗清贫困的倒影

一个穷孩子天亮前翻过山岗，每天和你年轻的山对话
　　爷爷告诉他山外望不到边的大平原和红高粱
　　　　踩水车的男人，割庄稼的女人
　　　　　　人群中总有欢乐的歌

孩子向你年轻的山诉说愿望
　　　　　　　　　　让那从山外飞回
的鸟捎回几支歌
　　洗洗这里的天空，让他能在一块空旷平展的土地上

放手放脚的奔跑

他说，那儿即使有野兽也不像山里的凶恶
他还说，明年他将成为一名猎人
和爷爷一道进深山，除尽恶兽

你们总想象着他眯起双眼神气地举着箭，可再
也没有见着他从那个深谷里出来
也许，深山处隆起一座小土包。他永不会躺在平坦的地方

年轻的山开始挽起手臂。父辈告诉过他们许多故事
许多正直的灵魂。有些伙伴甚至能数清英雄的世系

终于一位带画夹的少女，把我们画得跟他一样
纯洁、善良，带着隐隐的久的期望
她用手帕束起黑发，也要我们用光明放逐阴影
即使黑夜来临
就在黄昏借夕阳把它焚毁

我们的少女很美。她带给我们的故事也很美
她来自一条河流的近旁，那儿有房子的森林
层层叠叠。我们的脸上永远挂着笑容和朝霞
她要把我们带给年轻的朋友去赞美

于是，我们呐喊、我们和着莽野的节奏上升

下沉

我们成熟了，脸上长出了丛林的胡子，

我们把胸膛

挺起来，不仅因为祖先留下的性格，

还因为心中的

金属和热流。我们是男人、我

们是不曾扭曲的力、我们是

大地的脊梁。一些人去摸

摸去，一些人开始喷出

清泉和矿苗

山外又升起许

多星星和

城市

滚滚而来

光明的姊妹群就会降临这山谷

丘陵之歌

过去的年代在山里埋成富矿
丘陵是少年
是石榴花，在故乡的五月
红喇叭吹散清明坟头的白花
阳光下晒成苦涩的盐
　　我很想知道咸海滩漫过来的故事
　　水晶王子怎样成为移民
　　在这里指示贫瘠。白茫茫的贫瘠
　　为此从饥民的眼瞳
　　我不止一次阅读过丘陵史
　　所以我要说
今天本身就是一条不可更易的真理
带来创造的激情。既然
去征服盐碱滩的贝壳花已含笑启程
既然灰种狼在祖父粗糙的
抚摸中成为家犬。守护着正义和善良
既然我继承的唯一预言是种植
就让风在这儿时刻晴朗吧
晴朗得像重新集合的人群，永远蔚蓝的生命
就让兰叶泛水一样涌上每条小径吧
她梦一样的芬芳开在黎明
舒展开陶罐上萎缩的花纹

舒展开丘陵曾被囚禁的微笑
那就笑吧
荒滩上农神已诞生，我的情人
是和谷这谷类的贵族
饱满地
召唤开阔地
召唤青春欲望和盛夏的汗水
召唤战胜死亡的一代代新婴

　　我的工匠和铁农具一块儿在炉火前黑起来了啊
　　我的耕地和村舍手挽着手翠绿地蔓延

而我的黄牛是丘陵的先知
她的箴言只撒向水田
撒向青年人的季节和犁
她的乳汁注入地平线
星星点点的草湖便不再像泪滴
只有祖先生病积攒起的田野
只有一圈又一圈丘陵宽阔的浪
在她日日膨胀的创造欲中
快活得紧张起来
我敢肯定
是麦子一根又一根
弯腰拾起她的黄毛作为王冠
（即使我不清楚太阳和麦子

谁先戴上这芒状的王冠）
于是成熟
金黄地迎接收割人
迎接山岗般伸过来喂养村庄的黑壮臂膀
这时，吹的丰收号就是她的椎角
她的思想的隆起果。她大脑的消息树
啊！兄弟们
擂响黄牛母亲留下的牛皮山鼓吧
有未曾忘怀的嘱咐
有充盈的英雄气
倒进海碗
让我对丘陵许下征服的愿酒精的愿生命的愿
世世代代的愿
总有一天
以丘陵的名义
我要娶一位美丽的新娘
让年轻的云们挤在一起看我狂喜
看房梁在祈愿中思索着架起
（一朵爱幻想的小云
很可能认为这是小船扬帆呢）
看我劳作中这股男子汉精神
怎样鼓舞即将诞生的儿孙
长大后他们仍以丘陵地带为房基
热情地垒石头。镇子和小城
骄傲地拨开贫穷
人类拥抱家园就像拥抱春天

高原节奏

雪山绵长地守护着你的地平线
你的视野和林带一起延亘
酣睡的神话在这儿开始辽阔，富有感染力的节奏
和温泉一道喷出，一个挽着一个组成高原湖的系谱
最年轻的一代是湖面驶过的天鹅和歌声
在这些纯洁的眸子面前
朝圣者被匆匆翻过
留下的遗嘱全是关于沼泽地的
都说那片草滩上的光环是恐怖的前奏
即便这样，寺庙照样闪闪发光
像金碧辉煌的安息果锁住大山的喉结
而民间流传的传说随着马奶子香，傍晚时分
开始在每一个火坑旁集结正义的力量
强大得和黑夜抗衡
守候着孩子的鼾声和平地到达黎明蓝色港湾

这是一个早晨
高原挽留了这片从黑页岩围中突围的土地
挽留了一片热带鸟般卧在这儿的丛林
挽留了首次涌入这铺满落叶湿地的
几行簇新的脚印
当有人用弯刀戳穿土地的蛮荒也划破心灵的惰性

以烈焰联系所有献身的丛林
当洪水季节的祖先从地层托起湖泊和黎明
苦难和夜色一起被疏通
喧哗的人群朝我涌来
这是早晨
高原的心坎充满豪情，生生不息的诞生和创造
一遍又一遍揭示出这个蓝色星球的质量和魄力
使我的灵魂骚动着，生命之鹿在向森林深处奔跑
我的呼吸和晨光一起飘扬，早晨的风中
露珠像灿烂的星座落满我的手臂
落满我的思绪
啊！太阳升起来了
我狂喜地抛出一次又一次深鞠躬

我是远方的孩子，给你带来远方的祝福
祝福你朝霞
祝福你残酷的天葬
让无用的躯体去填充狂暴的生命
撕裂声是对死亡和过去最好的祈祷
祝福你带咸味的湖泊
让她继续怀念三叶虫时代的海洋
在今天的胸膛掀起涛声
祝福你父亲般深沉的高原性格，缄默地
向客人敞开每一道清泉旁的竹楼，牧羊人的帐篷
伸出小道像伸出手臂，挽住善良的兄弟姐妹

草莓是一群微笑的眼睛
祝福你莽林祝福你马帮祝福你青稞

你那么自信
所以胸膛从诞生起一直饱满地挺着
壁画五彩缤纷
野牛和弓箭手一块在岩石上构成创造最高的倩影
即使含蓄，悄悄地放出两条浅蓝的河流往东去
她们也要在远方的原野上洪亮地嚷着
洗刷着经幡年代如悬棺石峡
并把高原的气息带给海洋，让他们一起爽朗起来
你自信，日光也充满自信
因而你的子女都健康地黝黑着
线条很野阔，适宜于舞蹈狂放的时刻
当洁白哈达捧出的时刻，歌声也更嘹亮
尖锐地刺激着赭红色土地的上空
鲜艳的人群是地上怒放的彩霞，一束束热气
朝天喷去，云层越来越薄
从你的村寨我掬起情歌
掬起这块大地上一切纯洁的感情
撒向干渴的旅途季节和沙漠海
撒向所有需要纯洁的地点，让他们生出花来
接着我就向你的长子学会追山兽
哼杀生旋律，一动不动地凝视岩鹰
我们全是兄弟

当我的眼神被高原同化，便强悍地掏出岩蕊
插满我全身就像插满高原的节奏
抖落所有的平庸软弱
我也去巡视天空

期待

靠着古城墙
就像倚着一个坚实世界

追随鸽哨
让自己消融于渐渐蔚蓝的天空

穿过绵长的林带
把眼神系上一株普通的白桦

草丛中一条小溪
一旦被发现，就是河流

新月

只是一弯。在孩子的手臂上
升起
关于巉岩的经历
关于画布的柔和
关于少年心坎的春汛
我的新月摇过所有的风景线

夏天到了
你的眼睛公开
在三叶草上
让早起的人们看见并记住

你秀气的弧线穿过星星的沙滩
赤足，在沁凉的夜潮边上
接着就是黎明

纸鸢

你不是真的
因此很高。很飘逸
比流浪客还要飘逸

你自由的程度
等于线的长度
挣脱了，也有一条未蜕化的尾巴

你以为是在放牧白云
谁知是风放牧你

总有一天
你不能拒绝土地的邀请

是有黄昏
是有溜云下汲水的村姑
是有一朵朵开在原野上小树淡紫的微笑
只要举起你的视线
还会有雀语的秀气
还会有炊烟散后暮色的横阔。匆忙的
是天色和晚星
灯火全都兴高采烈

你也兴高采烈
往往还采取爽朗的两种姿式
伸出胳膊去

长方形是最动情的一篇短文
画在外地　　　　　我的指尖
流过你细细瘦瘦一座长方城

总是写着
不论旱季雨季。我这里
总有细流抱你
总有渐湿的心情默读每一片鱼鳞瓦
不，我是在背诵
　　　　　　第一段是童年和鸢尾筝
　　　　　　一块儿在你女墙下搁浅
　　　　　　第二段是少年和小白鸽
　　　　　　汛水一样逼近你的塔尖
还有风景描写呢
城里的黄梅雨一家一家染青了方砖平房
城郊的蜜蜂一年一度放出收获的油菜花
结尾照例简约
小城的人出门都会写
相思诗

门

1

一块白布
自负地挂着
等着夜晚
等得穿红小褂的男孩
发现了墙上的彩色玻璃渣

2

他只能在墙外。

看着
镇上的同学
高举花花绿绿的纸条
进去

他只能在墙外

3

沿着一条灰白的路
成熟的黄麦秸
收藏起他
另一端是种地的妈妈

那健康的眼神

4

我是见过
有一个稚气的粉笔字
“门”
陌生地和墙摩擦
产生能量

栽枣树

1

三婆婆没有孩子

她栽下枣树

2

老人栽枣树

能占有一小块安眠的地方

这是习俗

效力在人们的相信中

和这个村子一样

古老得不会死亡

（远方也可能有片枣林

是关于青春的

目前这儿没有）

三婆婆默默地栽下枣树

不要人帮忙，没有人帮忙

3

栽下枣树

这个瘦弱的故事就这样栽下了

纺车是中心
旁枝不多
顶多牵连一个瘸男人

她端出灶灰
端出整个一生
撒下枣树周围

栽下了枣树

4
什么时辰
什么人来收枣
善良的枣

红喜事

1. 起点

乡亲们一阵忙乱
土墙脸上贴满红纸条
公鸡被脱下羽衣
都不在意
屋角抽泣的母鸡

2. 途中

小伙子抬着猩红家具
大大咧咧
上道
酒精很兴奋地流出
成为男的的汗水
把夏天带来
因而在每一个必经的村口
孩子开始出现
没有恶意地扔土块
并得到暗示
拦住人群
并得到糖果
这些经历
足以使他们不久以后

抬起家具

这不用想象

3. 终点

“来了”

鞭炮们纷纷撕碎自己的胸膛

烟叶

年轻的时候
一定以为自己是蔬菜
和一些阳光生活在小块自留地上

成熟的季节
主妇没来
老祖父却持刀而来

接着是在几排粗草绳上示众的时日
一滴滴水珠打在脸上
便发黄
于是不喜欢晴天

堕落的机会终于来到了
通过旱烟杆和无聊者亲吻
谄媚时一袋一袋完了
最可气的事还在街那头
精瘦的小贩在叫卖

一包一块二

远山风景

1. 一开始

一开始山神这独身的穷汉就一味种植寺庙和苦艾兄弟俩掩盖着什么。
等老和尚敲钟时袈裟与清风却没有告诉我为何山中结满男人的孤独，
为何夜晚在谷地只繁殖很少的灯粒，光明的卵在黑潮中浮着。
要说小询问也有大询问也有，沿途长成明年的酸杏。
一开始。

2. 路与小松

路在村口攒足气力
一头向悬崖撞去
撞出裂缝

并播进沿途的松籽
从容地长成小松
它们的血缘关系就这样结下

3. 速写

在一些主要的峰顶
我都往石缝里
夹一支铅笔
让山画画自己的速写

4. 火柴

在最荒凉的山沟我埋下一盒火柴
也许等的时间不长
它就要发火

5. 太阳帽

山谷能收藏很多很多事情
却容纳不下两顶太阳帽
追逐产生的情感

6. 小锤

你很诧异我带一把小锤
到处敲敲
我是要证实
隆起的地平线下都是实心

7. 小树林

坐那儿你在手帕上画了几株树
铺在这里
压上几个小石子
要过行军水壶
你往周围浇了点水
你相信
下山时我们
就可以在这片小林子里野炊

8. 红蜻蜓

散开的小牛是一朵朵小黄花

在草滩上盛开

十一岁的牧童给瞎妹妹戴玫瑰

我的纸上顿时飞过一只红蜻蜓

小站

——毕业歌

我年纪很小
不用向谁告别
有点感伤
我让自己静静地坐了一会儿

然后我出发
背上黄挎包
装有一本本薄薄的诗集
书名是一个僻静的小站名

小站到了
一盏灯淡得亲切
大家在熟睡
这样，我是唯一的人
拥有这声车鸣
它在深山散开
唤醒一两位敏感的山民
并得到隐约的回声

不用问
我们已相识

对话中成为真挚的朋友
向你们诉愿
是自自然然的事
我要到草原去
去晒黑自己
晒黑日记蓝色的封皮

去吧，朋友
那片美丽的牧场属于你
朋友，去吧

小叙事

在这个
小小的人世上
我向许多陌生的人
打听过你
和许多动植物
和象形文字
讨论过你

夏夜
我加入天真的
萤虫小分队
凭那么一点点
微热的光亮
竟找到你的村头
伙伴们
被一把又一把蒲扇
扇落
孩子们可爱的愿望
和透明的小瓶
是她们平平常常的归宿

是时候了

我调动所有的阅历
辨认着门窗
果然
那个篱笆很有才气地
编在那里

我是要告诉你
一些心思
要不然
我怎会摇着后园的竹叶
和你商量
但你的窗口
灯总也没亮起来

无论如何
我要留一个形象给你
于是我头戴
各色野花
跑进你梦中

我的踌躇
铺成你清晨起来
不曾留意的那条小道
很自然地
你顺着它走下去
写些激动人心的故事

阿尔的太阳[1]

——给我的瘦哥哥

"一切我所向着自然创作的，是栗子，从火中取出来的。啊，那些不信仰太阳的人是背弃了神的人。"

——摘自凡·高致其弟泰奥书信。

到南方去
到南方去
你的血液里没有情人和春天
没有月亮
面包甚至都不够
朋友更少
只有一群苦痛的孩子，吞噬一切
瘦哥哥凡·高，凡·高啊
从地下强劲喷出的
火山一样不计后果的
是丝杉和麦田
还是你自己

1　阿尔系法国南部一小镇，凡·高在此创作了七八十幅画，这是他的黄金时期。——海子自注。

喷出多余的活命的时间
其实，你的一只眼睛就可以照亮世界
但你还要使用第三只眼，阿尔的太阳
把星空烧成粗糙的河流
把土地烧得旋转
举起黄色的痉挛的手，向日葵
邀请一切火中取栗的人
不要再画基督的橄榄园
要画就画橄榄收获
画强暴的一团火
代替天上的老爷子
洗净生命
红头发的哥哥，喝完苦艾酒
你就开始点这把火吧
烧吧

海上

所有的日子都是海上的日子
穷苦的渔夫
肉疙瘩像一卷笨拙的绳索
在波浪上展开
想抓住远方
闪闪发亮的东西
其实那只是太阳的假笑
他抓住的只是几块会腐烂的木板：
房屋、船和棺材

成群游来鱼的脊背
无始无终
只有关于青春的说法
一触即断

我，以及其他的证人

故乡的星和羊群
像一支支白色美丽的流水
跑过
小鹿跑过
夜晚的目光紧紧追着

在空旷的野地上，发现第一枝植物
脚插进土地
再也拔不出
那些寂寞的花朵
是春天遗失的嘴唇

为自己的日子
在自己的脸上留下伤口
因为没有别的一切为我们作证

我和过去
隔着黑色的土地
我和未来
隔着无声的空气

我打算卖掉一切

有人出价就行
除了火种、取火的工具
除了眼睛
被你们打得出血的眼睛

一只眼睛留给纷纷的花朵
一只眼睛永不走出铁铸的城门
　　黑井

新娘

故乡的小木屋、筷子、一缸清水
和以后许许多多日子
许许多多告别
被你照耀

今天
我什么也不说
让别人去说
让遥远的江上船夫去说
有一盏灯
是河流幽幽的眼睛
闪亮着
这盏灯今天睡在我的屋子里

过完了这个月，我们打开门
一些花开在高高的树上
一些果结在深深的地下

单翅鸟

单翅鸟为什么要飞呢
为什么
头朝着天地[1]
躺着许多束朴素的光线

菩提，菩提想起
石头
那么多被天空磨平的面孔
都很陌生
堆积着世界的一半
摸摸周围
你就会拣起一块
砸碎另一块

单翅鸟为什么要飞呢
我为什么
喝下自己的影子
揪着头发作为翅膀
离开

1　原诗如此。

也不知天黑了没有
穿过自己的手掌比穿过别人的墙壁还难
单翅鸟
为什么要飞呢

肥胖的花朵
喷出水
我眯着眼睛离开
居住了很久的心和世界

你们都不醒来
我为什么
为什么要飞呢

亚洲铜

亚洲铜，亚洲铜
祖父死在这里，父亲死在这里，我也将死在这里
你是唯一的一块埋人的地方

亚洲铜，亚洲铜
爱怀疑和爱飞翔的是鸟，淹没一切的是海水
你的主人却是青草，住在自己细小的腰上，守住野花的手掌和秘密

亚洲铜，亚洲铜
看见了吗？那两只白鸽子，它是屈原遗落在沙滩上的白鞋子
让我们——我们和河流一起，穿上它吧

亚洲铜，亚洲铜
击鼓之后，我们把在黑暗中跳舞的心脏叫做月亮
这月亮主要由你构成

煤堆

煤堆
闯进冬天的
黑色主人
拉着大家的手
径直走进房屋

火
闪着光

把病牛牵进来!
它像一片又瘦又长的树叶
落上稻草：唉，这没有泥土的日子
但是煤说：
火
闪着光

秋天

秋天红色的膝盖
跪在地上
小花死在回家的路上
泪水打湿
鸽子的后脑勺

一位少年去摘苹果树上的灯

植物没有眼睛
挂着冬天的身份牌
一条干涸的河
是动物的最后情感

一位少年人去摘苹果树上的灯[1]

我的眼睛
黑玻璃，白玻璃
证明不了什么
秋天一定在努力地忘记着
嘴唇吹灭很少的云朵

一位少年去摘苹果树上的灯

1　原诗写的就是“少年人”。

中国器乐

锣鼓声
锵锵
音乐的墙壁上所有的影子集合
去寻找一个人
一个善良的主人
锵锵
去寻找中国老百姓
泪水锵锵
中国器乐用泪水寻找中国老百姓
秦腔
今夜的闪电
一条条
跳入我怀中，跳入河中

蛇皮二胡拉起。
南瓜地里沾满红土的
孩子思乳的哭声
夜空漫漫长长
哭吧
鱼含芦苇
爬上岸来准备安慰
但是

哭吧
瞎子阿炳站在泉边说
月亮今夜也哭得厉害

断断续续的口弦声钻入港口的外国船舱
第一水手呆了
第二水手呆了
那些歌曲钉在黄发水手的脑袋上

爱情故事

两个陌生人
朝你的城市走来

今天夜晚
语言秘密前进
直到完全沉默

完全沉默的是土地
传出民歌沥沥
淋湿了
此心长得郁郁葱葱

两个猎人
向这座城市走来
向王后走来
身后哒姆哒姆
迎亲的鼓
代表无数的栖息与抚摸

两个陌生人
从不说话
向你的城市走来
是我的两只眼睛

跳跃者

老鼻子橡树
夹住了我的蓝鞋子
我却是跳跃的
跳过榆钱儿
跳过鹅和麦子
一年跳过
十二间空屋子和一些花穗
从一口空气
跳进另一口空气
我是深刻的生命

我走过许多条路
我的袜子里装满了错误
日记本是红色的
是红色的流浪汉
脖子上写满了遗忘的姓名，跳吧
跳够了我就站住
站在山顶上沉默
沉默是山洞
沉默是山洞里一大桶黄金
沉默是因为爱情

春天的夜晚和早晨

夜里
我把古老的根
背到地里去
青蛙绿色的小腿月亮绿色的眼窝
还有一枚绿色的子弹壳，绿色的
在我脊背上
纷纷开花

早晨
我回到村里
轻轻敲门
一只饮水的蜜蜂
落在我的脖子上
她想
我可能是一口高出地面的水井
妈妈打开门
隔着水井
看见一排湿漉漉的树林
对着原野和她
整齐地跪下
妈妈——他们嚷着——
妈妈

木鱼儿

八千年三万里
问你何在?

猫的笑声
穿过生锈的铁羽毛

青年人
爆晒土地

宝塔回到城市
车祸丛生

宝塔摸摸脖子
脖子莫非是别人的通道?

木鱼儿，木鱼儿
大劫后的鼻音

印度之夜

月亮神秘地西渡
恒河，佛洞里摆满了别人的牙齿

星星和菜豆
天地间一串紫色的连线，真正的连线

黑色疯长八丈
大风隐隐

城市，最近才出现的小东西
跟沙漠一样爱吃植物和小鱼

月光下一群群乌鸦
自己以为是黑衣新嫁娘

没有人向她们求婚
只好边叫边梳理头发

睡在仓库的老人
影子在手掌上漫游，影子是劳动

面壁，面壁，出现思想者自己
祈求小麦花永远美丽

民间艺人

平原上有三个瞎子
要出远门

红色的手鼓在半夜
突然敲响

并没有死人
并没有埋下枣木拐杖

敲响，敲响
心在最远的地方沉睡

平原上有三个瞎子
要出远门

那天夜里
摸黑吃下高粱饼

不要问我那绿色是什么

头发
灌满阳光和大沙
我是荒野上第一根被晒坏的石柱
耕种黑麦
不要问我那绿色是什么

小鸟像几管颜料
粘住我的面颊
树下有一些穿着服装的陌生人
那时我已走过青海湖，影子滑过钢蓝的冰大坂
不要问我那绿色是什么

木筐挑着土
一步迈上秦岭
秦岭，最初的山
仍然在回忆我们，一窝黄黑的小脑袋——孩子啊
不要问我那绿色是什么

我避开所有的道路
最后长成
站在风熏寓言的石墓上
长成
不要问我那绿色是什么

黑风

掠过田野的那黑风
那第四次的
口粮和旗帜
就要来了！

聚拢的马群将被劫走
星星将被吹散
他在所有的脚印上覆盖
一种新的草药
遗忘的就要永远被遗忘了
窗子忧伤地关上了
有一两盏橘黄朴素的灯也要熄灭
他们来了
他们是黑色的风

后来他们表达了一种失败的东西
他们留下苦苦创生的胚芽
他们哭了
把所有的人哭醒之后
又走了
走得奇怪
以后所有的早晨都非常奇怪
马儿长久地奔跑，太阳不灭，物质不灭

　　苹果突然熟了
还有一些我们熟悉的将要死去
我们不熟悉的慢慢生根

人们啊，所有交给你的
都异常沉重
你要把泥沙握得紧紧
在收获时应该微笑
没必要痛苦地提起他们
没必要忧伤地记住他们

历史

我们的嘴唇第一次拥有
蓝色的水
盛满陶罐
还有十几只南方的星辰
火种
最初忧伤的别离

岁月呵

你是穿黑色衣服的人
在野地里发现第一枝植物
脚插进土地
再也拔不出
那些寂寞的花朵
是春天遗失的嘴唇

岁月呵，岁月

公元前我们太小
公元后我们又太老
没有人见到那一次真正美丽的微笑
但我还是举手敲门
带来的象形文字

撒落一地

岁月呵
岁月

到家了
我缓缓摘下帽子
靠着爱我的人
合上眼睛
一座古老的铜像坐在墙壁中间
青铜浸透了泪水

岁月呵

龙

黄色的月光
奇怪又空荡

远方就是你一无所有的地方

风吹来的方向
庄稼
音乐
船
龙听着
火光
在高原上
云朵
家乡
原来的地方

草原蒙水
罐

天下龙听着
水流汩汩

村庄

村庄里住着
母亲和儿子
儿子静静地长大
母亲静静地注视

芦花丛中
村庄是一只白色的船
我妹妹叫芦花
我妹妹很美丽

自画像

镜子是摆在桌上的
一只碗
我的脸
是碗中的土豆
嘿，从地里长出了
这些温暖的骨头

女孩子

她走来
断断续续地走来
洁净的脚印
沾满清凉的露水

她有些忧郁
望望用泥草筑起的房屋
望望父亲
她用双手分开黑发
一枝野樱花斜插着默默无语
另一枝送给了谁
却从没人问起

春天是风
秋天是月亮
在我感觉到时
她已去了另一个地方
那里雨后的篱笆像一条蓝色的
小溪

海上婚礼

海湾
蓝色的手掌
睡满了沉船和岛屿
一对对桅杆
在风上相爱
或者分开

风吹起你的
头发
一张棕色的小网
撒满我的面颊
我一生也不想挣脱

或者如传说那样
我们就是最早的
两个人
住在遥远的阿拉伯山崖后面
苹果园里
蛇和阳光同时落入美丽的小河
你来了
一只绿色的月亮
掉进我年轻的船舱

妻子和鱼

我怀抱妻子
就像水儿抱鱼
我一边伸出手去
试着摸到小雨水，并且嘴唇开花

而鱼是哑女人
睡在河水下面
常常在做梦中
独自一人死去

我看不见的水
痛苦新鲜的水
流过手掌和鱼
流入我的嘴唇

水将合拢
爱我的妻子
小雨后失踪
水将合拢
没有人明白她水上
是妻子水下是鱼
或者水上是鱼

水下是妻子

离开妻子我
自己是一只
装满淡水的口袋
在陆地上行走

思念前生

庄子在水中洗手
洗完了手，手掌上一片寂静
庄子在水中洗身
身子是一匹布
那布上沾满了
水面上漂来漂去的声音

庄子想混入
凝望月亮的野兽
骨头一寸一寸
在肚脐上下
像树枝一样长着

也许庄子是我
摸一摸树皮
开始对自己的身子
亲切
亲切又苦恼
月亮触到我
仿佛我是光着身子
光着身子
进出

母亲如门，对我轻轻开着

河伯

蛇翼，农业之翼
他披满农妇之手
稻种来自
所有野兔的嗉囊

蛇翼，渔民之翼
桦皮裤子
桦皮船
鹿血养好了渔业月亮

蛇翼，采掘之翼
一杆根
一杆笛子
在牛脚下痛过，呜呜一片小雏

蛇翼，疾病之翼
八月之东水
是匹匹白布
人们拔木为棺

蛇翼，情郎之翼
风中采莲做张你的身子
一株泥丸，两叶手
男人是没有河流的河伯

坛子

这就是我张开手指所要叙说的事
那洞窟不会在今夜关闭。明天夜晚也不会关闭
额头披满钟声的
土地
一只坛子

我头一次也是最后一次进入这坛子
因为我知道只有一次
脖颈围着野兽的线条
水流拥抱的
坛子
长出朴实的肉体

这就是我所要叙说的事
我对你这黑色盛水的身体并非没有话说
敬意由此开始，接触由此开始
这一只坛子，我的土地之上
从野兽演变而出的
秘密的脚，在我自己尝试的锁链之中
正好我把嘴唇埋在坛子里，河流
糊住四壁，一棵又一棵
栗树像伤疤在周围隐隐出现
而女人似的故乡，双双从水底浮上，询问生育之事

燕子和蛇（组诗）

1. 离合

美丽在春天
疼成草叶

一种三节的草
爱你成病

美丽在天上
鸟是拖鞋

长草的拖鞋
嘴埋在水里

美丽在水里
鱼是草的棺材

一种草
一种心尖上的草

美丽在草原上
枕着鹿头

2. 三位姑娘

——写给莱蒙托夫不幸的爱情

我看见
莱蒙托夫的旧报纸上
三只燕子
三只肉体的燕子
使我的灯光
受伤

用手指推推
不醒的
你自己
扶着自己
像扶着一匹笨马
用手指推推身边的燕子：我不是

灯，我是火灾
燕子交叉地
穿过
诗人的胳膊
落入家具的间间新房
只当诗人就是笨马

过早地死在□上[1]

3. 包谷地

丑女人脊背上有条条花蛇
花蛇滑下，她就坐在那儿繁殖包谷
幸福又痛苦
我要说
没有男人能配得上她

丑女人脊背上有种种命运
命运降临，她只坐在那儿繁殖包谷
河水泛滥流过无数美丽的女人
我要说
没有女人能比得上她

4. 母亲的姻缘

一碗泥
一碗水
半截木梳插在地上
母亲的姻缘

---

1 此处原文就缺字。

真是好姻缘

村庄，村庄
木桶中女婴摇晃
村庄，村庄
母亲的姻缘
真是好姻缘

鱼尾之上
灯盏敲门
一团泥巴走进屋来
母亲的姻缘
真是好姻缘

白鱼流过
桃树树根
嘴唇碰破在桃花上
母亲的姻缘
真是好姻缘

秤杆上天空的星星压住
半两土
半两雪
母亲的姻缘
真是好姻缘

她沉在何方
谁也不清楚
村庄中一枚痛苦的小戒指
母亲的姻缘
真是好姻缘

5. 手

离开劳动
和爱情，我的手
变成自我安慰的狗
这两只狗
一样的
孤独
在我脸上摸索
擦掉泪水
这是不是我的狗
是不是我最后的家乡的狗?

6. 鱼

村民像牛一样撞进屋子，亲他的妻子

又数着
十二粒麦种
内陆深处
我跪在一条鱼身上
整个村庄是我的儿子

再长的爱情也不算久
噢你刚好被我想起
我在鱼身上写下少女的名字
一边询问一边自己回答
女巫的嘴唇一开一合
真诚的爱情
真诚的爱情错误百出
整个村庄是你的儿子

河流噢河
再美的爱情也不像花朵
人类的泪水养家糊口
人类的泪水中
鱼群像草一样生长
泪水噢河
整个村庄是我们的儿子
村民像牛一样撞进屋子，亲他的妻子

活在珍贵的人间

活在这珍贵的人间
太阳强烈
水波温柔
一层层白云覆盖着
我
踩在青草上
感到自己是彻底干净的黑土块

活在这珍贵的人间
泥土高溅
扑打面颊
活在这珍贵的人间
人类和植物一样幸福
爱情和雨水一样幸福

熟了麦子

那一年
兰州一带的新麦
熟了

在水面上
混了三十多年的父亲
回家来

坐着羊皮筏子
回家来了

有人背着粮食
夜里推门进来

油灯下
认清是三叔

老哥俩
一宵无言

只有水烟锅
咕噜咕噜

谁的心思也是
半尺厚的黄土
熟了麦子呀!

中午

中午是一丛美丽的树枝
中午是一丛眼睛画成的树枝
看着你

看着你从门前走过
或是走进我的门

走进门
你在

你在一生的情义中
来到
落下布帆
仿佛水面上我握住你的手指

（手指
是船）
心上人
爱着，第一次
都很累，船
泊在整个清澈的中午

“你喝水吧
我给你倒了
一碗水”

写字间里
中午是一丛眼睛画成的
看着你

夏天的太阳

夏天
如果这条街没有鞋匠

我就打赤脚
站到太阳下看太阳

我想到在白天出生的孩子
一定是出于故意

你来人间一趟
你要看看太阳

和你的心上人
一起走在街上

了解她
也要了解太阳

（一组健康的工人
正午抽着纸烟）

夏天的太阳
太阳

当年基督入世
也在这阳光下长大

为了美丽

为了美丽
我砸了一个坑
也是为了下雨

清亮的积水上
高一只
低一只
小雨儿如鸟

羽毛湿湿
掀动你的红头巾
都是为了美丽

提着裤带的小男孩
那时刻
戴一只黑帽子

主人

你在渔市上
寻找下弦月
我在月光下
经过小河流

你在婚礼上
使用红筷子
我在向阳坡
栽下两行竹

你的夜晚
主人美丽
我的白天
客人笨拙

你的手

北方
拉着你的手
手
摘下手套
她们就是两盏小灯

我的肩膀
是两座旧房子
容纳了那么多
甚至容纳过夜晚
你的手
在他上面
把他们照亮

于是有了别后的早上
在晨光中
我端起一碗粥
想起隔山隔水的
北方
有两盏灯

只能远远地抚摸

北方门前

北方门前
一个小女人
在摇铃

我愿意
愿意像一座宝塔
在夜里悄悄建成

晨光中她突然发现我
她眺起眼睛
她看得我浑身美丽

我请求：雨

我请求熄灭
生铁的光、爱人的光和阳光
我请求下雨
我请求
在夜里死去

我请求在早上
你碰见
埋我的人

岁月的尘埃无边
秋天
我请求：
下一场雨
洗清我的骨头

我的眼睛合上
我请求：
雨
雨是一生过错
雨是悲欢离合

写给脖子上的菩萨

呼吸，呼吸
我们是装满热气的
两只小瓶
被菩萨放在一起

菩萨是一位很愿意
帮忙的
东方女人
一生只帮你一次

这也足够了
通过她
也通过我自己
双手碰到了你，你的

呼吸

两片抖动的小红帆
含在我的唇间
菩萨知道
菩萨住在竹林里
她什么都知道

知道今晚
知道一切恩情
知道海水是我
洗着你的眉
知道你就在我身上呼吸
，呼吸[1]

菩萨愿意
菩萨心里非常愿意
就让我出生
让我长成的身体上
挂着潮湿的你

1 据称原文就是这样。

早祷与枭（组诗）

1.

早祷时刻
请你接住我，枭
用胸脯接住我
你要忍痛带走我
　　我是赠给你的爱情
　　我是赠给你的子弹

2.

钟声，钟声响了
眼睛全部打开
我变成一只船
死在沙漠的枭
其实也足以死在
二十丈桅杆上
一匹意外的骆驼带水而来

3.

哭声从船的那一头传到
这一头

装满了新娘
她们搓手而坐
焦黄的脸
留下居住的只有瞳仁
放光的瞳仁

河岸上
几个小偷走过来
几个小偷是树

月亮被枭泪洗过又洗

4.
岁月吹落了四季之帽
一一埋下
淡色的花朵盛开
只为小痛小苦
在土地上
傻张着嘴
他不言又不语
枭，枭又不能怎样?

“呀，谁愿意与我
一前一后走过沼泽

派一个人先死
另一位完成埋葬的义务”

5.
在这个时刻
永远分别是唯一的理由

6.
死后
风抬着你
火速前进
十指
在风中
张开如枭住的小巢

死后
几只枭
分吃了你
小南风细细如笛地吹在下午
所有的小蜻蜓
都找不到你的坟墓

7.

太阳太远了

否则我要埋在那里

8.

早祷，早祷三遍

黎明是一条亮丽之虹

吃下了无数灯

他变得更加明亮

他一头一尾

沉落在四方

沉落在你的肩膀上

你揉揉眼睛

一只小枭

爬出窗户

获得天空

9.

早祷，早祷四遍

要想着爱情的黄昏、黄昏

牧羊人的绝壁上

太阳

一葬就是千里

枭，飞过来，飞过来
这时辰已属于你
结巢，结缘
已黑的天空坐满了头顶
多少次
人间的寻找
其实是防止丢失

10.
杂乱之翅尚未长成
也好
我苦坐苦等
我的身体是一家院子
你进入时不必声张

11.
早祷时刻
七个未婚的老头
躺在床上
眉毛挂霜地
梦到了枭

打钟

打钟的声音里皇帝在恋爱
一枝火焰里
皇帝在恋爱

恋爱，印满了红铜兵器的
神秘山谷
又有大鸟扑钟
三丈三尺翅膀
三丈三尺火焰

打钟的声音里皇帝在恋爱
打钟的黄脸汉子
吐了一口鲜血
打钟，打钟
一只神秘生物
头举黄金王冠
走于大野中央

“我是你爱人
我是你敌人的女儿
我是义军的女首领
对着铜镜

反复梦见火焰”

钟声就是这枝火焰
在众人的包围中
苦心的皇帝在恋爱

蓝姬的巢

木塔那儿
一共有两个人
蓝姬她是一张小圆脸
蓝姬的丈夫是一位卖高粱的皇帝

卖高粱的人民币
买来了一面小鼓
围着小巢敲击
鼓点声大
雨点声小
蓝姬如一只雪雁
今夜又栖
爱人的嘴唇

巢
如果我公开
我自己秘密的小巢
一定会有许多耳朵凑上来
散布消息
水中一对鱼夫妻
手捉手
走过桥洞去

挂巢之树
结梨三只……
蓝姬指着前后左右
十字星是自己的丈夫

莲界慈航

七叶树下
九根香
照见菩萨的
第一次失恋

你盘坐莲花

女友像鱼
游过钟的身边
我警告你
要假设一个情人

莲花轻轻摇动

你不需要香火
你知道合掌无用
没有一位好心肠的男青年
偷偷送来鞋子
你盘坐莲花

对面墙壁上
爱情是两只老虎

如果你愿意
爱情确实是老虎

莲花轻轻摇动

明天醒来我会在哪一只鞋子里

我想我已经够小心翼翼的
我的脚趾正好十个
我的手指正好十个
我生下来时哭几声
我死去时别人又哭
我不声不响地
带来自己这个包袱
尽管我不喜爱自己
但我还是悄悄打开

我在黄昏时坐在地球上
我这样说并不表明晚上
我就不在地球上　早上同样
地球在你屁股下
结结实实
老不死的地球你好

或者我干脆就是树枝
我以前睡在黑暗的壳里
我的脑袋就是我的边疆
就是一颗梨
在我成形之前

我是知冷知热的白花

或者我的脑袋是一只猫
安放在肩膀上
造我的女主人荷月远去
成群的阳光照着大猫小猫
我的呼吸
一直在证明
树叶飘飘

我不能放弃幸福
或相反
我以痛苦为生
埋葬半截
来到村口或山上
我盯住人们死看:
呀，生硬的黄土，人丁兴旺

孤独的东方人

孤独的东方人第一次感到月光遍地
月亮如轻盈的野兽
踩入林中
孤独的东方人第一次随我这月亮爬行

（爱人像一片叶子完整地藏在树上
正是她只身随我进入河流）

爬行中
不能没有
一路思念
让我谢谢你，几番追逐之后
爱情远遁心中
让我在树下和夜晚对面而坐

（爱人说孩子
孩子是
落入怀中的阳光
哇哇大哭）
于是
孤独的东方人开口闭口之间
太阳已出
我爬行只求：
孩子平安
我爬行只求：人爱我心

夜月

一扇又一扇门
推开树林
太阳把血
放入灯盏

河静静卧在
人的村庄
人居住的地方
人的门环上

鸟巢挂在
离人间八尺
的树上
我仿佛离人间二丈

一切都原模原样
一切都存入
人的
世世代代的脸，一切不幸

我仿佛
一口祖先们
向后代挖掘的井
一切不幸都源于，我幽深的水

十四行：夜晚的月亮

推开树林
太阳把血
放入灯盏

我静静坐在
人的村庄
人居住的地方

一切都和本原一样
一切都存入
人的世世代代的脸
一切不幸

我仿佛
一口祖先们
向后代挖掘的井。
一切不幸都源于我幽深而神秘的水

麦地

吃麦子长大的
在月亮下端着大碗
碗内的月亮
和麦子
一直没有声响

和你俩不一样
在歌颂麦地时
我要歌颂月亮

月亮下
连夜种麦的父亲
身上像流动金子

月亮下
有十二只鸟
飞过麦田
有的衔起一颗麦粒
有的则迎风起舞，矢口否认

看麦子时我睡在地里
月亮照我如照一口井
家乡的风

家乡的云
收聚翅膀
睡在我的双肩

麦浪——
天堂的桌子
摆在田野上
一块麦地

收割季节
麦浪和月光
洗着快镰刀

月亮知道我
有时比泥土还要累
而羞涩的情人
眼前晃动着
麦秸

我们是麦地的心上人
收麦这天我和仇人
握手言和
我们一起干完活
合上眼睛，命中注定的一切
此刻我们心满意足地接受

妻子们兴奋地
不停用白围裙
擦手

这时正当月光普照大地。
我们各自领着
尼罗河、巴比伦或黄河
的孩子　在河流两岸
在群蜂飞舞的岛屿或平原
洗了手
准备吃饭

就让我这样把你们包括进来吧
让我这样说
月亮并不忧伤
月亮下
一共有两个人
穷人和富人
纽约和耶路撒冷
还有我
我们三个人
一同梦到了城市外面的麦地
白杨树围住的
健康的麦地
健康的麦子
养我性命的妻子！

船尾之梦

上游祖先吹灯后死去
只留下
河水
有一根桨
像黄狗守在我的船尾

船尾
月亮升了，升过婴儿头顶
做梦人
脚趾一动不动
踩出没人看见的足迹

做梦人脊背冒汗

而婴儿睡在母亲怀里
睡在一只大鞋里
我的鞋子更大
我睡在船尾
月亮升了
月亮打树，无风自动
生物潜入河流或身体
梦见人类，无风自动

浑曲

妹呀

竹子胎中的儿子
木头胎中的儿子
就是你满头秀发的新郎

妹呀

晴天的儿子
雨天的儿子
就是滚遍你身体的新娘

妹呀

吐出香鱼的嘴唇
航海人花园一样的嘴唇
就是咬住你的嘴唇

得不到你

得不到你
我用河水做成的妻子
得不到你
我的有弱点的妇女

得不到你
妻子滑动河水
情意泥沙俱下

其余的家庭成员俯伏在锅勺上
得不到你
有弱点的爱情

我们确实被太阳烤焦，秋天内外
我不能再保护自己
我不能再
让爱情随便受伤

得不到你
但我同时又在秋天成亲
歌声四起

日光

梨花
在土墙上滑动
牛铎声声

大婶拉过两位小堂弟
站在我面前
像两截黑炭

日光其实很强
一种万物生长的鞭子和血！

粮食

埋着猎人的山冈
是猎人生前唯一的粮食

粮食
是图画中的妻子

西边山上
九只母狼
东边山上
一轮月亮

反复抱过的妻子是枪
枪是沉睡爱情的村庄

哑脊背

一个穿雨衣的陌生人
来到这座干旱已久的城

（阳光下
他水国的口音很重）

这里的日头直射
人们的脊背

只有夜晚
月亮吸住面孔

月亮也是古诗中
一座旧矿山

只有一个穿雨衣的陌生人
来到这座干旱已久的城

在众人的脊背上
看出了水涨潮，看到了黄河波浪

只有解缆者
又咸又腥

房屋

你在早上
碰落的第一滴露水
肯定和你的爱人有关
你在中午饮马
在一枝青丫下稍立片刻
也和她有关
你在暮色中
坐在屋子里，不动
还是与她有关

你不要不承认

巨日消隐，泥沙相合，狂风奔起
那雨天雨地哭得有情有意
而爱情房屋温情地坐着
遮蔽母亲也遮蔽儿子

遮蔽你也遮蔽我

月

炊烟上下
月亮是掘井的白猿
月亮是惨笑的河流上的白猿

多少回天上的伤口淌血
白猿流过钟楼
流过南方老人的头顶

掘井的白猿
村庄喂养的白猿
月亮是惨笑的白猿
月亮自己心碎
月亮早已心碎

城里

面对棵棵绿树

坐着

一动不动

汽车声音响起在

脊背上

我这就想把我这

盖满落叶的旧外套

寄给这城里

任何一个人

这城里

有我的一份工资

有我的一份水

这城里

我爱着一个人

我爱着两只手

我爱着十只小鱼

跳进我的头发

我最爱煮熟的麦子

谁在这城里快活地走着

我就爱谁

给母亲（组诗）

1. 风

风很美　果实也美
小小的风很美
自然界的乳房也美

水很美　水啊
无人和你
说话的时刻很美

你家中破旧的门
遮住的贫穷很美

风　吹遍草原
马的骨头　绿了

2. 泉水

泉水　泉水
生物的嘴唇

蓝色的母亲
用肉体
用野花的琴
盖住岩石
盖住骨头和酒杯

3. 云

母亲
老了，垂下白发
母亲你去休息吧
山坡上伏着安静的儿子
就像山腰安静的水
流着天空

我歌唱云朵
雨水的姐妹
美丽的求婚
我知道自己颂扬情侣的诗歌没有了用场

我歌唱云朵
我知道自己终究会幸福
和一切圣洁的人
相聚在天堂

4. 雪

妈妈又坐在家乡的矮凳子上想我
那一只凳子仿佛是我积雪的屋顶

妈妈的屋顶
明天早上
霞光万道
我要看到你
妈妈，妈妈
你面朝谷仓
脚踩黄昏
我知道你日见衰老

5. 语言和井

语言的本身
像母亲
总有话说，在河畔
在经验之河的两岸
在现象之河的两岸
花朵像柔美的妻子
倾听的耳朵和诗歌
长满一地
倾听受难的水

水落在远方

九盏灯（组诗）

1. 少年儿子怀孕

呕吐的儿子　低音的鼓
伏在海水深处

而离你身体更近[1]
也就胀破了大地

一片草蛾
青草破了
他破在一个怀孕的花上

2. 月亮

海底下的大火，经过山谷中的月亮
经过十步以外的少女
风吹过月窟
少女在木柴上
每月一次，发现鲜血

1　据海子朋友考据，原稿中“身体”写成了“离体”。

海底下的大火咬着她的双腿
我看见远离大海的少女
脸上大火熊熊

八月的月窟同样大火熊熊
背负积水的少女走进痛苦的树林
那鲜血淋注的木柴排成的漆黑的树林

3. 初恋

在月亮上我双手捂住眼睛
在水滴中我双手捂住眼睛
月亮上一个丫头昏睡不醒
月亮上一个丫头明亮的眼睛
月亮上我披衣坐起　身如水滴

4. 失恋之夜

我轻轻走过去关上窗户
我的手扶着自己　像清风扶着空空的杯子
我摸黑坐下　询问自己
杯中幸福的阳光如今何在？

我脱下破旧的袜子
想一想明天的天气

我的名字躺在我身边
像我重逢的朋友
我从没有像今夜这样珍惜自己

无题

给我粮食
给我婚礼
给我星辰和马匹
给我歌曲
给我安息!

我的生日
这是位美丽的
折磨人的女俘虏
坐在故乡的打麦场上

在月光下
使村子里的二流子
如痴如醉!

坐在纸箱上想起疯了的朋友们

旧菊花安全
旧枣花安全
扪摸过的一切
都很安全

地震时天空很安全
伴侣很安全
喝醉酒时酒杯很安全
心很安全

诗集

诗集
珠宝的粪筐

母牛的眼睛把她的手搁在诗集上
忧伤的灯把她的手搁在诗集上

没有一棵树是我的
感觉之树因而叫唤

诗集，穷人的丁当作响的村庄
第一台酒柜抬入村庄

诗集，我嘴唇吹响的村庄
王的嘴唇做成的村庄

让我把脚丫搁在黄昏中
　　一位木匠的工具箱上

我坐在中午，苍白如同水中的鸟
苍白如同一位户内的木匠
在我钉成一支十字木头的时刻
在我自己故乡的门前
对面屋顶的鸟
有一只苍老而死

是谁说，寂静的水中，我遇见了这只苍老的鸟

就让我歇脚在马厩之中
如果不是因为时辰不好
我记得自己来自一个更美好的地方
让我把脚丫搁在黄昏中一位木匠的工具箱上
或者让我的脚丫在木匠家中长成一段白木
正当鸽子或者水中的鸟穿行于未婚妻的腹部
我被木匠锯子锯开，做成木匠儿子
的摇篮。十字架

给卡夫卡

囚徒核桃的双脚

在冬天放火的囚徒
无疑非常需要温暖
这是亲如母亲的火光
当他被身后的几十根玉米砸倒
在地，这无疑又是
富农的田地

当他想到天空
无疑还是被太阳烧得一干二净
这太阳低下头来，这脚镣明亮
无疑还是自己的双脚，如同核桃
埋在故乡的钢铁里
工程师的钢铁里

从六月到十月

六月积水的妇人，囤积月光的妇人
七月的妇人，贩卖棉花的妇人
八月的树下
洗耳朵的妇人
我听见对面窗户里
九月订婚的妇人
订婚的戒指
像口袋里潮湿的小鸡
十月的妇人则在婚礼上
吹熄盘中的火光，一扇扇漆黑的木门
飘落在草原上

黎明

黎明以前的深水杀死了我。

月光照耀仲夏之夜的脖子
秋天收割的脖子。我的百姓

秋天收起八九尺的水
水深杀我，河流的丈夫
收起我的黎明之前的头

黎明之前的亲人抱玉入楚国
唯一的亲人
黎明之前双腿被砍断

秋天收起他的双腿
像收起八九尺的水

那是在五月。黎明以前的深水杀死了我

肉体（之一）

在甜蜜果仓中
一枚松鼠肉体般甜蜜的雨水
穿越了天空　蓝色
的羽翼

光芒四射

并且在我的肉体中
停顿了片刻

落到我的床脚
在我手能摸到的地方
床脚变成果园温暖的树桩

它们抬起我
在一只飞越山梁的大鸟
我看见了自己
一枚松鼠肉体
般甜蜜的雨水

在我的肉体中停顿
了片刻

梭罗这人有脑子（组诗）

1.

梭罗这人有脑子
像鱼有水、鸟有翅
云彩有天空

2.

好在这人不是女性
否则会有一对
洁白的冬熊
摇摇晃晃上路
靠近他乳房
凑上嘴唇

3.

梭罗这人有脑子
梭罗手头没有别的
抓住了一根棒木

那木棍揍了我
狠狠揍了我
像春天揍了我

4.

梭罗这人有脑子
看见湖泊就高兴

5.

梭罗这人有脑子
用鸟巢做邮筒
两封信同时飞到
还生下许多小信
羽毛翩跹

6.

梭罗这人有脑子
不言不语让东窗天亮西窗天黑
其实他哪有窗子
梭罗这人有脑子

不言不语又做男人又做女人
其实生下的儿子还是他自己

7.

灯火的屋中
梭罗的盔
—— 一卷荷马

这人有脑子
以雪代马
渡我过水

8.

梭罗这人有脑子
月亮照着他的鼻子

9.

那个抒情的鼻子
靠近他的脑子
靠近他深如树林的眼睛

靠近他饮水的唇
　　（愿饮得更深）

构成脑袋
或者叫头

10.

白天和黑夜
像一白一黑
两只寂静的猫
睡在你肩头

你倒在林间路途上

让床在木屋中生病
梭罗这人有脑子
让野花结成果子

11.

梭罗这人有脑子
像鱼有水、鸟有翅

云彩有天空

梭罗这人就是
我的云彩，四方邻国
的云彩，安静
在豆田之西
我的草帽上

12.

太阳，我种的
豆子，凑上嘴唇
我放水过河

梭罗这人有脑子

梭罗的盔
—— 一卷荷马

八月尾

即使我是一个粗枝大叶的人
我也看见了红豹子、绿豹子

当流水淙淙
八月的泉水
穿越了山冈
月亮是红豹子
树林是绿豹子
少女是你们俩
生下的花豹子
既使我是一个粗枝大叶的人
少女，树林中
你也藏不住了

八月尾，树林绿，月亮红
不久我将看到树叶落了
栗树底下
脊背上挂着鹌鹑的人
少女，无论如何
粗枝大叶的人
看见你啦

葡萄园之西的话语

也好
我感到
我被抬向一面贫穷而圣洁的雪地
我被种下，被一双双劳动的大手
仔仔细细地种下

于是，我感到所罗门的帐幔被一阵南风掀开
所罗门的诗歌
一卷卷
滚下山腰
如同泉水
打在我脊背上

涧中黑而秀美的脸儿
在我的心中埋下。也好
我感到我被抬向一面贫穷而圣洁的雪地
你这女子中极美丽的，你是我的棺材，我是你的棺材

海子小夜曲

以前的夜里我们静静地坐着
我们双膝如木
我们支起了耳朵
我们听得见平原上的水和诗歌
这是我们自己的平原，夜晚和诗歌

如今只剩下我一个
只有我一个双膝如木
只有我一个支起了耳朵
只有我一个听得见平原上的水
　　诗歌中的水
在这个下雨的夜晚
如今只剩下我一个
为你写着诗歌
这是我们共同的平原和水
这是我们共同的夜晚和诗歌

是谁这么说过　海水
要走了　要到处看看
我们曾在这儿坐过

给你（组诗）

1.

在赤裸的高高的草原上
我相信这一切：
我的脚，一颗牝马的心
两道犁沟，大麦和露水
在那高高的草原上，白云浮动
我相信天才，耐心和长寿
我相信有人正慢慢地艰难地爱上我
别的人不会，除非是你
我俩一见钟情
在那高高的草原上
赤裸的草原上
我相信这一切
我相信我俩一见钟情

2.

我爱你
跑了很远的路
马睡在草上

月亮照着他的鼻子

3.

爱你的时刻
住在旧粮仓里
写诗在黄昏

我曾和你在一起
在黄昏中坐过
在黄色麦片的黄昏
在春天的黄昏
我该对你说些什么

黄昏是我的家乡
你是家乡静静生长的姑娘
你是在静静的情义中生长
没有一点声响
你一直走到我心上

4.

当她在北方草原摘花的时候

我的双手驶过南方水草
用十指拨开
寂寞的家门

她家木门下几个姐妹的脸
亲人的脸
像南方的雨
真正的雨水
落在我头上

5.

冬天的人
像神祇一样走来
因为我在冬天爱上了你

谣曲（四首）

之一

你是我的哥哥你招一招手
你不是我的哥哥你走你的路

小灯，小灯，抬起他埋下的眼睛

你的树丛大而黑
你的辕马不安宁
你的嘴唇有野蜜
你是丈夫——还是兄弟

小灯，小灯，抬起他埋下的眼睛

你是我的哥你招一招手
你不是我的哥哥你走你的路

之二

白鸽，白鸽
扎好我的头巾

风吹着你们的身子
像吹我白色头巾

白鸽白鸽你别说
美丽的脑袋小太阳
到了黑夜变月亮
白鸽白鸽你别说

之三

南风吹木
吹出花果
我要亲你
花果咬破

之四

月亮月亮慢慢亮
照着一只木头床
河流河流快快流
渡过我的心头肉

白马过河一片白

黑马过河一片黑
这一条河流
总是心头的河流

白马过河是月圆
黑马过河是月残
这一只月亮
总是床头的月亮

给 B 的生日[1]

天亮我梦见你的生日
好像羊羔滚向东方
——那太阳升起的地方

黄昏我梦见我的死亡
好像羊羔滚向西方
——那太阳落下的地方

秋天来到，一切难忘
好像两只羊羔在途中相遇
在运送太阳的途中相遇
碰碰鼻子和嘴唇
——那友爱的地方
那秋风吹凉的地方
那片我曾经吻过的地方

1　B 为海子初恋女友。

我感到魅惑

天上的音乐不会是手指所动
手指本是四肢安排的花豆
我的身子是一份甜蜜的田亩

我感到魅惑
我就想在这条魅惑之河上渡过我自己
我的身子上还有拔不出的春天的钉子

我感到魅惑
美丽女儿，一流到底
水儿仍旧从高向低

坐在三条白蛇编成的篮子里
我有三次渡过这条河
我感到流水滑过我的四肢
一只美丽鱼婆做成我缄默的嘴唇

我看见，风中飘过的女人
在水中产下卵来
一片霞光中露出来的长长的卵

我感到魅惑

满脸草绿的牛儿
倒在我那牧场的门厅

我感到魅惑
有一种蜂箱正沿河送来
蜂箱在睡梦中张开许多鼻孔

有一只美丽的鸟面对树枝而坐
我感到魅惑

我感到魅惑
小人儿，既然我们相爱
我们为什么还在河畔拔柳哭泣

云朵

西藏村庄
神秘的村庄
忧伤的村庄
你躺倒在路上
你不姓李也不姓王
你嫁给的男人
脾气怎么样
神秘的村庄
忧伤的村庄
你生了几个儿子
有哪些闺女已嫁到远方
神秘的村庄
忧伤的村庄

当经幡吹响
你多像无人居住的村庄
当经幡五颜六色如我受伤的头发迎风飘扬
你多像无人居住的村庄

当藏族老乡亲在屋顶下酣睡
你多像无人居住的村庄
像周围的土墙画满慈祥的佛像
你多像无人居住的村庄

哭泣

哭泣—— 一朵乌黑的火焰
我要把你接进我的屋子
屋顶上有两位天使拥抱在一起
哭泣——我是湖面上最后一只天鹅
黑色的天鹅像我黑色的头发在湖水中燃烧
用你这黑色肉体的谷仓带走我
哭泣—— 一朵乌黑的新娘
我要把你放在我的床上
我的泪水中有对自己的哀伤

我坐在一棵木头中

我坐在一棵木头中，如同多年没有走路的瞎子
忘却了走路的声音
我的耳朵是被春天晒红的花朵和虫豸

春天

你迎面走来
冰消雪融
你迎面走来
大地微微颤栗

大地微微颤栗
曾经饱经忧患
在这个节日里
你为什么更加惆怅

野花是一夜喜筵的酒杯
野花是一夜喜筵的新娘
野花是我包容新娘
的彩色屋顶

白雪抱你远去
全凭风声默默流逝
春天啊
春天是我的品质

村庄

村庄，在五谷丰盛的村庄，我安顿下来
我顺手摸到的东西越少越好！
珍惜黄昏的村庄，珍惜雨水的村庄
万里无云如同我永恒的悲伤

歌：阳光打在地上

阳光打在地上
并不见得
我的胸口在疼
疼又怎样
阳光打在地上

这地上
有人埋过羊骨
有人运过箱子、陶瓶和宝石
有人见过牧猪人，那是长久的漂流之后
阳光打在地上，阳光依然打在地上

这地上
少女们多得好像
我真有这么多女儿
真的曾经这样幸福
用一根水勺子
用小豆、菠菜、油菜
把她们养大
阳光打在地上

在昌平的孤独

孤独是一只鱼筐
是鱼筐中的泉水
放在泉水中

孤独是泉水中睡着的鹿王
梦见的猎鹿人
就是那用鱼筐提水的人

以及其他的孤独
是柏木之舟中的两个儿子
和所有女儿，围着诗经桑麻沅湘木叶
在爱情中失败
他们是鱼筐中的火苗
沉到水底

拉到岸上还是一只鱼筐
孤独不可言说

马（断片）

0.

……而你无知的母亲
还是生下了你
总有一天
你我相遇
而那无知的马受惊的马一跃而起
踏碎了我

1.

太阳，吐血的母马
她一头倒在
我身上
我全身起了大火

因此我四肢在空中燃烧，翻腾
碰到一匹匹受伤的马阵亡的马
你还在上面，还在上面
我的沉重的身子却早在下沉
一路碰撞

接着双手摸到的只有更低处的谷子
还有平原的谷仓
你还在上面，在上面，而平原的谷仓坍塌
匆匆把我掩埋

2.

燃烧的马，拉着尸体，冲出了大地
所行的路上
大马的头颅
拖着人头
晃动
如几株大麦
挡不住！

3.

当另一批白色马群来到
破门而入
倒在你室内的地上
久久昏睡不醒
久久

要知道
她们跑过了许多路
她们——
我诗歌的女儿
就只好破门而入

蒙古的城市噢
青色的城

4.

我就是那疯狂的、裸着身子
　　　驮过死去诗人的
　　　马
整座城市被我的创伤照亮
斜插在我身上的无数箭枝
被血浸透
就像火红的玉米

春天（断片）

0.

一匹跛了多年的
红色小马
躺在我的小篮子里
故乡晴空万里
故乡白云片片
故乡水声汩汩
我的红色小马躺在小篮子里
就像我手心的红果实
听不见窗户下面
生锈的声音

就像一把温暖的果实

1.

我的头随草起伏
如同纸糊的歪灯
我的胳膊是
一条运猫的小船
停在河岸
一条草

看见走过来的
干净的身子
不多

2.

远方寂寞的母亲
也只有依靠我这
负伤的身体。母亲
望着猎户消匿的北方
刮断梅花
窗户长久地存满冰块
村子中间
淘井的门前
说话的依旧在轻声说话
树林中孤独的父亲
正对我的弟弟细细讲清：
你去学医
因为你哥哥
那位受伤的猎户
星星在他脸上
映出船样的伤疤

3.

两个温暖的水勺子中

住着一对旧情人

4.

突然想起旧砖头很暖和
想起河里的石子
磨过森林的古鹿之唇
想起青草上花朵如此美丽如此平庸
背对着短树枝
你只有泪水没有言语

而我
手缠树叶
春天的阳光晒到马尾
马的屁股温暖得像一块天上落下的石头

5.

春天是农具所有者的春天

长花短草
贴河而立

这些都是在诗人的葬礼上
隔水梦见一扇门

诗人家中的丑丫头
嫁在南山上

6.

最后的夜雪如孩
手指拨开水
我就在这片乌黑的屋顶上坐下
是不是这片村庄
是不是这个夜晚
有人在头顶扔下
一匹蓝色大马
就把我埋在
这匹蓝色大马里

7.

有伤的季节
拖着尾巴
来到

大家来到
我肉体的外面

半截的诗

你是我的
半截的诗
半截用心爱着
半截用肉体埋着
你是我的
半截的诗
不许别人更改一个字

爱情诗集

坐在烛台上
我是一只花圈
想着另一只花圈
不知道何时献上
不知道怎样安放

歌或哭

我把包袱埋在果树下
我是在马厩里歌唱
是在歌唱

木床上病中的亲属
我只为你歌唱
你坐在拖鞋上
像一只白羊默念拖着尾巴的
另一只白羊
你说你孤独
就像很久以前
长星照耀十三个州府
的那种孤独
你在夜里哭着
像一只木头一样哭着
像花色的土散着香气

门关户闭

门关户闭
诗歌的乞讨人
一只布口袋
装满女儿的三顿剩饭
坐在树底下
洗着几代人的脏袜子
我就是那女儿
农民的女儿
中国农民的女儿
波兰农民的女儿
洗着几代人的袜子
等着冰融雪化

在所有的人中
只有我粗笨
善良的只有我
熟悉这些身边的木头
瓦片和一代代
诚实的婚姻

幸福（或我的女儿叫波兰）[1]

当我俩同在草原晒黑
是否饮下这最初的幸福　最初的吻

当云朵清楚极了
听得见你我嘴唇
这两朵神秘火焰

这是我母亲给我的嘴唇
这是你母亲给你的嘴唇
我们合着眼睛共同啜饮
像万里洁白的羊群共同啜饮

当我睁开双眼
你头发散乱
乳房像黎明的两只月亮

在有太阳的弯曲的木头上
晾干你美如黑夜的头发

1　据说海子喜欢“波兰”一词，“女儿叫波兰”并无特别所指。

九月的云

九月的云
展开殓布

九月的云
晴朗的云

被迫在盘子上，我
刻下诗句和云

我爱这美丽的云

水上有光
河水向前

我一向言语滔滔
我爱着美丽的云

我的窗户里埋着一只为你祝福的杯子

那是我最后一次想起的中午
那是我沉下海水的尸体
回忆起的一个普通的中午

记得那个美丽的
穿着花布的人
抱着一扇木门
夜里被雪漂走

梦中的双手
死死捏住火种

八条大水中
高喊着爱人

小林神，小林神
你在哪里

海滩上为女士算命

你不用算命
命早就在算你
你举着筷子
你坐在碗沿上
你脱下黑色女靴
就盖住城市的尸体
你裹着布匹
仍然是吃米的老鼠
半截泡在沙滩上
太阳或者钞票上彩色的狗
啃你的脚背
你不用算命
命早就在算你

抱着白虎走过海洋

倾向于宏伟的母亲
抱着白虎走过海洋

陆地上有堂屋五间
一只病床卧于故乡

倾向于故乡的母亲
抱着白虎走过海洋

扶病而出的儿子们
开门望见了血太阳

倾向于太阳的母亲
抱着白虎走过海洋

左边的侍女是生命
右边的侍女是死亡

倾向于死亡的母亲
抱着白虎走过海洋

果园

鹿的眼
两扇有婴儿啼哭
的窗户。沉积在
有河水的果园中
鹿的角
打下果实
打下果实中
劳动的妇人
体内美如白雪的婴儿
已被果园的火光
烧伤。妇人依然
低坐
比果树
比鹿
比夜晚
更低。更沉
比谷地更黑

感动

早晨是一只花鹿
踩到我额上
世界多么好
山洞里的野花
顺着我的身子
一直烧到天亮
一直烧到洞外
世界多么好

而夜晚，那只花鹿
的主人，早已走入
土地深处，背靠树根
在转移一些
你根本无法看见的幸福
野花从地下
一直烧到地面

野花烧到你脸上
把你烧伤
世界多么好
早晨是山洞中
一只踩人的花鹿

肉体（之二）

肉体美丽
肉体是树林中
唯一活着的肉体
肉体美丽

肉体，远离其他的财宝
远离其他的神秘兄弟

肉体独自站立
看见了鸟和鱼

肉体睡在河水两岸
雨和森林的新娘
睡在河水两岸

垂着谷子的大地上
太阳和肉体
一升一落，照耀四方
像寂静的
节日的
财宝和村庄
照耀

只有肉体美丽

野花，太阳明亮的女儿
河川和忧愁的妻子
感激肉体来临
感激灵魂有所附丽
（肉体是野花的琴
盖住骨骼的酒杯）

感激我自己沉重的骨骼
也能做梦

肉体是河流的梦
肉体看见了采茴香的人迎着泉水

肉体美丽
肉体是树林中
唯一活着的肉体
死在树林里
迎着墓地
肉体美丽

死亡之诗（之一）

漆黑的夜里有一种笑声笑断我坟墓的木板
你可知道，这是一片埋葬老虎的土地

正当水面上渡过一只火红的老虎
你的笑声使河流漂浮
的老虎
断了两根骨头
正在这条河流开始在存有笑声的黑夜里结冰
断腿的老虎顺河而下，来到我的
窗前

一块埋葬老虎的木板
被一种笑声笑断两截

死亡之诗（之二：采摘葵花）

——给凡·高的小叙事：自杀过程

雨夜偷牛的人
爬进了我的窗户
在我做梦的身子上
采摘葵花

我仍在沉睡
在我睡梦的身子上
开放了彩色的葵花
那双采摘的手
仍像葵花田中
美丽笨拙的鸽子

雨夜偷牛的人
把我从人类
身体中偷走
我仍在沉睡
我被带到身体之外
葵花之外，我是世界上
第一头母牛（死的皇后）
我觉得自己很美
我仍在沉睡

雨夜偷牛的人
于是非常高兴
自己变成了另外的彩色母牛
在我的身体中
兴高采烈地奔跑

自杀者之歌

伏在下午的水中
窗帘一掀一掀
一两根树枝伸过来
肉体，水面的宝石
是对半分裂的瓶子
瓶里的水不能分裂

伏在一具斧子上
像伏在一具琴上

还有绳索
盘在床底下
林间的太阳砍断你
像砍断南风

你把枪打开，独自走回故乡
像一只鸽子
倒在猩红的篮子上

给萨福

美丽如同花园的女诗人们
相互热爱，坐在谷仓中
用一只嘴唇摘取另一只嘴唇

我听见青年中时时传言道：萨福

一只失群的
钥匙下的绿鹅
一样的名字。盖住
我的杯子

托斯卡尔的美丽的女儿
草药和黎明的女儿
执杯者的女儿

你野花
的名字
就像蓝色冰块上
淡蓝色的清水溢出

萨福萨福
红色的云缠在头上
嘴唇染红了每一片飞过的鸟儿

你散着身体香味的
鞋带被风吹断
在泥土里

谷色中的嘤嘤之声
萨福萨福
亲我一下

你装饰额角的诗歌何其甘美
你凋零的棺木像一盘美丽的
棋局

给安徒生（组诗）

1.

让我们砍下树枝做好木床

一对天鹅的眼睛照亮
一块可供下蛋的岩石

让我们砍下树枝做好木床
我的木床上有一对幸福天鹅
一只匆匆下蛋，一只匆匆死亡

2.

天鹅的眼睛落在杯子里
就像日月落在大地上

给托尔斯泰

我想起你如一位俄国农妇暴跳如雷
补一只旧鞋的
手
时时停顿
这手掌混同于
兵士的臭脚、马肉和盐
你的灰色头颅一闪而过
教堂的裸麦中央
北方流注的河流马的脾气暴跳如雷
胸膛上面排排旧俄的栅栏暴跳如雷
低矮的天空、灯火和农妇暴跳如雷

吹灭云朵
吹灭火焰
吹灭灯盏
吹灭一切妓女
和善良女人的
嘴唇
你可以耕地，补补旧鞋
你可以爱他人，读读福音书
我记得陈旧的河谷端坐老人
端坐暴跳如雷的老人

大自然

让我来告诉你
她是一位美丽结实的女子
蓝色小鱼是她的水罐
也是她脱下的服装
她会用肉体爱你
在民歌中久久地爱你

你上上下下瞧着
你有时摸到了她的身子
你坐在圆木头上亲她
每一片木叶都是她的嘴唇
但你看不见她
你仍然看不见她

她仍在远处爱着你

莫扎特在《安魂曲》中说

我所能看见的妇女
水中的妇女
请在麦地之中
清理好我的骨头
如一束芦花的骨头
把它装在琴箱里带回

我所能看见的
洁净的妇女，河流
上的妇女
请把手伸到麦地之中

当我没有希望
坐在一束麦子上回家
请整理好我那零乱的骨头
放入那暗红色的小木柜，带回它
像带回你们富裕的嫁妆

天鹅

夜里，我听见远处天鹅飞越桥梁的声音
我身体里的河水
呼应着她们

当她们飞越生日的泥土、黄昏的泥土
有一只天鹅受伤
其实只有美丽吹动的风才知道
她已受伤。她仍在飞行

而我身体里的河水却很沉重
就像房屋上挂着的门扇一样沉重
当她们飞过一座远方的桥梁
我不能用优美的飞行来呼应她们

当她们像大雪飞过墓地
大雪中却没有路通向我的房门
——身体没有门——只有手指
竖在墓地，如同十根冻伤的蜡烛

在我的泥土上
在生日的泥土上
有一只天鹅受伤
正如民歌手所唱

不幸

四月的日子　最好的日子
和十月的日子　最好的日子
比四月更好的日子
像两匹马　拉着一辆车
把我拉向医院的病床
和不幸的病痛

有一座绿色悬崖倒在牧羊人怀中
两匹马
在山上飞

两匹马
白马和红马
积雪和枫叶
犹如姐妹
犹如两种病痛
的鲜花

泪水

最后的山顶树叶渐红
群山似穷孩子的灰马和白马
在十月的最后一夜
倒在血泊中

在十月的最后一夜
穷孩子夜里提灯还家　泪流满面
一切死于中途　在远离故乡的小镇上
在十月的最后一夜

背靠酒馆白墙的那个人
问起家乡的豆子地里埋葬的人
在十月的最后一夜
问起白马和灰马为谁而死……鲜血殷红

他们的主人是否提灯还家
秋天之魂是否陪伴着他
他们是否都是死人
都在阴间的道路上疯狂奔驰

是否此魂替我打开窗户
替我扔出一本破旧的诗集
在十月的最后一夜
我从此不再写你

给 1986

“就像两个凶狠的僧侣点火烧着了野菊花地
——这就是我今年的心脏”

（或者绿宝石的湖泊中马匹淹没时仅剩的头颅）
马脑袋里无尽的恐惧！无尽的对于水和果实的恐惧！

“（当我摇着脖子漫游四方
你的嘴唇像深入果园的云彩）
（而我脑袋中残存着马头的恐惧
对于嘴唇和果实的恐惧）”

“（我那清凉的井水
洗着我的脚像洗着两件兵器）
（天鹅的遗骸远远飞来
墓地的喇叭歌唱一个在天鹅身体上砍伐的人）”

海水没顶

原始的妈妈
躲避一位农民
把他的柴刀丢在地里
把自己的婴儿溺死井中
田地任其荒芜

灯上我恍惚遇见这个灵魂
跳上大海而去
大海在粮仓上汹涌
似乎我和我的父亲
雪白的头发在燃烧

七月的大海

老乡们，谁能在海上见到你们真是幸福！
我们全都背叛自己的故乡
我们会把幸福当成祖传的职业
放下手中痛苦的诗篇

今天的白浪真大！老乡们，它高过你们的粮仓
如果我中止诉说，如果我意外地忘却了你
把我自己的故乡抛在一边
我连自己都放弃　更不会回到秋收　农民的家中

在七月我总能突然回到荒凉
赶上最后一次
我戴上帽子　穿上泳装　安静地死亡
在七月我总能突然回到荒凉

北斗七星　七座村庄

——献给萍水相逢的额济纳姑娘

村庄　水上运来的房梁　漂泊不定
还有十天　我就要结束漂泊的生涯
回到五谷丰盛的村庄　废弃果园的村庄
村庄　是沙漠深处你所居住的地方　额济纳!

秋天的风早早地吹　秋天的风高高地吹
静静面对额济纳
白杨树下我吹灭你的两只眼睛
额济纳　大沙漠上静静的睡

额济纳姑娘　我黑而秀美的姑娘
你的嘴唇在诉说　在歌唱
五谷的风儿吹过骆驼和牛羊
翻过沙漠　你是镇子上最令人难忘的姑娘

黄金草原

草原上的羊群
在水泊上照亮了自己
像白色温柔的灯
睡在男人怀抱中

而牧羊人来自黄金草原
头颅像一颗树根
把羊抱进谷仓里
然后面对黄金和酒杯
称呼你为女人

女人，我知心的朋友
风吹来风吹去
你如星的名字
或者羊肉的腥

你在山崖下睡眠
七只绵羊七颗星辰
你含在我口中似雪未化
你是天空上的羊群

怅望祁连（之一）

那些是在过去死去的马匹
在明天死去的马匹
因为我的存在
它们在今天不死
它们在今天的湖泊里饮水食盐

天空上的大鸟
从一颗樱桃
或马骷髅中
射下雪来
于是马匹无比安静
这是我的马匹
它们只在今天的湖泊里饮水食盐

怅望祁连（之二）

星宿　刀　乳房
这就是雪水上流下来的东西
　　“亡我祁连山，使我牛羊不蕃息
　　失我胭脂山，令我妇女无颜色”
只有黑色牲畜的尾巴
鸟的尾巴
鱼的尾巴
儿子们脱落的尾巴
像七种蓝星下
插在屁股上的麦芒
风中拂动
雪水中拂动

七月不远

——给青海湖，请熄灭我的爱情

七月不远
性别的诞生不远
爱情不远——马鼻子下
湖泊含盐

因此青海不远
湖畔一捆捆蜂箱
使我显得凄凄迷人：
青草开满鲜花

青海湖上
我的孤独如天堂的马匹
（因此，天堂的马匹不远）

我就是那个情种：诗中吟唱的野花
天堂的马肚子里唯一含毒的野花
（青海湖，请熄灭我的爱情！）

野花青梗不远，医箱内古老姓氏不远
（其他的浪子，治好了疾病
已回原籍，我这就想去见你们）

因此跋山涉水死亡不远
骨骼挂遍我身体
如同蓝色水上的树枝

啊，青海湖，暮色苍茫的水面
一切如在眼前！

只有五月生命的鸟群早已飞去
只有饮我宝石的头一只鸟早已飞去
只剩下青海湖，这宝石的尸体
　　　　　　　暮色苍茫的水面

敦煌

敦煌石窟像马肚子下
挂着一只只木桶
乳汁的声音滴破耳朵——
像远方草原上撕破耳朵的人
来到这最后的山谷
他撕破的耳朵上
悬挂着花朵

敦煌是千年以前
起了大火的森林
在陌生的山谷
是最后的桑林——我交换
食盐和粮食的地方
我筑下岩洞，在死亡之前，画上你
最后一个美男子的形象
为了一只母松鼠
为了一只母蜜蜂
为了让她们在春天再次怀孕

九月

目击众神死亡的草原上野花一片
远在远方的风比远方更远
我的琴声呜咽　泪水全无
我把这远方的远归还草原
一个叫马头　一个叫马尾
我的琴声呜咽　泪水全无

远方只有在死亡中凝聚野花一片
明月如镜高悬草原映照千年岁月
我的琴声呜咽　泪水全无
只身打马过草原

喜马拉雅

高原悬在天空
天空向我滚来
我丢失了一切
面前只有大海

我是在我自己的远方
我在故乡的海底——
走过世界最高的地方
喜马拉雅　喜马拉雅

你是谁
饥饿
怀孕
把无尽的
滚过天空的头颅
放回天空

我从大海来到落日的中央
飞遍了天空找不到一块落脚之地
今日有粮食却没有饥饿
今天的粮食飞遍了天空

找不到一只饥饿的腹部
饥饿用粮食喂养
更加饥饿，奄奄一息
草原上的天空不可阻挡

嘴唇和我抱住河水
头颅和他的姐妹
在大河底部通向海洋
割下头颅的身子仍在世上
最高的一座山
仍在向上生长

宇宙猎冰人

宇宙猎冰人的使女过于悲哀，来到河畔
眼眶之内的寂寂蓝色
割破了我的二十五根琴弦

其实猎冰人并不认识自己的宇宙。
他让侍女们像肉体一样美丽。
猎冰人的侍女们确实美丽。

这时就应该我来解释

这时就应该我来解释
什么叫姐妹
她们是

两头大鱼抱着水，歌曲烫着她们
这时就应该让我来解释什么是歌
一万个夏天我都梦见土地
被我的两朵乳房打湿

光着头的哥哥噢哥哥

——给凡·高

一个
光着头
的人
把头
插入红色的
血样的豹子
活豹子。

太阳
在腹中翻滚、燃烧
光着头的哥哥噢哥哥
金光闪闪的树
是刀子插在你的肚子上。
不见流血
你的肚子上
挤满太阳的豹子
像一条滞缓充盈的河

太阳
你的头
头
就是头
插入这红色的血样的豹腹

青年医生梦中的处方：木桶

让诗人受伤　睡在四方
睡在家乡的木桶

让你的手臂打开树枝
合上嘴唇就是合上叶子

用你的文字、苍老的黑文字
做成木桶中的哑巴儿子

牵你的儿子走向河岸
用你们的沉默去钓鱼

其实你一直坐在木桶中
在自己的身上钓鱼

用你的手臂扯动鱼具
用你的嘴唇上钩

而你是一只家乡漏水的木桶
你在四方汇集的水流中受伤

其实是诗人受伤，睡如木桶
请来做梦的青年医生

街道

街道虽窄
仍然容得下
这么多售货员、护士长
和男秘书
他们出出进进
他们向左向右
没有人停住
听一听
其实也没有歌声
歌手已被小小的运粪的马车娶走
在乡下
在众鱼之间
生儿育女

琴

古木头
在操刀的手下
成琴

或者出自兽皮
兽皮本是蓝色雪水的一弦一脉

琴是我的病床
或者是新婚之床
但我没有新娘

风中少女，像装着水果的篮子
一年一度躺在琴上，生病
一年一度李子打头
一直平常的我
如今更平常

岁月

直木头上
雨水已淡

营地的马
摇动尾巴
横拿月亮拨开木叶你走来
我突然想起一具陈旧的
箩筐

如今雨水已淡
瓮中未满
千秋 · 我怎么记得住
已经过去的一千个秋天

诗经中的两个儿子及其他

桑中的
两个儿子
如山如河

不会在木上
不会在水中
两个儿子
心头动了
被水害了

我像一位村长
手持玉米
坐在原野中央
雪花纷飞的原野中央

长子和公主们
戴着玉米戒指的手
用来清点水罐
的十位数字。

爱过大海的女人
听见了海中

村长的声音。

半截泡在沙滩上

太阳或者钞票上彩色的狗

啃你的脚背

你不用算命

命早就在算你

冬天的雨[1]

一只船停在荒凉的河岸
那就是你居住的城市
我的外套脏脏，扔在河岸上
我的心情开始平静而开朗

河水上面还是山岗
许多年前冒起了白烟
部落来到这里安下了铁锅
在潮湿的天气里
我的心情开始平静而开朗
这不是别人的街头，也不是我梦中的景色
街头上卖艺人收起了他彩色的帐篷

冬天的雨下在石头上
飘过山梁仍旧是冬天的雨
打一只火把走到船外去看山头的麦地
然后在神像前把火把熄灭
我们沉默地靠在一起

1　此诗可能是《雨》的初稿。

你是一个仙女，是冬天潮湿的石头
你的外表是一把雨伞
你躲在伞中像拒绝天地的石头
你的黑发披散在冬天的雨中
混同于那些明媚的两省交界的姑娘
在大山的边缘，山顶的雪也隐然远去
像那些在大河上凝固的白帆
我摘下你的头巾，走到你的麦地
这里的粮食虽然是潮湿的
仍然是山顶的粮食

野兽在雨中说过的话，我们还要说一遍
我们在火把中把野兽说过的话重复一遍
我看见一个铁匠的火屑飞溅
我看到一条肮脏的河流奔向大海，越来越清澈，平静而广阔
这都是你的赐予，你手提马灯，手握着艾
平静得像一个夜里的水仙
你的黑发披散着盖住了我的胸脯
我将我那随身携带的弓箭挂到墙上
那弓箭我随身携带了一万年

我的河流这时平静而广阔
容得下多少小溪的混浊
我看见你提着水罐举向我的胸脯

我足够喂养你的嘴唇和你的羊群

我在冬天的雨中奔腾，我的胸脯上藏有明天早晨
明天早晨我的两腿画满了野兽和村落
有的跳跃着，用翅膀用肉体生活
有的死于我的弓箭，长眠不醒

雨

打一只火把走到船外去看山头被雨淋湿的麦地
又弱又小的麦子

然后在神像前把火把熄灭
我们沉默地靠在一起
你是一个仙女，住在庄园的深处

月亮　你寒冷的火焰　你雨衣中裸体少女依然新鲜

今天夜晚的火焰穿戴得像一朵鲜花
在南方的天空上游泳
在夜里游泳，越过我的头顶

高地的小村庄又小又贫穷
像一棵麦子
像一把伞
雨中裸体少女沉默不语

贫穷孤独的少女　像女王一样　住在一把伞中
阳光和雨水只能给你尘土和泥泞
你在伞中，躲开一切
拒绝泪水和回忆

雨鞋

我的双脚在你之中
就像火走在柴中

雨鞋和羊和书一起塞进我的柜子
我自己被塞进相柜，挂在故乡
那粘土和石头的房子，房子里用木生火
潮湿的木条上冒着烟
我把撕碎的诗稿和被雨打湿
改变了字迹的潮湿的书信
卷起来，这些灰色的信
我没有再读一遍
普希金将她们和拖鞋一起投进壁炉
我则把这些温暖的灰烬
把这些信塞进一双小雨鞋
让她们沉睡千年
梦见洪水和大雨

献诗

——给 s

谁在美丽的早晨
谁在这一首诗中

谁在美丽的火中　飞行
并对我有无限的赠予

谁在炊烟散尽的村庄
谁在晴朗的高空

天上的白云
是谁的伴侣

谁身体黑如夜晚　两翼雪白
在思念　在鸣叫

谁在美丽的早晨
谁在这一首诗中

病少女

白蛾子像美丽
黄昏的伤口
在诗人的眼里想起黄昏

听见村庄在外被风吹拂

当你一家三口走下月台
我端坐车中
如月球居民

病少女　无遮拦的盐碱地上的风
吹在你脸上

病少女　清澈如草
眉目清朗，使人一见难忘
听见了美丽村庄被风吹拂

我爱你的生病的女儿，陌生的父亲

美丽白杨树

灵魂像山腰或山顶四只恼人的蹄子
移动步履，幻变无常的人类
可还记得白色的杨树　平静而美丽

可还记得　一阵雷声　自远方滚来
高高的天空回荡天堂的声响

幻变无常的人类　可还记得
闪电和雨水中的　白色杨树

在你的河岸上　女人　月亮　马　匆匆而去
四只蹄子在你的河岸上
拥有一间雪中的屋子　婚姻　或一面镜子
这就是大地上你全部的居所

难忘有一日歇脚白杨树下
白色美丽的树！
在黄金和允诺的地上
陪伴花朵和诗歌　静静地开放　安详地死亡

美丽的白杨树　这是一位无名的诗人
使女儿惊讶　而后长成幸福的主妇　不免终老于斯
这是一位无名的诗人使女儿惊讶
美丽的白杨树
这多像弟弟和父亲对她们的忠实

夜晚　亲爱的朋友

在什么树林，你酒瓶倒倾
你和泪饮酒，在什么树林，把亲人埋葬

在什么河岸，你最寂寞
搬进了空荡的房屋，你最寂寞，点亮灯火

什么季节，你最惆怅
放下了忙乱的箩筐
大地茫茫，河水流淌
是什么人掌灯，把你照亮

哪辆马车，载你而去，奔向远方
奔向远方，你去而不返，是哪辆马车

晨雨时光

小马在草坡上一跳一跳
这青色麦地晚风吹拂
在这个时刻　我没有想到
五盏灯竟会同时亮起

青麦地像马的仪态　随风吹拂
五盏灯竟会一盏一盏地熄灭

往后　雨会下到深夜　下到清晨
天色微明
山梁上定会空无一人

不能携上路程
当众人齐集河畔　高声歌唱生活
我定会孤独返回空无一人的山峦

为什么你不生活在沙漠上

为什么你不生活在沙漠上
英雄的可怜而可爱的伴侣
我那唯一人在何方?
用酒调着火所能留下的灰　写下几首诗?

我的形象开始上升
主宰着你的心灵!
孤独守候着
一个健康的声音!

绝望之神　你在何方?
为什么你不生活在沙漠上!
我是谁手里磨刀的石块?
我为何要把赤子带进海洋

海子躺在地上
天空上
海子的两朵云
说:
你要把事业留给兄弟　留给战友
你要把爱情留给姐妹　留给爱人
你要把孤独留给海子　留给自己

北方的树林

槐树在山脚开花
我们一路走来
躺在山坡上　感受茫茫黄昏
远山像幻觉　默默停留一会

摘下槐花
槐花在手中放出香味
香味　来自大地无尽的忧伤
大地孑然一身　至今仍孑然一身

这是一个北方暮春的黄昏
白杨萧萧　草木葱茏
淡红色云朵在最后静止不动
看见了饱含香脂的松树

是啊，山上只有槐树　杨树和松树
我们坐下　感受茫茫黄昏
莫非这就是你我的黄昏
麦田吹来微风　顷刻沉入黑暗

两座村庄

和平与情欲的村庄
诗的村庄
村庄母亲昙花一现
村庄母亲美丽绝伦

五月的麦地上　天鹅的村庄
沉默孤独的村庄
一个在前一个在后
这就是普希金和我　诞生的地方

风吹在村庄
风吹在海子的村庄
风吹在村庄的风上
有一阵新鲜有一阵久远

北方星光照映南国星座
村庄母亲怀中的普希金和我
闺女和鱼群的诗人　安睡在雨滴中
是雨滴就会死亡！

夜里风大　听风吹在村庄
村庄静坐　像黑漆漆的财宝
两座村庄隔河而睡
海子的村庄睡得更沉

诗人叶赛宁（组诗）

1. 诞生

星日朗朗
野花的村庄
湖水荡漾
野花！
生下诗人

湖水在怀孕
在怀孕
一对蓓蕾
野花的小手在怀孕
生下诗人叶赛宁

野花的村庄漆黑
如同无人居住
野花，我的村庄公主
安坐痛苦的北方
生下诗人

谁家的窗户
灯火明亮
是野花，一只安详燃烧的灯

坐在泥土的灯台上
生下诗人叶赛宁

2. 乡村的云

乡村的云
故乡
你们俩是
水上的一对孩子

云朵的门啊，请为幸福的人们打开
请为幸福
和山坡上无处躲藏的忧伤的眼睛
打开！

3. 少女

少女
头枕斧头和水
安然睡去
一个春天
一朵花
一片海滩　一片田园

少女
一根伐自上帝
美丽的枝条

少女
月亮的马
两颗水滴
对称的乳房

4. 诗人叶赛宁

我是中国诗人
稻谷的儿子
茶花的女儿
也是欧罗巴诗人
儿子叫意大利
女儿叫波兰
我饱经忧患
一贫如洗
昨日行走流浪
来到波斯酒馆
别人叫我
诗人叶赛宁

浪子叶赛宁

叶赛宁

俄罗斯的嘴唇

梁赞的屋顶

黄昏的面容

农民的心

一颗农民的心

坐在酒馆

像坐在一滴酒中

坐在一滴水中

坐在一滴血中

仙鹤飞走了

桌子抬走了

尸体抬走了

屋里安坐忧郁的诗人

仍然安坐诗人叶赛宁

叶赛宁

不曾料到又一次

春回大地

大地是我死后爱上的女人

大地啊

美丽的是你

丑陋的是我

诗人叶赛宁

在大地中

死而复生

5. 玉米地

微风吹过这座小小的山冈
玉米地里棵棵玉米又瘦又小

我浇水　看着这些小小的可爱又瘦小的叶子
青青杨树叶子喧响在那一头
太阳远远地燃烧
落入一座空空的山谷

树叶是采自诸神的枪枝和婚床
圆形盾牌镌刻着无知的文字

6. 醉卧故乡

故乡的夜晚醉倒在地
在蓝色的月光下
飞翔的是我
感觉到心脏，一颗光芒四射的星辰
醉倒在地，头举着王冠
头举着五月的麦地

举着故乡晕眩的屋顶
或者星空，醉倒在大地上！
大地，你先我而醉
你阴郁的面容先我而醉
我要扶住你
大地！

我醉了
我是醉了
我称山为兄弟、水为姐妹、树林是情人
我有夜难眠，有花难戴
满腹话儿无处诉说
只有碰破头颅
霞光落在四邻屋顶
我的双脚踏在故乡的路上变成亲人的双脚
一路蹒跚在黄昏　升上南国星座
双手飞舞，口中喃喃不绝
我在飞翔
急促而深情
飞翔的是我的心脏
我感觉要坐稳在自己身上
故乡，一个姓名
一句
美丽的诗行
故乡的夜晚醉倒在地

7. 浪子旅程

我是浪子
我戴着水浪的帽子
我戴着漂泊的屋顶
灯火吹灭我
家乡赶走我
来到酒馆和城市

我本是农家子弟
我本应该成为
迷雾退去的河岸上
年轻的乡村教师
从都会师院毕业后
在一个黎明
和一位纯朴的农家少女
一起陷入情网
但为什么
我来到了酒馆
和城市

虽然我曾与母牛狗仔同歇在
露西亚天国

虽然我在故乡山冈
曾与一个哑巴
互换歌唱
虽然我二十年不吱一声
爱着你，母亲和外祖父
我仍下到酒馆——俄罗斯船舱底层
啜泣酒杯的边缘
为不幸而凶狠的人们
朗诵放荡疯狂的诗

我要还家
我要转回故乡，头上插满鲜花
我要在故乡的天空下
沉默寡言或大声谈吐
我要头上插满故乡的鲜花

8. 绝命

此刻在美丽的小镇上
苦荞麦儿香
说声分手吧
和另一位叶赛宁　双手紧紧握住

点着烛火，烧掉旧诗

说声分手吧
分开编过少女秀发的十指
秀发像五月的麦苗　曾轻轻含在嘴里

和另一位叶赛宁分手
用剥过蛇皮蒙上鼓面的人类之手
自杀身亡，为了美丽歌谣的神奇鼓面
蛇皮鼓啊如今你在村中已是泪水灯笼

说声分手吧　松开埋葬自己的十指
把自己在诗篇中埋葬
此刻在美丽的小镇上
不会有苦荞麦儿香

9. 天才

轻雷滚过的风中
白杨树梢摇动
在这个黄昏
我想到天才的命运

在此刻我想起你凡·高和韩波
那些命中注定的天才
一言不发

心情宁静

那些人
站在月亮中把头颅轻轻摇晃
手持火把，腰围面粉袋
心情宁静

暮色苍茫
永不复返的人哪
在孤寂的空无一人的打谷场上
被三位姐妹苦苦留下。

痛苦的天才们
饥渴难捱
可是河中滴水全无
面粉袋中没有一点面粉

轻雷滚过的风中
死者的鞋子，仍在行走
如车轮，如命运
沾满谷物与盲目的泥土

长发飞舞的姑娘（五月之歌）

玫瑰谢了，玫瑰谢了
如早嫁的姐妹漂落，漂落四方
我红色的姐姐，我白色的妹妹
大地和水挽留了她们　熄灭了她们
她们黯然熄灭，永远沉默却是为何？
姐妹们，你们能否告诉我
你们永久的沉默是为了什么

长发飞舞的黑眼睛姑娘
不像我的姐姐　也不像妹妹
不似早嫁的姐妹迟迟不归

如今我坐在街镇的一角
为你歌唱，远离了五谷丰盛的村庄

五月的麦地

全世界的兄弟们
要在麦地里拥抱
东方，南方，北方和西方
麦地里的四兄弟，好兄弟
回顾往昔
背诵各自的诗歌
要在麦地里拥抱

有时我孤独一人坐下
在五月的麦地　梦想众兄弟
看到家乡的卵石滚满了河滩
黄昏常存弧形的天空
让大地上布满哀伤的村庄
有时我孤独一人坐在麦地为众兄弟背诵中国诗歌
没有了眼睛也没有了嘴唇

月光

今夜美丽的月光　你看多好！
照着月光
饮水和盐的马
和声音

今夜美丽的月光　你看多美丽
羊群中　生命和死亡宁静的声音
我在倾听！

这是一只大地和水的歌谣，月光！

不要说　你是灯中之灯　月光！

不要说心中有一个地方
那是我一直不敢梦见的地方
不要问　桃子对桃花的珍藏
不要问　打麦大地　处女　桂花和村镇
今夜美丽的月光　你看多好！

不要说死亡的烛光何须倾倒
生命依然生长在忧愁的河水上
月光照着月光　月光普照
今夜美丽的月光合在一起流淌

吊半坡并给擅入都市的农民

我
径直走入
潮湿的泥土
堆起小小的农民
——对粮食的嘴
停留在西安　多少首饰的外围
多少次擅入都市
像水　血和酒——这些农夫的车辆
运送着河流、生命和欲望
父亲是死在西安的血
父亲是粮食
和丑陋的酿造者
唱歌的嘴　食盐的嘴　填充河岸的嘴
朝向无穷的半坡
粘土守着粘土之上小小的陶器作坊
在一条肤浅的粗暴的沟外站立

瓮内的白骨上飞走了那些美丽少女
半坡啊，再说，受孕也不是我一人的果实
实在需要死亡的配合

盲目的语言中有血和命运

而俘虏回乡
自由的血也有死亡的血
智慧的血也有罪恶的血

盲目

——给维特根施坦

那个人躲在山谷里研究刑法
那个人打扰了语言本身
打扰了那个俘虏和园丁

扰乱了谷草的图案
那个人躲在山谷里
研究犯罪与刑法

那个人在寒冷草原搬动木桶
那个人牵着骆驼，模仿沉默的园丁
那个人咀嚼谷草犹如牲畜
那个人仿佛就是语言自身的饥饿

多欲的父亲
娶下饱满的母亲
在部落里怀孕
在酒馆里怀孕
在渔船上怀孕

船舱内消瘦的哲学家思索多欲的父亲
是多么懊恼

多欲的父亲　央求家宅存在　门窗齐全
多欲的父亲　在我们身上　如此使我们恼火

（挺矛而上的哲学家
是一个赤裸裸的人）

是我的裸体
骑上时间绿色的群马
冲向语言在时间中的饥饿和犯罪
那个人躲在山谷里研究刑法

十四行：王冠

我所热爱的少女
河流的少女
头发变成了树叶
两臂变成了树干

你既然不能做我的妻子
你一定要成为我的王冠
我将和人间的伟大诗人一同佩戴
用你美丽叶子缠绕我的竖琴和箭袋

秋天的屋顶　时间的重量
秋天又苦又香
使石头开花　像一顶王冠

秋天的屋顶又苦又香
空中弥漫着一顶王冠
被劈开的月桂和扁桃的苦香

十四行：玫瑰花园

明亮的夜晚
我来到玫瑰花园
我脱下诗歌的王冠
和沉重的土地的盔甲

玫瑰花园　玫瑰花园
我们住在绝色美人的身旁　仿佛住在月亮上
我们谈论佛光中显出的美丽身影
和雪水浇灌下你的美丽的家园

我们谈到但丁　和他的永恒的贝亚德丽丝
以及天国、通往那儿永恒的天路历程
四川，我诗歌中的玫瑰花园
那儿诞生了你——像一颗早晨的星那样美丽

明亮的夜晚　多么美丽而明亮
仿佛我们要彻夜谈论玫瑰直到美丽的晨星升起。

日出

——见于一个无比幸福的早晨的日出

在黑暗的尽头
太阳，扶着我站起来
我的身体像一个亲爱的祖国，血液流遍
我是一个完全幸福的人
我再也不会否认
我是一个完全的人我是一个无比幸福的人
我全身的黑暗因太阳升起而解除
我再也不会否认　天堂和国家的壮丽景色
和她的存在……在黑暗的尽头！

土地·忧郁·死亡

黄昏，我流着血污的脉管不能使大羊生殖。
黎明，我仿佛从子宫中升起，如剥皮的句子摆上早餐。
夜晚，我从星辰上坠落，使墓地的群马阉割或受孕。
白天，我在河上漂浮的棺材竟拼凑成目前的桥梁或婚娶之船。

我的白骨累累是水面上人类残剩的屋顶。
燕子和猴子坐在我荒野的肚子上饮食男女。
我的心脏中楚国王廷面对北方难民默默无语。
全世界人民如今在战争之前粮草齐备。

最后的晚餐那食物径直通过了我们的少女
她们的伤口　她们颅骨中的缝
最后的晚餐端到我们的面前
一道筵席，受孕于人群：我们自己。

秋

用我们横陈于地的骸骨
在沙滩上写下：青春。然后背起衰老的父亲
时日漫长　方向中断
动物般的恐惧充塞着我们的诗歌

谁的声音能抵达秋之子夜　长久喧响
掩盖我们横陈于地的骸骨——
秋已来临。
没有丝毫的宽恕和温情：秋已来临

十四行：玫瑰花

玫瑰花　蜜一样的身体
玫瑰花园　黑夜一样的头发
覆盖了白雪隆起的乳房

白雪的门　白雪的门外被白雪盖住的两只酒盅
白雪的窗户　白雪的窗内两只火红的玫瑰谷
或两只火红的蜡烛……热情的蜡烛自行燃尽
两只丁当作响的酒盅……热情的酒浆被我啜饮

在秋天我感到了　你的乳房　你的蜜
像夏天的火　春天的风　落在我怀里
像太阳的蜂群落入黑夜的酒浆
像波斯古国的玫瑰花园　使人魂归天堂

肉体却必须永远活在设拉子[1]
——千年如斯
玫瑰花　你蜜一样的身体

1　设拉子是伊朗第六大城市。

秋天

你带来水　酒瓶和粮食

秋天　千里内外
树叶安睡大地
果实沉落桶底
发出闷闷声响

让镰刀平放
丰收的草原

秋天的水　上升
直到果实　果实
回声似的对称的乳房

秋天　丰收的篮子
天堂的篮子
盛放——“果实”
病床头刻划的
阿拉伯或恒河
的永久文字

而鱼唱着　梦着　村落

水离开了形状

离开了手

回声

这是两只丰收的篮子　彼此对称

乳房

手

秋日黄昏

火焰的顶端
落日的脚下
茫茫黄昏　华美而无上
在秋天的悲哀中成熟

日落大地　大火熊熊　烧红地平线滚滚而来
使人壮烈　使人光荣与寿同在　分割黄昏的灯
百姓一万倍痛感黑夜来临
在心上滚动万寿无疆的言语

时间的尘土　抱着我
在火红的山冈上跳跃
没有谁来应允我
万寿无疆或早夭襁褓

相反的是　这个黄昏无限痛苦
无限漫长　令人痛不欲生
切开血管
落日殷红

愿有情人终成眷属
愿爱情保持一生

或者相反　极为短暂　匆匆熄灭
愿我从此再不提起

再不提起过去
痛苦与幸福
生不带来　死不带去
唯黄昏华美而无上。

公爵的私生女

——给波德莱尔

我们偶然相遇
没有留下痕迹

那个庸俗的故事
使用货币或麦子
卖鱼的卖鱼
抓药的抓药
在天堂的黄昏
躲也躲不开
我们的生存
唯一的遭遇是一首诗
一首诗是一个被谋杀的生日
月光下　诗篇犹如
每一个死婴背着包袱
在自由的行进
路途遥远却独来独往

死婴
我的朋友
我的亲人
来路已逝去路已断

为谁而死为谁醉卧草原

我们偶然相遇
没有留下痕迹
石头门外，守夜人
抱着三枝火焰
埋下双眼，一夜长眠

九寨之星

很久很久的一盏灯
很久很久以前女神点亮的一盏灯
落满岁月尘土的一盏灯
当她面对湖水
女神的镜子中
变成了两盏
那就是你的一双眼睛
柔似湖水　亮如光明

野花

野花
和平与情歌
的村庄
女儿的女儿
野花

中国丁香的少女！
在林中酣睡
长发似水
容貌美丽无比
你是囚禁在一颗褐色星球上孤独的情人！

野兽的琴
各色小鸟秘密的隐衷
大地彩色的屋顶
太小太美
如心

心啊
雨和幸福
的女儿
水滴爱你
伴侣爱你
我爱你
野花自己也爱你

石头的病（或八七年）

石头的病　疯狂的病
不可治疗的病
不会被理会的病
被大理石同伙
视为疾病的石头
可制造石斧
以及贫穷诗人的屋顶
让他不再漂泊　四海为家
让他在此处安家落户
此处我就是那颗生病的石头的心
让他住在你的屋顶下
听见生病的石头屋顶上
鸟鸣清晨如幸福一生
石头的病　疯狂的病
石头打开自己的门户　长出房子和诗人
看见美丽的你
石头竞相生病
我身上一块又一块
全部生病——全变成了柔弱的心
不堪一击

从遍是石头的荒野中长出一位美丽女人

那是石头的疾病——万物的疾病
石头怎么会在荒野的黑暗中胀开
石头也会生病　长出鲜花和酒杯

如果石头健康
如果石头不再生病
他哪会开花
如果我也健康
如果我也不再生病
也就没有命运

昌平柿子树

柿子树
镇子边的柿子树

枝叶稀疏的秋之树
我只能站在路口望着她

在镇子边的小村庄
有两棵秋天的柿子树

柿子树下
不是我的家

秋之树
枝叶稀疏的秋之树

枫

广天一夜
暖如血

高寒的秋之树
长风千万叶
暖如血

一叶知秋
（秋住北方——
青涩坚硬
火焰焰闪闪的少女
走向成熟和死亡）

多灾多难多梦幻
的北国氏族之女
镰刀和筐内
秋天的头颅落地
姐妹血迹殷红

北国氏族之女
北国之秋住家乡
明日天寒地冻

日短夜长

路远马亡

北国氏族之女

一火灭千秋

虽果亡树在

北国氏族之女

——柿子和枫

相抢□于此秋天[1]

刀刃闪闪发亮

人头落地　血迹殷红

一只空空的杯子权做诗歌之棺

暖如地血　寒比天风

1　此处原作就有缺字。

尼采，你使我想起悲伤的热带

别人的诗：金黄的秋收俯伏在希腊的大理石上

一只陶罐上
镌刻一尾鱼
我住在鱼头
你住在鱼尾
我在冰天雪地的酒馆忙于宗教
冻得全身发红
你头发松开，充满情欲和狂暴

悲伤的热带
南方的岛屿
我的梦之蛇

你踏上雇佣军向南进军的大道
走出战俘营代价昂贵
辉煌的十年疯狂之门
一眼望见天堂里诗人歌唱的梨花朵朵
像原始人交换新娘后
堆积在梦中岛屿上的盐

水滴中千万颗乳房
歌唱我的一生

热带是
我的心情

是　国王的女儿
蜥蜴和袋鼠跳跃峡谷的女儿
和我
另一位呢喃而疯狂的诗人
同住在一只壶里

我的心情逼迫群蛇起舞　拥抱死亡的鹰
热带的悲伤少女
季节和岁月的火焰
你们都在十五岁就一命归天

水滴中千万颗乳房
归于虚无的热带
古老猎手萌生困惑
在山顶自缢

不幸（组诗）

——给荷尔德林

1. 病中的酒

抬起了一张病床
我的荷尔德林　他就躺在这张床上
马　疯狂地奔驰一阵
横穿整个法兰西

成为纯洁诗人、疾病诗人的象征
不幸的诗人啊
人们把你像系马一样
系在木匠家一张病床上

我不知道
在八月逝去的黄昏
二哥索福克勒斯
是否用悲剧减轻了你的苦痛

当那些姐妹和长老
举起了不幸的羊毛
燃烧的羊毛
像白雪一样地燃烧

他说——不要着急，焦躁的诸神
等一首故乡的颂歌唱完
我就会钻进你们那
黑暗和迟钝的羊角

丰足的羊角　呜呜作响的羊角
王冠和疯狂的羊角：我躺下
——“一万年太久”
只有此羊角　诗歌黑暗　诗人盲目

2. 怀念或没有收获

等你手拿钝镰刀
割下白雪和羊毛
不幸的荷尔德林已经发疯

修道院总管的儿子
银行家夫人的情人
不幸的荷尔德林已经发疯

等你建好医院
安放好一张又一张病床
荷尔德林就躺在第一张床上
经历没有收获的日子

那是幸福的
——“收获即苦难。”

只好怀念大雁——
那哭泣和笑容的篮子
当你追随我
来到人类的生活
只好怀念大雁——
那被黄昏染红的肉体的新娘。

3. 牧羊人的舞蹈
——黑暗沉寂之国

（有题无诗）

4. 血以后是黑暗——比血更红的是黑暗

荷尔德林——告诉我那黑暗是什么
他又怎样把你淹没
把你拥进他的怀抱
像大河淹没了一匹骏马

存在者　嘶叫者　和黑暗之桶的主人啊

你——现在又怎样在深渊上飞翔——阴郁地起舞
　——将我抛弃
并将我嘲笑——荷尔德林
你可是也已成为黑暗的大神的一部分
故乡
……我们仍抱着这光中飞散的桶的碎片营造土地和村庄
他们终究要被黑暗淹没
告诉我，荷尔德林——我的诗歌为谁而写

掘地深藏的地洞中毒药般诗歌和粮食
房屋和果树——这些碎片——在黑暗中又会呈现怎样的景象，
　荷尔德林?
延续六年的阴郁的旅行之路啊
兄弟们是否理解? 狄奥提马是否同情——她虽已早死?

哪一位神曾经用手牵引你度过这光明和黑暗交织的道路?
你在那些渡口又遇见什么样的老母和木匠的亲人?
他们是幻象? 还是真理?
是美丽还是谎言? 是阴郁还是狂喜?

还是这两者的合一：统治。
血以后是黑暗——比血更红的是黑暗
我永久永久怀念着你
不幸的兄弟　荷尔德林!

5. 致命运女神

怀抱心上人摔坏的一盏旧灯
怀抱悬崖上幸福的花草纵身而下

红色的大雁
隔河相望美丽村镇

致命运女神的几行诗句
痛苦在山上但说无妨

红色的大雁
在南风中微微吹动

少女食羊　羊食少年死后长出的青青草杆
一团白云卷走了你

随风来去的羊
——命运女神！

耶稣（圣之羔羊）

从罗马回到山中
铜嘴唇变成肉嘴唇
在我的身上　青铜的嘴唇飞走
在我的身上　羊羔的嘴唇苏醒

从城市回到山中
回到山中羊群旁
的悲伤
像坐满了的一地羊群

黎明：一首小诗

黎明
我挣脱
一只陶罐
或大地的边缘

我的双手　向着河流飞翔
我挣脱一只刻划麦穗的陶罐　太阳
我看见自己的面容　火焰
在黎明的风中飘忽不定

我看见自己的面容
火焰　像一片升上天空的大海
像静静的天马
向着河流飞翔

给安庆

五岁的黎明
五岁的马
你面朝江水
坐下

四处漂泊
向不谙世事的少女
向安庆城中心神不定的姨妹
打听你，谈论你

可能是妹妹
也可能是姐姐
可能是姻缘
也可能是友情

九首诗的村庄

秋夜美丽
使我旧情难忘
我坐在微温的地上
陪伴粮食和水
九首过去的旧诗
像九座美丽的秋天下的村庄
使我旧情难忘

大地在耕种
一语不发，住在家乡
像水滴、丰收或失败
住在我心上

在家乡

鸟　在家乡如一只蓝色的手或者子宫
手和子宫
你从石头死寂中茫然无知地上升

羊群……许多蹄子来了又去　反复灭绝
大地发光……月亮的马　飞到雪山和村庄
女人取了一个生蚕豆花的名字“月亮”

“回想我们高高隆起的乳房
总想砸烂船舱
那船长是否独自一人常把我们回想……”

阴暗的女王就是我永远青春的宝剑
当狮子在教堂下舞蹈
你应呼应！即使我没有声音！你应回答！你应发出声音！

水罐摇摇晃晃走上山巅成长为洞窟和房屋
大鸟食麦一株
祖先们更在劳动中丧生

头盖骨，孤独的星，忧伤的星，明亮的星，我的心，坐在头颅上
大叫大嚷

我打开龙的第一只骨头，第二只骨头，我将会在第三个耐
　寒的季节里爬
爬进它的身体，我将躲避我自己的追击

在危险的原野上
落下尸体的地方
那就是家乡

我的自由的尸体在山上将我遮盖　放出花朵的
羞涩香味

粮食两节

1.

在人类的遭遇中
在远方亲人的手中
为什么有这样简朴
而单一的粮食
仿佛它饶恕了我们
仿佛以粮食的名义
它理解了我们
安慰了我们

2. 谷

“谷”字很奇怪说粮食——“谷”
这仿佛是诗人的一句话　诗人的创造
粮食——头顶大火——下面张开嘴来
粮食　头上是火　下面或整个身躯是嘴　张开
大火熊熊的头颅和嘴
粮食

光棍

神秘客人那位食玉米担玉米　草筐中埋着牛肝的那光棍
在春天用了一把大火
烧光家园　使众人受伤

大家伤心唏嘘不已
空得丁当响的酒柜上
光棍光芒万丈

老英雄
走上前来
抱住那光棍
坐在黄昏
歌唱江山
布满眼泪

生殖

夜间雨从天堂滴落，滴到我的青色眼皮上
那夜的森林之门洞开若火焰咬在大腿上
一只长吻伸过万里动物的湖泊
人类咬紧牙关　音乐历历有声
四月之麦在黎明大雾弥漫中露出群仙般脑壳
雷声中　闪出一万只青蛙
血液的红马本像水　流过石榴和子宫
林子破了
人破口大骂
破门而出的感觉
构筑一个无人停留的小岛

我将告诉这些在生活中感到无限欢乐的人们
他们早已在千年的洞中一面盾上锈迹斑斑

马、火、灰——鼎

有了安慰，马飞来了，甚至有了盐，有了死亡

有了安慰，有了爪子，有了牙，甚至有了故乡，不缺乏春天
仍然缺少一具多么坚强的骷髅牢牢锁住我　多么牢固
我的舞蹈举起一片消费人血的灯
和耗尽什么的头颅　麦芒在煮光了自己之后
只剩下空杆之火　不尽诉说

有了安慰，有了马、火、灰、鼎，甚至有了夜晚
仍然缺少鬼魂，死过一次的缺少再次死亡
两姐妹只死了一个，天空却需要她们全部死亡
最好是无人收拾雪白的骨殖　任荒山更加荒芜下去
只剩一片沙漠　和　戈壁

有了安慰，而我们是多么缺少绝望
我所在的地方滴水不存，寸草不生，没有任何生长

水抱屈原

举着火把、捕捉落入
水的人

水抱屈原：如夜深打门的火把倒向怀中
水中之墓呼唤鱼群

我要离开一只平静的水罐
骄傲者的水罐——
宝剑埋在牛车的下边

水抱屈原：一双眼睛如火光照亮
水面上千年羊群
我在这时听见了世界上美丽如画

水抱屈原是我
如此尸骨难收

但丁来到此时此地

自杀者各自逃离树枝
但丁来到此时此地
自杀者各自逃离树枝

罪人在地狱
像荒山上嵌住的闪闪发光的钻石

感情只是陪伴我的小灯
时明时灭的地狱之门

树桠裂开，浅水灌耳
在香气的平原上
贝亚德丽丝
你站在另一头，低声唱歌

我的鳞片剥落
魂入肉体
巨大的灵找自由的河流
一些白色而善良
的草秸
里面埋葬野兽经常的抖动
贝亚德丽丝

的指引

卧室或劳动的市民的圣母

美丽阳光

献给韩波：诗歌的烈士[1]

反对月亮
反对月亮肚子上绿色浇灌天空

韩波，我的生理之王
韩波，我远嫁他方的姐妹早夭之子
韩波，语言的水兽和姑娘们的秘密情郎

韩波在天之巨大下面——脊背坼裂

上路，上路韩波如醉舟
不顾一切地上路
韩波如装满医生的车子
远方如韩波的病人
远方如树的手指怀孕花果

反对老家的中产阶级
韩波是野兽睫毛上淫荡的波浪

村中的韩波
毒药之父
（1864 ~ 1891）
埋于此：太阳
海子的诗

---

1 “韩波”，今通译“兰波”。

给伦敦

马克思、维特根施坦
两个人，来到伦敦
一前一后，来到这个大雾弥漫的
岛国之城
一个宏伟的人，一个简洁的人
同样的革命和激进
同样的一生清贫
却带有同样一种摧毁性的笑容
内心虚无
内心贫困
在货币和语言中出卖一生
这还不是人类的一切啊！
石头，石头，卖了石头买石头
卖了石头换来石头
卖了石头还有石头
　　石头还是石头，人类还是人类

马雅可夫斯基自传

微微发紫的光线里一个胎儿、一朵向日葵
诗人在小镇一角度完一生
在那家残破的灯下
旅馆破旧
石头流动
梨花阵阵
迟钝和内心冲突
一棵梨子树，梨花阵阵
头盖骨龟裂——箭壶愚蠢摇动
火烧山地　白色梨花阵阵
刮去遍体鳞伤
一切噪音进入我的语言
化成诗歌与音乐　梨花阵阵
在我弃绝生活的日子里
黑脑袋——杀死了我
以我血为生　背负冰凉斧刃
黑脑袋　长出一片胳膊
挥舞一片胳膊
露出一切牙齿、匕首
黑头里垒满了石头
像青铜一样站着
站到最后　站到末日

盲目

手在果园里
就不再孤单
两只自己的手
在怀孕别的手

灯

我们坐在灯上
我们火光通明
我们做梦的胳膊搂在一起
我们栖息的桌子飘向麦地
我们安坐的灯火涌向星辰

灯光，我明丽又温暖
的橘黄的雪
披上新娘的微黄的发辫

（灯
只有你
你仿佛无鞋
你总是行色匆匆）
灯，你的名字
掌在我手上

灯，月亮上
亮起的心
和眼睛

灯

躲在山谷
躲在北方山顶的麦地

灯啊
我们做梦的房子飘向麦田
桌子上安放求婚的杯盏
祈求和允诺的嘴唇
是灯

灯
一丛美丽
暖和
一个名字
我的秘密
我的新娘
叫小灯

灯
明天的雪中新娘
安坐在屋中
你为什么无鞋
你为什么
竖起一根通红的手指
挡住出嫁日期

灯诗

灯，从门窗向外生活
灯啊是我内心的春天向外生活
黑暗的蜜之女王
向外生活，“有这样一只美丽的手向外生活”

火种蔓延的灯啊
是我内心的春天一人放火
没有火光，没有火光烧坏家乡的门窗
春天也向外生长
度过炎炎大火的一颗火
却被秋天遍地丢弃
让白雪走在酒上享受生活

你是灯
是我胸脯上的黑夜之蜜
灯，怀抱着黑夜之心
烧坏我从前的生活和诗歌

灯，一手放火，一手享受生活
茫茫长夜从四方围拢
如一场黑色的大火
春天也向外生长

还给我自由，还给我黑暗的蜜、空虚的蜜
孤独一人的蜜
我宁愿在明媚的春光中默默死去
“有这样一只美丽的手在酒上生活”
要让白雪走在酒上享受生活

汉俳

1. 河水

亡灵游荡的河
在过去我们有多少恐惧
只对你诉说

2. 王位上的诗人

还没剥开羊皮　举着火把
还没剥开少女和母亲美丽的身体

3. 打麦黄昏，老年打麦者

在梨子树下
晚霞常驻

4. 草原上的死亡

在白色夜晚张开身子

我的脸儿，就像我自己圣洁的姐姐

5. 西藏

回到我们的山上去
荒凉高原上众神的火光

6. 意大利文艺复兴

那是我们劳动的时光
朋友们都来自采石场

7. 风吹

茫茫水面上天鹅村庄神奇的门窗合上

8. 黄昏

在此刻　销声匿迹的人　突然出现
他们神秘而哀伤的马匹在树下站定

9. 诗歌皇帝

当众人齐集河畔　高声歌唱生活
我定会孤独返回空无一人的山峦

幸福的一日

——致秋天的花楸树

我无限地热爱着新的一日
今天的太阳　今天的马　今天的花楸树
使我健康　富足　拥有一生

从黎明到黄昏
阳光充足
胜过一切过去的诗
幸福找到我
幸福说：“瞧　这个诗人
他比我本人还要幸福”

在劈开了我的秋天
在劈开了我的骨头的秋天
我爱你，花楸树

重建家园

在水上　放弃智慧
停止仰望长空
为了生存你要流下屈辱的泪水
来浇灌家园

生存无须洞察
大地自己呈现
用幸福也用痛苦
来重建家乡的屋顶

放弃沉思和智慧
如果不能带来麦粒
请对诚实的大地
保持缄默　和你那幽暗的本性

风吹炊烟
果园就在我身旁静静叫喊
“双手劳动
　慰藉心灵”

麦地（或遥远）

发自内心的困扰　饱含麦粒的麦地
内心暴烈
麦粒在手上缠绕

麦粒　大地的裸露
大地的裸露　在家乡多孤独
坐在麦地上忘却粮仓　歉收或充盈的痛苦
谷仓深处倾吐一句真挚的诗　亲人的询问

幸福不是灯火
幸福不能照亮大地
大地遥远　清澈镌刻
痛苦
海水的光芒
映照在绿色粮仓上
鱼鲜撞动

沙漠之上的雪山
天空的刀刃
冰川　散开大片羽毛的光
大片的光　在河流上空　痛苦地飞翔

麦地与诗人

询 问

在青麦地上跑着
雪和太阳的光芒

诗人，你无力偿还
麦地和光芒的情义

一种愿望
一种善良
你无力偿还

你无力偿还
一颗放射光芒的星辰
在你头顶寂寞燃烧

答 复

麦地
别人看见你
觉得你温暖，美丽

我则站在你痛苦质问的中心

被你灼伤
我站在太阳　痛苦的芒上

麦地
神秘的质问者啊

当我痛苦地站在你的面前
你不能说我一无所有
你不能说我两手空空

麦地啊，人类的痛苦
是他放射的诗歌和光芒

秋日想起春天的痛苦　也想起雷锋

春天　春天
他何其短暂
春天的一生痛苦
他一生幸福

又想起你撞开门扇你怀抱春天
你坐下。快坐下，在这如痴如醉的地方
春天的一生痛苦
他一生幸福

春天　春天　春天的一生痛苦
我的村庄中有一个好人叫雷锋叔叔
春天的一生痛苦
他一生幸福

如今我长得比雷锋还大
村庄中痛苦女神安然入睡
春天的一生痛苦
他一生幸福

秋日山谷

我手捧秋天脱下的盔甲
崇山峻岭大火熊熊
秋天宛若昨天的梦境
我们脱落的睫毛　在山谷变成火把

照亮百花凋零的山谷
把她们变幻无常的一生做成酒精
那是秋天的灯　凛然神采坐在远方
那是醉卧荒山野岭的我们……

……饱经四季的摧残
在山谷，我们的头颅在夜里变成明亮的灯盏和酒杯
相互照亮和祝福之后
此刻我们就要逃遁

八月之杯

八月逝去　山峦清晰
河水平滑起伏
此刻才见天空
天空高过往日

有时我想过
八月之杯中安坐真正的诗人
仰视来去不定的云朵
也许我一辈子也不会将你看清

一只空杯子　装满了我撕碎的诗行
一只空杯子　——可曾听见我的喊叫？！
一只空杯子内的父亲啊
内心的鞭子将我们绑在一起抽打

八月　黑色的火把

太阳映红的旷原
垂下衰老的乳房
一如黑夜的火把

人是八月的田野上血肉模糊的火把
怀抱夜晚的五谷
遁入黑暗之中

温暖的五谷
霉烂的五谷
坐在火把上

秋

秋天深了，神的家中鹰在集合
神的故乡鹰在言语
秋天深了，王在写诗
在这个世界上秋天深了
该得到的尚未得到
该丧失的早已丧失

祖国（或以梦为马）

我要做远方的忠诚的儿子
和物质的短暂情人
和所有以梦为马的诗人一样
我不得不和烈士和小丑走在同一道路上

万人都要将火熄灭　我一人独将此火高高举起
此火为大　开花落英于神圣的祖国
和所有以梦为马的诗人一样
我藉此火得度一生的茫茫黑夜

此火为大　祖国的语言和乱石投筑的梁山城寨
以梦为上的敦煌——那七月也会寒冷的骨骼
如雪白的柴和坚硬的条条白雪　横放在众神之山
和所有以梦为马的诗人一样
我投入此火　这三者是囚禁我的灯盏　吐出光辉

万人都要从我刀口走过　去建筑祖国的语言
我甘愿一切从头开始
和所有以梦为马的诗人一样
我也愿将牢底坐穿

众神创造物中只有我最易朽　带着不可抗拒的死亡的速度

只有粮食是我珍爱　我将她紧紧抱住　抱住她　在故乡生儿育女
和所有以梦为马的诗人一样
我也愿将自己埋葬在四周高高的山上　守望平静家园

面对大河我无限惭愧
我年华虚度　空有一身疲倦
和所有以梦为马的诗人一样
岁月易逝　一滴不剩　水滴中有一匹马儿一命归天

千年后如若我再生于祖国的河岸
千年后我再次拥有中国的稻田　和周天子的雪山　天马踢踏
和所有以梦为马的诗人一样
我选择永恒的事业

我的事业　就是要成为太阳的一生
他从古至今——“日”——他无比辉煌无比光明
和所有以梦为马的诗人一样
最后我被黄昏的众神抬入不朽的太阳
太阳是我的名字
太阳是我的一生
太阳的山顶埋葬　诗歌的尸体——千年王国和我
骑着五千年凤凰和名字叫“马”的龙——我必将失败
但诗歌本身以太阳[1]必将胜利

1　即“以太阳的名义”，作者原文如此。

黎明和黄昏

——两次嫁妆，两位姐妹

黄昏自我断送
夜色美好
夜色在山上越长越大

马与羊　钻出石头　在山上越长越大

白雪飘落　在这个黄昏
向我隐隐献出
她们自己

我的秘密的女神
我该用怎样的韵律
告诉你，侍奉你
我该用怎样的流血
在山头舔好自己的伤口
了望一望无际的大地
以此慰藉

以“遗忘”为伴侣
我将把自己带出那些可以辨认嘴脸的火把之光
从此踏上无可救药的道路

把肉体当作草原上最后的帐篷
那些神秘的编织女人
纺轮被黄昏的天空映得泛红
血液颜色的轮轴　一夜作响

我屈从于她们
死于剑下的晚霞的姐妹
在夜色中起飞
我屈从于黄昏秘密的飞行
肉体回到黑夜的高空

两半血红的月亮抱在一起
迟至今日
我仍难以诉说

那些背叛父母和家园
却热爱生活的人
为什么要和我结伴上路

我的青春　我的几卷革命札记
被道路上的难民镌刻在一只乞讨生活的木碗上
那只碗曾盛过殷红如血的晚霞和往日一切生活

在死到临头

他是否摔碎
还是留传孩子

晚霞燃烧
厄运难逃
我在人生的尽头
抱住一位宝贵的诗人痛哭失声
却永远无法更改自己的命运

我就是那位被人拥抱的诗人
宝贵的诗人
看见晚霞映照草原
内心痛苦甚于别人

人类犹如黄昏和夜晚的灰烬
散布在河畔　忧伤疲倦
人类犹如火种的脚　在大地上行走

晚霞充满大火
和焦味。一望无际
伸展在平原和荒凉的海滩
两半血红的月亮抱在一起
那是诗人孤独的王座

愿有情人终成眷属

愿麦子和麦子长在一起
愿河流与河流流归一处

浩瀚无际的河水顺着夜色流淌
神秘的流浪国王
在夜色中回到故乡

城市破碎
流浪的国王
我为你歌唱

夜色使平原广大　使北方无限　使烈火吹遍
把北方无尽的黄昏抬向滚滚高空
黎明更高　铺在海洋上

秋天的祖国

——致毛泽东，他说“一万年太久”。

一万次秋天的河流拉着头颅　犁过烈火燎烈的城邦
心还张开着春天的欲望滋生的每一道伤口

秋雷隐隐　圣火燎烈
神秘的春天之火化为灰烬落在我们的脚旁

携带一只头盖骨嗑嗑作响的囚徒
让我把他的头盖制成一只金色的号角　在秋天吹响

他称我为青春的诗人　爱与死的诗人
他要我在金角吹响的秋天走遍祖国和异邦

从新疆到云南　坐上十万座大山
秋天　如此遥远的群狮　相会在飞翔中

飞翔的祖国的群狮　携带着我走遍圣火燎烈的城邦
如今是秋风阵阵　吹在我暮色苍茫的嘴唇上

土地表层　那温暖的信风和血滋生的种种欲望
如今全要化为尸首和肥料　金角吹响
如今只有他　宽恕一度喧嚣的众生
把春天和夏天的血痕从嘴唇上抹掉
大地似乎苦难而丰盛

野鸽子

当我面朝火光
野鸽子　在我家门前的细树上
吐出黑色的阴影的火焰

野鸽子
——这黑色的诗歌标题　我的懊悔
和一位隐身女诗人的姓名

这究竟是山喜鹊之巢还是野鸽子之巢
在夜色和奥秘中
野鸽子　打开你的翅膀
飞往何方？　在永久之中

你将飞往何方？！

野鸽子是我的姓名
黑夜颜色的奥秘之鸟
我们相逢于一场大火

大风

起风的黄昏好像去年秋天
树木损伤的香味弥漫四周

想她头发飘飘
面颊微微发凉
守着她的母亲
抱着她的女儿
坐在盆地中央
坐在她的家中

黄昏幽暗降临
大风刮过天空
万风之王起舞
化为树木受伤

一滴水中的黑夜

一滴水中的黑夜
一滴泪水中的全部黑夜

一滴无名的泪水
在乡村长大的泪水
飞在乡村的黑夜
山坡上，几棵冬天的草

看见四海龙王　在黄昏之后
举起一片淹没了野鸽子的
漆黑的像黑夜的海水
一样的天空

海水把你推上岸来
一滴水中的黑夜
推到我的怀抱
朝夕相伴，如痴如醉

一滴泪水有她自己的笑容
就像黑夜中闪闪的星星
这些陌生人系好了自己的马
在女王广大的田野和树林

夜色

在夜色中
我有三次受难：流浪、爱情、生存
我有三种幸福：诗歌、王位、太阳

眺望北方

我在海边为什么却想到了你
不幸而美丽的人　我的命运
想起你　我在岩石上凿出窗户
眺望光明的七星
眺望北方和北方的七位女儿
在七月的大海上闪烁流火

为什么我用斧头饮水 饮血如水
却用火热的嘴唇来眺望
用头颅上鲜红的嘴唇眺望北方
也许是因为双目失明

那么我就是一个盲目的诗人
在七月的最早几天
想起你　我今夜跑尽这空无一人的街道
明天，明天起来后我要重新做人
我要成为宇宙的孩子　世纪的孩子
挥霍我自己的青春
然后放弃爱情的王位
　　去做铁石心肠的船长

走遍一座座喧闹的都市
　　我很难梦见什么

除了那第一个七月，永远的七月

七月是黄金的季节啊

当穷苦的人在渔港里领取工钱

我的七月萦绕着我，像那条爱我的孤单的蛇

——她将在痛楚苦涩的海水里度过一生

跳伞塔

我在一个北方的寂寞的上午
一个北方的上午
思念着一个人

我是一些诗歌草稿
你是一首诗

我想抱着满山火红的杜鹃花
走入静静的跳伞塔

我清楚地意识到
前面就是一条大河
和一个广大的北方草原

美丽总是使我沉醉

已经有人
开始照耀我
在那偏僻拥挤的小月台上
你像星星照耀我的路程

在这座山上

为什么我只看见这么一棵
美丽的杜鹃?

我只看见这么一棵
果然火红而美丽

我在这个夜晚
我住在山腰
房子里
我的前面充满了泉水
或溪涧之水的声音

静静的跳伞塔
心醉的屋子　你打开门
让我永远在这幸福的门中

北方　那片起伏的山峰
远远的
只有九棵树

乳房

在城外荒山野岭之上
四季之风常吹的地方
柔和甘美的蜜形成

星

我死于语言和诉说的旷野
是的，这些我全都听见了。虽然

草原神秘异常
秋天，美丽处女是竖起风暴的花纹

虽说一个断臂的人
不能用手
却可以用牙齿
和嘴唇　打开我的诗集——
那是在大火中
那就是星

是——他是你们的哥哥。
诗人高喊
带火者，上山来！

牵着骆驼
的鬼魂
出现在黄昏

星
我是多么爱你
不爱那些鬼魂

生日

起风了
太阳的音乐　太阳的马

你坐在近处　坐在远方
像鱼群跟着渔夫　长出了乳房
葡萄牙村庄　长出了乳房
牧羊人的皮鞭　长出了乳房

当我们住在秋天
大地上刮起了秋风
秋天的雨　一阵又一阵
你坐在近处　坐在远方

那时我们多么寂寞
多么遥远啊?

而现在是生日
我点亮烛火点亮新娘的两只耳朵
其他的人和马的耳朵
竖在北方——那一夜的屋顶

太阳和野花

——给 AP

太阳是他自己的头
野花是她自己的诗

我对你说
你的母亲不像我的母亲

在月光照耀下
你的母亲是樱桃
我的母亲是血泪

我对天空说
月亮，她是你篮子里纯洁的露水
太阳，我是你场院上发疯的钢铁

太阳是他自己的头
野花是她自己的诗
在一株老榆树的底下
平原上
流过我的骨头

在猎人夫妻的眼中　在山地

那自由的尸首
淌向何方

两位母亲在不同的地方梦着我
两位女儿在不同的地方变成了母亲
当田野还有百合，天空还有鸟群
当你还有一张大弓、满袋好箭
该忘记的早就忘记
该留下的永远留下

太阳是他自己的头
野花是她自己的诗

总是有寂寞的日子
总是有痛苦的日子
总是有孤独的日子
总是有幸福的日子
然后再度孤独

是谁这么告诉过你：
答应我
忍住你的痛苦
不发一言
穿过这整座城市
远远地走来

去看看他　去看看海子
他可能更加痛苦
他在写一首孤独而绝望的诗歌
　　死亡的诗歌

他写道：
平原上
流过我的骨头
当高原的人　在榆树底下休息
当猎人和众神
或起或坐，时而相视，时而相忘
当牛羊和牛羊在草上
看见一座悬崖上
牧羊人堕下，额角流血
再也救不活他了——
他写道：
平原上
流过我的骨头

这时，你要
去看看他

答应我
忍住你的痛苦
不发一言

穿过这整座城市

那个牧羊人
也许会被你救活
你们还可以成亲
在一对大红蜡烛下
这时他就变成了我

我会在我自己的胸脯找到一切幸福
红色荷包、羊角、蜂巢、嘴唇
和一对白色羊儿般的乳房

我会给你念诗:
太阳是他自己的头
野花是她自己的诗

到那时　到那一夜
也可以换句话说:
太阳是野花的头
野花是太阳的诗
他们只有一颗心
他们只有一颗心

在一个阿拉伯沙漠的村镇上

镇子

而今我一无是处
坐在镇子的一头
这是一个不守诺言的时刻
头巾上星光璀璨
阿拉伯沙漠的村镇已是茫茫黄昏
东面一万里是大海
西边一万里是雪山

镇子

三月过去了
四月过去了
上一个秋天的谈话过去了
请在这个日子光临做我的客人

镇子上——天刚蒙蒙亮
草原上——夜的马很大
少言寡语，见一面，短一日

镇子

你坐在
小山坡上
你坐在小山坡上
一个人住在旧粮仓里写诗
又是生日。一匹
多年的
马
飞来了
一匹多年的
旧布包不好伤口

镇子
点亮一根蜡烛
我们死后相聚在湖上
宛如生前。“俄狄普斯——烛光也曾照你杀父
娶母。”
烛火静静叫喊
绿汪汪的水静静叫喊
看见草原和女人的一位盲人
——在烛火静静叫喊

镇子

生日中

你像一位美丽的
女俘虏
坐在故乡的
打麦场上

夜深在村庄摸门
我的什么
遗忘在山上

浪子　你怎么了　你打算用什么办法
将那水中明月
戴在头上

暮色中的马头
斜靠在小镇上

姐妹们早已睡下
打谷场上　空无一人
空无一人

天亮
守夜人
走到神秘的村子

酒杯：情诗一束

1. 火热的嘴唇

两万只酒杯从你诞生
万物的疾病从你诞生

2. 月亮

沉默的活着的镰刀形的火光
似一颗焚烧的头颅在荒野滚动
沉默的活着的镰刀形的牧场
神秘、寒冷而寂静

3. 乳房

埃及的河水
在埃及的子夜
——这黑夜的酒
这黑夜的酒　变成我的双手

4. 盲目

手在果园里
就不再孤单
两只自己的手
在怀孕别的手

5. 火热的嘴唇

那是花朵　那是头颅做成的酒杯
酒杯在草原上轻轻碰撞
盛满酒精的头颅空空荡荡

火苗熏黑的山梁
帐篷诞生又死亡

火灾中升起的灯光　把大地照亮

两行诗

1.

海水点亮我
垂死的头颅

2.

我是黄昏安放的灵床：车轮填满我耻辱的形象
落日染红的河水如阵阵鲜血涌来（86.87.88）

3.

起风了
太阳的音乐　太阳的马

4.

在远远被雪山围住的亲人中央
为他画一果实　画两只乳房

5.

疾病中的酒精
是一对黑眼睛

6.

妹妹瞎了　但她有六根手指
她被荷马抱在怀中

7.

寂静太喜爱
闪电中的猎人

四行诗

1. 思念

像此刻的风
骤然吹起
我要抱着你
坐在酒杯中

2. 星

草原上的一滴泪
汇集了所有的愤怒和屈辱
泪水，走遍一切泪水
仍旧只是一滴

3. 哭泣

天鹅像我黑色的头发在湖水中燃烧
我要把你接进我的家乡
有两位天使放声悲歌
痛苦地拥抱在家乡屋顶上

4. 大雁

绿蒙蒙的草原上
一个美好少女
在月光照耀的地方
说　好好活吧，亲爱的人

5.[1]

当强盗留下遗言后
夜深独坐，把地牢当作果园
月亮吹着一匹强盗的马
流淌着泪水

6. 海伦

盲诗人荷马
梦着　得到女儿
看得见她　捧着杯子
用我们的双眼站在他面前

1　原文此处未列小标题。

绿松石

这时侯　绿色小公主
来到我的身边。
青海湖，绿色小公主
你曾是谁的故乡
你曾是谁的天堂?
当一只雪白的鸟
无法用翅膀带走
人类的小镇
——它留在肮脏的山梁。

和水相比　土地是多么肮脏而荒芜
绿色小公主抹去我的泪水，
说，你是年老的国土上
一位年轻的国王，老年皇帝会伏在你的肩头死去。
土地张开又合拢。

青海湖

这骄傲的酒杯
为谁举起
荒凉的高原

天空上的鸟和盐　为谁举起

波涛从孤独的十指退去
白鸟的岛屿，儿子们围住
在相距遥远的肮脏镇上。

一只骄傲的酒杯
青海的公主　请把我抱在怀中
我多么贫穷，多么荒芜，我多么肮脏
一双雪白的翅膀也只能给我片刻的幸福

我看见你从太阳中飞来
蓝色的公主　青海湖
我孤独的十指化为天空上雪白的鸟

日记

姐姐，今夜我在德令哈，夜色笼罩
姐姐，我今夜只有戈壁

草原尽头我两手空空
悲痛时握不住一颗泪滴
姐姐，今夜我在德令哈
这是雨水中一座荒凉的城

除了那些路过的和居住的
德令哈……今夜
这是唯一的，最后的，抒情。
这是唯一的，最后的，草原。

我把石头还给石头
让胜利的胜利
今夜青稞只属于她自己
一切都在生长
今夜我只有美丽的戈壁　空空
姐姐，今夜我不关心人类，我只想你

黑翅膀

今夜在日喀则，上半夜下起了小雨
只有一串北方的星，七位姐妹
紧咬雪白的牙齿，看见了我这一对黑翅膀

北方的七星　照不亮世界
牧女头枕青稞独眠一天的地方今夜满是泥泞
今夜在日喀则，下半夜天空满是星辰

但夜更深就更黑，但毕竟黑不过我的翅膀
今夜在日喀则，借床休息，听见婴儿的哭声
为了什么这个小人儿感到委屈？是不是因为她感到了黑夜中的幸福

愿你低声啜泣　但不要彻夜不眠
我今夜难以入睡是因为我这双黑过黑夜的翅膀
我不哭泣　也不歌唱　我要用我的翅膀飞回北方

飞回北方　北方的七星还在北方
只不过在路途上指示了方向，就像一种思念
她长满了我的全身　在烛光下酷似黑色的翅膀

我飞遍草原的天空

草原上的天空不可阻挡
互相击碎的刀剑飞回家乡
佩在姐妹的脖子上
让乳房裸露，子夜的金银顺河流淌

月亮啊　月亮
把新娘的尸体抬到草原上
一只野花的杯子里　鬼魂千万
“我死在野花杯中　我也是一条命啊”

不可饶恕草原上的鬼魂
不可饶恕杀人的刀枪
不可饶恕埋人的石头
更不可饶恕　天空

我从大海来到落日的正中央
飞遍了天空找不到一块落脚之地
今日有粮食却没有饥饿
今天的粮食飞遍了天空
找不到一只饥饿的腹部
饥饿用粮食喂养
更加饥饿，奄奄一息
草原的天空不可阻挡

今天有家的　必须回家
今天有书的　必须读书
今天有刀的　必须杀人
草原的天空不可阻挡

七百年前

七百年前辉煌的王城今天是一座肮脏的小镇
当年我打马进城　手提一袋青稞
当年我用一袋青稞换取十八颗人头
还有九颗，葬在城中，下落不明

在山洞里十二只野兽梦想变成老鹰，齐声哀鸣
这是山顶上最后的山洞梦想着天空
突然有一种感觉，好像还是在又饥又饿地走在路上
在幽暗中我写下我的教义，世界又变得明亮

远方

——献给草原英雄小姐妹

草原英雄小姐妹
龙梅和玉荣
我多想和你们一起
在暴风雪中
在大草原
看守公社的羊群

1988.8.19

萨迦夜时藏族青年男女歌舞嬉戏

远方

远方除了遥远一无所有

遥远的青稞地
除了青稞　一无所有

更远的地方　更加孤独
远方啊　除了遥远　一无所有

这时　石头
飞到我身边

石头　长出　血
石头　长出　七姐妹

站在一片荒芜的草原上

那时我在远方
那时我自由而贫穷

这些不能触摸的　姐妹
这些不能触摸的　血
这些不能触摸的　远方的幸福
远方的幸福　是多少痛苦

1988.8.19 萨迦夜，21 拉萨

西藏

西藏，一块孤独的石头坐满整个天空
没有任何夜晚能使我沉睡
没有任何黎明能使我醒来

一块孤独的石头坐满整个天空
他说：在这一千年里我只热爱我自己

一块孤独的石头坐满整个天空
没有任何泪水使我变成花朵
没有任何国王使我变成王座

雪

千辛万苦回到故乡
我的骨骼雪白　也长不出青稞

雪山，我的草原因你的乳房而明亮
冰冷而灿烂

我的病已好
雪的日子　我只想到雪中去死
我的头顶放出光芒！

有时我背靠草原
马头作琴　马尾为弦
戴上喜马拉雅　这烈火的王冠

有时我退回盆地，背靠成都
人们无所事事，我也无所事事，
只有爱情　剑　马的四蹄

割下嘴唇放在火上
大雪飘飘
不见昔日肮脏的山头
都被雪白的乳房拥抱

深夜中　火王子　独自吃着石头　独自饮酒

海底卧室

月亮，喂养耳朵的宝石

杯子，水中的鸡群

草，那嘴唇的发动——花朵

日子，闪电中的七人

原野，用木头送礼

天空，空中散布的白云之药，活动着母亲之卧室

星星，黑色寨子中的夫人，众夫人，胳膊刺花

火种，一只老虎游过皮肤，露出水面

冬天

火的叫声传来
火的叫声微弱
山坡上牛羊拥挤
想起你使我眩晕

*

英雄的猎人
拥着一家酒店
坐在白雪中
心中的黑夜寒冷

1988，2.10 故乡

*

在黑夜里为火写诗
在草原上为羊写诗
在北风中为南风写诗
在思念中为你写诗

1988.8.15 日喀则

*

夜的中心幽暗
边缘发亮　寒冷
这是　火儿
照亮雪山和马

*

大地薄弱
两端锋利
使中心幽暗
难以分辨

山楂树

今夜我不会遇见你
今夜我遇见了世上的一切
但不会遇见你

一棵夏季最后
火红的山楂树
像一辆高大女神的自行车
像一个女孩　畏惧群山
呆呆站在门口
她不会向我
跑来！

我走过黄昏
像风吹向远处的平原
我将在暮色中抱住一棵孤独的树干
山楂树！一闪而过　啊！山楂

我要在你火红的乳房下坐到天亮。
又小又美丽的山楂的乳房
在高大女神的自行车上
在农奴的手上
在夜晚就要熄灭

无名的野花

看不见你，十六岁的你
看不见无名的，芳香的
正在开花的你。

看不见提着鞋子　在雨中
走在大草原上的
恍惚的女神

看不见你，小小的年纪
一身红色地走在
空荡荡的风中

来到我身边，
你已经成熟，
你的头发垂下像黑夜。
我是黑夜中孤独的僧侣
埋下种籽在石窟中，
我将这九盏灯
嵌入我的肋骨。

无论是白色的还是绿色的
起自天堂或地府的
青海湖上的大风

吹开了紫色血液
开上我的头颅，
我何时成了这一朵
无名的野花？

在大草原上预感到海的降临

我的双手触到草原，
黑色孤独的夜的女儿。

我为我自己铺下干草
夜的女儿，我也为你。

牧羊女打开自己——
一只黑色的羊
蹲伏在你的腹部。

多么温暖的火红的岩石
多么柔软地躺在马车上
月亮形的马，进入了海底。

一夜之间，草原是如此遥远，如此深厚，如此神秘。
海也一样。
一夜之间，
草贴着地长，
你我都是草中的羊。

大草原　大雪封山

公社里
有一个人
歌唱雨雪
和倾斜的山坡

秋天　一闪而过
多少丰收的村庄不见踪影

昨天的闪电
劈碎了车马
大雪封山
从今后日子艰难

花儿为什么这样红

透过泪水看见马车上堆满了鲜花。

豹子和鸟，惊慌地倒下，像一滴泪水
——透过泪水看见
马车上堆满了鲜花。

风，你四面八方
多少绿色的头发，多少姐妹
挂满了雨雪。

坐在夜王为我铺草的马车中。

黑夜，你就是这巨大的歌唱的车辆
围住了中间
说话的火。

一夜之间，草原如此深厚，如此神秘，如此遥远
我断送了自己的一生
在北方悲伤的黄昏的原野。

遥远的路程

十四行献给 89 年初的雪

我的灯和酒坛上落满灰尘
而遥远的路程上却干干净净
我站在元月七日的大雪中，还是四年以前的我
我站在这里，落满了灰尘，四年多像一天，没有变动
大雪使屋子内部更暗，待到明日天晴
阳光下的大雪刺痛人的眼睛，这是雪地，使人羞愧
一双寂寞的黑眼睛多想大雪一直下到他内部

雪地上树是黑暗的，黑暗得像平常天空飞过的鸟群
那时候你是愉快的，忧伤的，混沌的
大雪今日为我而下，映照我的肮脏
我就是一把空空的铁锹
铁锹空得连灰尘也没有
大雪一直纷纷扬扬
远方就是这样的，就是我站立的地方

面朝大海，春暖花开

从明天起，做一个幸福的人
喂马，劈柴，周游世界
从明天起，关心粮食和蔬菜
我有一所房子，面朝大海，春暖花开

从明天起，和每一个亲人通信
告诉他们我的幸福
那幸福的闪电告诉我的
我将告诉每一个人

给每一条河每一座山取一个温暖的名字
陌生人，我也为你祝福
愿你有一个灿烂的前程
愿你有情人终成眷属
愿你在尘世获得幸福
我只愿面朝大海，春暖花开

酒杯

你的泪水为我洗去尘土和孤独
你的泪水为我在飞机场周围的稻谷间珍藏
酒杯，你这石头的少女，你这石头的牢房，石头的伞

酒，石头的牢房囚禁又释放的满天奔腾的闪电
昨天一夜明亮的闪电使我的杯子又满又空
看哪！河水带来的泥沙堆起孤独的房屋

看哪！你的房子小得像一只酒杯
你的房子小得像一把石头的伞

多云的天空下　潮湿的风吹干的道路
你找不到我，你就是找不到我，你怎么也找不到我
在昔日山坡的羊群中

酒杯，你是一间又破又黑的旧教室
淹没在一片海水

叙事诗

——一个民间故事

有一个人深夜来投宿
这个旅店死气沉沉
形状十分吓人
远离了闹市中心

这里唯一的声音
是教堂的钟声
还有流经城市的河流
河流流水汩汩

河水的声音时而喧哗
时而寂静，听得见水上人家的声音
那是一个穷苦的渔民家庭
每日捕些半死的鱼虾，艰难度日

这人来到旅店门前
拉了一下旅店的门铃
但门铃是坏的
没有发出声音，一片寂静

这时他放下了背上的东西

高声叫喊了三声
店里走出店主人
一身黑衣服活像一个幽灵

这幽灵手持烛火
话也说不太清
他说：“客人，你要住宿
我这里可好久没有住人”

客人说：“为什么
这里好久没有住人”
主人说：“也许是太偏僻
况且这里还不太平”

“没关系”，那人血气方刚
嗓门宏亮，一听就是个年轻人
说：“主人，快烧水做饭
今夜我要早早安顿”

店主人眨着双眼
把客人引入门厅
房子又黑又破
听得见大河的涛声

河面上吹来的风

吹熄了主人手上的蜡烛
他走进里面
把客人留在黑暗中

伸手不见五指
客人等了又等
还是不见主人
他高声叫喊：“主人！主人！”

没人答应
他摸黑走向里屋
一路跌跌撞撞
这屋里乱七八糟，黑咕隆咚

屋子里发出声音
他在窗台上摸到一盏灯
举起来晃了晃，灯里没有油
他又将灯放回原处

他推开窗户
河水的气味迎面而来
他稍微停顿一下
站在那里发愣

但他还是心神不宁

借河面上渔船的灯光点点
微光反入这黑屋子
看清了这个房间的大致

屋子里只有一张床
什么也没有
那么他刚刚跌跌撞撞
弄碎和弄响的究竟是些什么东西

是不是鬼怪和幻影?
他的心开始有些发毛
刚刚平息下来的心跳
又似一面绷紧的鼓手狠狠锤击的鼓

他在床上坐下
恐怖的故事涌入头脑
他连衣服都没脱
就钻进了那潮湿的被窝

行李扑通一声
跌在地上
在寂静中
这声音显得格外的响

他怎么也睡不着

到半夜，河水声小了
没有一点声音
他更加睡不着觉

翻来覆去，全都是
使他内心恐惧
的幻影和声响
这时一个尖利的儿童声响起

在深夜，这儿童的声音
多像是孤独的墓穴中
一片凄惨的鸟鸣
他听清了，这儿童在喊

“舅舅，舅舅，放我进来”
“舅舅，舅舅，放我进来”
“开门，舅舅”
“开门，开门”

同时有声音捶打着这个房门
这客人连忙起身
下床开门
门外没有一个人影

他又重新躺下

更加不能入眠，
这时童声重新响起：
“舅舅，舅舅，开门”

一声比一声凄厉
这个陌生人
一身冷汗
把头也钻到被窝里

但是声音更响
仿佛刀刺在他耳朵上
仿佛这儿童
就在他耳朵里尖叫

他猛地拉开门
但是没有人
他怀疑自己的耳朵
只好把门关上

叫声又响起
还是和刚才一样
他起来，抖嗦着
再重新打量房间

他看见河面上的灯火少了

那微光更弱
但能辨清轮廓
他看清这屋里只有一张床

他的心抽紧了一下
会不会床底下有什么
他伸手向床下摸去
并没有什么

可这时声音又响起
更加激烈，他把手
向回抽时，感到
床底下有人

他的血液凝固
心脏几乎停止了跳动
于是他摸向那儿
原来那床板底下绑着一个人

他吓得没有声音
把手抖嗦着收回
摸出刀子，割断了
那捆绑的绳索

他把那人拖出来

放到房间中央
发现那人口袋里有一只蜡烛
还有一根火柴

他点亮这短短一寸的蜡烛
火烛下看清那人是店主人
已经死了，看样子
已经死了好几天

这死尸躺在他的房间里
这死了好几天的死尸
刚才还引他进门
又被绑在他的身下

这个陌生人额头冒出冷汗
全身都被浸湿
他马上就要昏过去
这时蜡烛也已熄灭

遥远的路程

雨水中出现了平原上的麦子
这些雨水中的景色有些陌生
天已黑了，下着雨
我坐在水上给你写信

最后一夜和第一日的献诗

今夜你的黑头发
是岩石上寂寞的黑夜，
牧羊人用雪白的羊群
填满飞机场周围的黑暗

黑夜比我更早睡去
黑夜是神的伤口
你是我的伤口
羊群和花朵也是岩石的伤口

雪山　用大雪填满飞机场周围的黑暗
雪山女神吃的是野兽穿的是鲜花
今夜　九十九座雪山高出天堂
使我彻夜难眠

太平洋的献诗

太平洋　丰收之后的荒凉的海
太平洋　在劳动后的休息
劳动以前　劳动之中　劳动以后
太平洋是所有的劳动和休息

茫茫太平洋　又混沌又晴朗
海水茫茫　和劳动打成一片
和世界打成一片
世界头枕太平洋
人类头枕太平洋　雨暴风狂
上帝在太平洋上度过的时光　是茫茫海水隐含不露的希望

太平洋没有父母　在太阳下茫茫流淌　闪着光芒
太平洋像是上帝老人看穿一切、眼角含泪的眼睛

眼泪的女儿，我的爱人
今天的太平洋不是往日的海洋
今天的太平洋只为我流淌　为着我闪闪发亮
我的太阳高悬上空　照耀这广阔太平洋

黑夜的献诗

献给黑夜的女儿

黑夜从大地上升起
遮住了光明的天空
丰收后荒凉的大地
黑夜从你内部上升

你从远方来，我到远方去
遥远的路程经过这里
天空一无所有
为何给我安慰

丰收之后荒凉的大地
人们取走了一年的收成
取走了粮食骑走了马
留在地里的人，埋得很深

草杈闪闪发亮，稻草堆在火上
稻谷堆在黑暗的谷仓
谷仓中太黑暗，太寂静，太丰收
也太荒凉，我在丰收中看到了阎王的眼睛

黑雨滴一样的鸟群

从黄昏飞入黑夜
黑夜一无所有
为何给我安慰

走在路上
放声歌唱
大风刮过山冈
上面是无边的天空

折梅

站在那里折梅花
山坡上的梅花
寂静的太平洋上一封信
寂静的太平洋上一人站在那里折梅花

折梅人在天上
天堂大雪纷纷　一人踏雪无痕
天堂和寂静的天山一样
大雪纷纷
站在那里折梅
亚洲，上帝的伞
上帝的斗篷，太平洋
太平洋上海水茫茫
上帝带给我一封信
是她写给我的信
我坐在茫茫太平洋上折梅，写信

桃花

桃花开放
像一座囚笼流尽了鲜血
像两只刀斧流尽了鲜血
像刀斧手的家园
流尽了鲜血

花儿为什么这样红
像一座雪山壮丽燃烧

我的囚笼起火
我的牢房坍塌
一根根锁链和铁条　戴着火
投向四周黑暗的高原

献诗

废弃不用的地平线
为我在草原和雪山升起
脚下尘土黑暗而温暖
大地也将带给我天堂的雷电

家乡的屋顶下摆满了结婚的酒席
陪伴我的全是海水和尘土，全是乡亲
今天，太阳的新娘就是你
太平洋上唯一的人，远在他方

黎明（之一）

（阿根廷请不要为我哭泣）

我的混沌的头颅
是从哪里来的
是从哪里来的运货马车，摇摇晃晃
不发一言，经过我的山冈
马车夫像上帝一样，全身肮脏
伏在自己的膝盖上
抱着鞭子睡去的马车夫啊
抬起你的头，马车夫
山冈上天空望不到边
山冈上天空这样明亮
我永远是这样绝望
永远是这样

黎明（之二）

（二月的雪，二月的雨）

我把天空和大地打扫干干净净
归还给一个陌不相识的人
我寂寞地等，我阴沉地等
二月的雪，二月的雨

泉水白白流淌
花朵为谁开放
永远是这样美丽负伤的麦子
吐着芳香，站在山冈上

荒凉大地承受着荒凉天空的雷霆
圣书上卷是我的翅膀，无比明亮
有时像一个阴沉沉的今天
圣书下卷肮脏而欢乐
当然也是我受伤的翅膀
荒凉大地承受着更加荒凉的天空

我空荡荡的大地和天空
是上卷和下卷合成一本
的圣书，是我重又劈开的肢体
流着雨雪、泪水在二月

四姐妹

荒凉的山冈上站着四姐妹
所有的风只向她们吹
所有的日子都为她们破碎

空气中的一棵麦子
高举到我的头顶
我身在这荒芜的山冈
怀念我空空的房间，落满灰尘

我爱过的这糊涂的四姐妹啊
光芒四射的四姐妹
夜里我头枕卷册和神州
想起蓝色远方的四姐妹
我爱过的这糊涂的四姐妹啊
像爱着我亲手写下的四首诗
我的美丽的结伴而行的四姐妹
比命运女神还要多出一个
赶着美丽苍白的奶牛　走向月亮形的山峰

到了二月，你是从哪里来的
天上滚过春天的雷，你是从哪里来的
不和陌生人一起来

不和运货马车一起来
不和鸟群一起来

四姐妹抱着这一棵
一棵空气中的麦子
抱着昨天的大雪，今天的雨水
明日的粮食与灰烬
这是绝望的麦子
请告诉四姐妹：这是绝望的麦子
永远是这样
风后面是风
天空上面是天空
道路前面还是道路

拂晓

苍茫的拂晓，黎明
穿上你好久没穿的旧裙子，跟我走
夜的女儿，朝霞的姐妹，黎明
穿过这些山峰，坐落
在这些粗笨的远方和近处
穿过大地的头颅
和河畔这些无人问津的稀疏的荒草
跟我走吧，黎明

你是太阳之火顶端
青色的烟飘渺不定
你就是深夜里刚刚消失又骤然升起的歌声
你穿着一件昨夜弄脏的衣裙走向今天
你嘴里叼着光芒和刀子，披散下的头发遮住
　　眼睛、乳房和面容

提着包袱，渡过肮脏的日子，跟我走吧
这鲜血的包袱一路喧闹
一路喧闹，不得安宁
带上你褐色的地母的乳房跟我走吧
哪怕包袱里只有地瓜，乳房里只有水土
悄悄沿着这原始的大地走去

肮脏的大河在尽头猛然将我们推向海洋

苍茫的拂晓，原始的女人
原始的日子中原始的母亲
陌生的妻子披着鱼皮
在海上遨游着产籽的女儿

敲打着船壳　海洋的埋葬
　　太平洋上没有一口钟和一棵梅树
　　没有一枝梅花在太平洋上开放
　　只有镇子中央
　　废弃不用的土和石头
　　堆成的荒凉山坡

跟我走吧，黎明
所有的你都是同一个你
　　我难以分辨
　　谁是你　谁是真正的你
　　谁又再一次是你
　　绝望的只是你
　　永不离开的你
　　不在天地间消失

所有的你都默默包扎着死去的你
年老丑陋的女王，这黑夜内部无穷无尽的母亲女王

我早就说过，断头流血的是太阳
所有的你都默默流向同一个方向
断头台是山脉全部的地方
跟我走吧，抛掷头颅，洒尽热血，黎明
新的一天正在来临

献给太平洋

我的婚礼染红太平洋
我的新娘是太平洋
连亚洲也是我悲伤而平静的新娘
你自己的血染红你内部孤独的天空

上帝悲伤的新娘，你自己的血染红
天空，你内部孤独的海洋
你美丽的头发
像太平洋的黄昏

神秘的二月的时光

噙住泪水，在神秘的
二月的时光

神秘的二月的时光
经过北方单调的平原
来到积雪的山顶
群山正在下雪
山坳中梅树流淌着今年冬天的血
无人知道的，寂静的鲜血

黎明（之三）

黎明手捧亲生儿子的鲜血的杯子
捧着我，光明的孪生兄弟
走在古波斯的高原地带
神圣经典的原野
太阳的光明像洪水一样漫上两岸的平原
抽出剑刃般光芒的麦子
走遍印度和西藏
从那儿我长途跋涉　走遍印度和西藏
在雪山、乱石和狮子之间寻求
天空的女儿和诗
波斯高原也是我流放前故乡的山巅

采纳我光明言辞的高原之地
田野全是粮食和谷仓
覆盖着深深的怀着怨恨
和祝福的黑暗母亲
地母啊，你的夜晚全归你
你的黑暗全归你，黎明就给我吧
让少女佩带花朵般鲜嫩的嘴唇
让少女为我佩带火焰般的嘴唇
让原始黑夜的头盖骨掀开
让神从我头盖骨中站立

一片战场上血红的光明冲上了天空

火中之火，

他有一个粗糙的名字：太阳

和革命，她有一个赤裸的身体

在行走和幻灭

月全食

我的爱人住在县城的伞中
我的爱人住在贫穷山区的伞中，双手捧着我的鲜血
一把斧子浸在我自己的鲜血中
火把头朝下在海水中燃烧
我的愚蠢而残酷的青春
是同胞兄弟和九个魔鬼
他一直走到黑暗和空虚的深处

火光明亮，我像一条河流将血红的头颅举起
又喧哗着，放到了海水下面
大海的波浪，回到尘土中去
草原上的天空，回到尘土中去
我将你们美丽的骨头带到村头
挂上妻子们的脖子
我的庄园在山顶上越来越寂静
寂静！我随身携带的万年的闪电

暴君，宝剑和伞
混沌中的嘴和剑、鼓、脊椎
暴君双手捧着宝剑，头颅和梅花
在早晨灿烂，信任我的肋骨
天生就是父亲的我

回到尘土中去吧
将被废弃不用

黑色的鸟群，内部团结
内部团结的黑夜
在草原的天空上，黑色羽毛下黑色的肉
黑色的肉有一颗暗红色的星
一群鸟比一只鸟更加孤独

鸟群的父亲，鸟群唯一的父亲
铁打的人也在忍受生活
铁打的人也风雨飘摇
所有的道路都通向天堂
只是要度过路上的痛苦时光
那一天我正走在路上
两边的荒草，比人还高

遥远的路程是我生命的一部分
有一半是在群山上伴着羊群和雨雪，独自一人守候黎明
有一半下到海底看守那些废弃不用的石头和火
那些神秘的母亲们

我看见这景色中只有我自己被上帝废弃不用
我构成我自己，用一个人形，血肉用花朵与火包围着
　　空虚的混沌

我看见我的斧子闪现着人类劳动的光辉
也有疲倦和灰尘

遥远的路程
作为国王我不能忍受
我在这遥远的路程上
我自己的牺牲

我不能忍受太多的秘密
这些全都是你的
潮湿的冬天双手捧给你的
这个全身是雨滴的爱人
这个在闪电中心生活的暴君
也看见姐妹们正在启程

日落时分的部落

日落时分的部落
晚霞映着血红的皇后

夜晚的血，梦中的火
照亮了破碎的城市
北京啊，你城门四面打开，内部空空
在太平洋的中央你眼看就要海水灭顶

海水照亮这破碎的城，北京
你这日落时分的部落凄凉而尖锐
皇后带走了所有的蜜蜂
这样的日子谁能忍受

日落时分的部落，血污涂遍全身
在草原尽头，染红了遥远的秋天
她传下这些灾难，传下这些子孙
躲避灾难，或迎着灾难走去

桃花开放

秋天的火把断了　是别的花在开放
冬天的火把是梅花
现在是春天的火把
被砍断
悬在空中
寂静的
抽搐四肢
罩住一棵树　树林根深叶茂　花朵悬在空中
零散的抒情小诗像桃树　散放在山丘上
桃花抽搐四肢倒在我身上

桃花开放
从月亮飞出来的马
钉在太阳那轰轰隆隆的春天的本上

你和桃花

旷野上头发在十分疲倦地飘动
像太阳飞过花园时留下的阳光

温暖而又有些冰凉的桃花
红色堆积的叛乱的脑髓

部落的桃花，水的桃花，美丽的女奴隶啊
你的头发在十分疲倦地飘动
你脱下像灯火一样的裙子，内部空空
一年又一年，埋在落脚生根的地方

刀在山顶上呼喊“波浪”
你就是桃花，层层的波浪
我就是波浪和灯光中的刀

旷野上　一把刀的头发像灯光明亮
刀的头发在十分疲倦地飘动
那就是桃花，我们在愤怒的河谷滋生的欲望
围着夕阳下建设简陋的家乡
桃花，像石头从血中生长
一个火红的烧毁天空的座位
坐着一千个美丽的女奴，坐着一千个你

春天，十个海子

春天，十个海子全部复活
在光明的景色中
嘲笑这一个野蛮而悲伤的海子
你这么长久地沉睡究竟为了什么？

春天，十个海子低低地怒吼
围着你和我跳舞，唱歌
扯乱你的黑头发，骑上你飞奔而去，尘土飞扬
你被劈开的疼痛在大地弥漫

在春天，野蛮而悲伤的海子
就剩下这一个，最后一个
这是一个黑夜的孩子，沉浸于冬天，倾心死亡
不能自拔，热爱着空虚而寒冷的乡村

那里的谷物高高堆起，遮住了窗户
他们把一半用于一家六口人的嘴，吃和胃
一半用于农业，他们自己的繁殖
大风从东刮到西，从北刮到南，无视黑夜和黎明
你所说的曙光究竟是什么意思

桃花时节

桃花开放
太阳的头盖骨一动一动，火焰和手从头中伸出
一群群野兽舔着火焰　刃
走向没落的河谷尽头
割开血口子。他们会把水变成火的美丽身躯

水在此刻是悬挂在空气的火焰
但在更深的地方仍然是水
翅膀血红，富于侵略
那就是独眼巨人的桃花时节
独眼巨人怀抱一片桃林

他看见的　全是大地在滔滔不绝地纵火
他在一只燃烧的胃的底部
与桃花骤然相遇
互为食物和王妻
在断头台上疯狂地吐火

乳房吐火
挂在陆地上

从笨重天空跌落的

撞在陆地上　撞掉了头撞烂了四肢
在春天　在亿万人民中间　在群兽吐火的地方
她们产生了幻觉
群兽吐火长出了花朵
群兽一排排　肉包着骨　长成树林
吐火就是花朵　多么美丽的景色

你在一种较为短暂的情形下完成太阳和地狱
内在的火，寒冷无声地燃烧
生出了河流两岸大地之上的姐妹
朝霞和晚霞

无声地在山峦间飘荡
我俩在高原　在命运三姐妹无声的织机织出的牧场上相遇

桃树林

内脏外的太阳
照着内脏内的太阳
寂静
血红
九个公主
九个发疯的公主身体内部的黑夜
也这样寂静，血红

桃树林，你的黑铁已染上了谁的血
打碎了灯，打碎了头颅，打碎了女人流血的月亮
他的内脏抱住太阳

什么是黑夜？
黑夜的前面首先是什么？
黑夜的后面又紧跟着什么？紧跟着谁？

内脏外的太阳
照着寂静的稻麦，
田野上圆润的裸体
少女的黄金在内部流淌

桃花

曙光中黄金的车子上
血红的，爆炸裂开的
太阳私生的女儿
在迟钝的流着血
像一个起义集团内部
草原上野蛮荒凉的弯刀

春天

春天的时刻上登天空
舔着十指上的鲜血
春天空空荡荡
培养欲望　鼓吹死亡

风是这样大
尘土这样强暴
再也不愿从事埋葬
多少头颅破土而出

春天，残酷的春天
每一只手，每一位神
都鲜血淋淋
撕裂了大地胸膛

太阳啊
你那愚蠢的儿子呢
他去了何方
天空如此辽阔

烧死在悲痛的表面
大海啊

这阳光闪烁
的悲痛表面

秋天的儿子
他去了何方
千秋万代中那唯一的儿子
去了何方?

女儿内心充满仇恨和寒冷
想念你，爱着你，但看不见你
她没有你就像天空没有边缘
天空空空荡荡，一派生机
我们无可奈何
我们无法活在悲痛的中心

天空上的光明
你照亮我们
给我们温暖的生命
但我们不是为你而活着
我们活着只为了自我
也只有短暂的一个春天的早晨

愿你将我宽恕
愿你在这原始的中心安宁而幸福地居住
你坐在太阳中央把斧子越磨越亮，放着光明

愿你在一个宁静的早晨将我宽恕
将我收起在一个光明的中心
愿我在这个宁静的早晨随你而去
忘却所有的诗歌
我会在中心安宁地居住，就像你一样
把他的斧子越磨越亮，吃，劳动，舞蹈
沉浸于太阳的光明

在羊群踩出的道上是羊群的灵魂蜂拥而过
在豹子踩出的道上是豹子的灵魂蜂拥而过
哪儿有我们人类的通道
有着锐利感觉的斧子
像光芒　在我胸口
越磨越亮

太阳的波浪
隐隐作痛
我进入太阳
粗糙而光明

那前一个夜晚
人类携带妻子
疯狂奔跑四散
这是春天
这是最后的春天

他们去了何方?

天空辽阔
低垂黄昏
人类破碎
我内心混沌一片
我面对着春天
我就是她的鲜血和黑暗

我内心浑浊而宁静
我在这里粗糙而光明
大地啊
你过去埋葬了我
今天又使我复活

和春天一起
沉默在我内部
天空之火在我内部
吹向旷野
旷野自己照亮

在最后的时刻　海底
在最后的黎明之前　他们去了何方?

太平洋上的贾宝玉

贾宝玉　太平洋上的贾宝玉
太平洋上：粮食用绳子捆好
贾宝玉坐在粮食上

美好而破碎的世界
坐在食物和酒上
美好而破碎的世界，你口含宝石
只有这些美好的少女，美好而破碎的世界，旧世界
只有茫茫太平洋上这些美好的少女
太平洋上粮食用绳子捆好
从山顶洞到贾宝玉用尽了多少火和雨

献诗

黑夜降临，火回到一万年前的火
来自秘密传递的火　他又是在白白地燃烧
火回到火　黑夜回到黑夜　永恒回到永恒
黑夜从大地上升起　遮住了天空

散佚作品：

夜[1]

夜黑漆漆，有水的村子
鸟叫不定，浅沙下荸荠
那果实在地下长大像哑子叫门
鱼群悄悄潜行如同在一个做梦少女怀中
那时刻有位母亲昙花一现
鸟叫不定，仿佛村子如一颗小鸟的嘴唇
鸟叫不定而小鸟没有嘴唇
你是夜晚的一部分，谁都是黑夜的母亲
那夜晚在门前长大像哑子叫门
鸟叫不定像小鸟奉献黑夜的嘴唇

在门外黑夜的嘴唇
写下了你的姓名

1 此诗曾作为《麦地与诗人》组诗中的第一首刊登在杂志上。

夜丁香

丁香
你洁白芬芳
如风
盈盈的
揉进冬天的冷漠
如雪
六角的
开满沉默的夜
你叶上的泪滴
如星
海蓝海蓝的
眨眼　微笑
丁香
为什么
从没听过
你的叹息
　　——丁香

生日颂（或生日祝酒词）

——给理波并同代的朋友[1]

在生日里我们要歌唱母亲
她们把我们领到这个不幸的人世
在这个世界上　只有她们　无限地热爱着我们
因为我们是她的一部分

在这个夜晚　我们必须回到生日
回到我们的诞生之日
甚至回到母亲的腹中
回到母亲的怀孕　和她平静的爱情

我会想到你——我的母亲
在一个冬天　怎样羞涩而温情地
向父亲暗示　你怀了孕
一个生命在腹中悸动

秋风四起时　你生下了我
秋天是一些美好的日子　黄金的日子
当白云徐徐伸展在天际　秋风阵阵　万木归一
秋天的灵魂吹动着人类的村庄和城镇

1　此为海子写给友人孙理波的生日颂诗。

总有一些美好的婴儿诞生
那婴儿中就有我　先是牙牙学语
然后学习加减乘除　一次次艰难地造句
学习体育和艺术　终于卷入人生　卷入人生的痛苦

痛苦并非是人类的不幸
痛苦是全人类与生俱来的财富
痛苦产生了人类的老师　伟大的先知　产生了思想和艺术
朋友们，我的祝酒词是
愿你们一生　坎坷痛苦
不愿你们一帆风顺

朋友们　如果我们一帆风顺
我们不会在这里相聚
我们不会在这张堆满果实的酒桌上相遇
是痛苦携带着我们　来到这个夜晚　充满生日的气氛
在这张堆满果实的桌子上
我就是其中的一只果实　坐在其他果实中间

我就是其中的一只果实　在秋天　我说：我要变成酒精
我要变成使人沉醉的酒精
我要变成陪伴我们一生的痛苦的酒精

痛苦也是酒精
我们全都沉浸其中

只是分给每个人的酒杯不同

伟大的人　装满痛苦的酒杯更大　他们开怀畅饮
开怀畅饮　痛苦的酒　使人沉醉一生的酒
为了我们生病的柔弱的操劳一生的母亲
为了那些爱过我们或被我们爱着的女性
为了生日　为了生日之后我们开始置身人世
享受真实的人生和痛苦　朋友们　举起我们的杯子

在这个生日
在这个美好的日子
在我们痛苦减轻之时
我们还要歌颂那些给我们创伤和回忆的女人
我们在酒醉时敲着酒盅　高声嚷着
女人啊　你的名字像一根白色的绷带　曾经缠绕在我的额头
总有一阵秋风把绷带吹落
像吹下一片树叶　有没有伤疤　我都会将你宽恕

在我们的额头上或心上　有没有伤疤
我都会将你宽恕
因为你是比我更为软弱的女人
是的　我爱过你　恨过你
一切都已过去　最终在一阵秋风里将你宽恕
然后像讲述梦境　我会向知心朋友细细讲述

也许有一天我已完全将你忘却
会再在一条陌生的道路上与你相逢
我会平静地迎上前去
如果你牵着你的孩子　我会再次爱上你
但这决不是因为以前的爱情
而是因为你成了母亲
母亲是一个伟大的名字
母亲是我诗歌中唯一的主人

在这个生日的气氛里
我还要以生日的名义
祝福另外一位朋友　祝福你
眼看就要成为幸福的父亲
年轻的父亲
你的担子更重
另一个小生命通过生日把他的双手交给你
无论是儿是女　做父亲总是人类最大的幸福

至于我　早就想成为父亲
虽然我没有妻子
要说有　五六年前就已经结婚
我的妻子就是中国的诗歌　汉语的诗歌
我要成为一首中国最伟大诗歌的父亲
像荷马是希腊的父亲　但丁是意大利之父　歌德是德意志的父亲

我早就想成为父亲　我一定能成为父亲
成为父亲总是人类最大的幸福

诗人总爱预言
那就让我在这个生日再讲一讲另一个生日
我们的祖国母亲土地母亲她生下了一位英雄。
那英雄之子是在日出时刻降生
在东方大地上拔地而起
他身上集中了我们所有优秀的品质　生命和灵魂
他的生日就是我们真正的生日　唯一的生日
在他降生之日　如果我们已经死去
我们就能和他一起再次出生
他的生日是我们的再生之日

他的生日是我们所有人生日中的生日
酒中之酒，痛苦中的痛苦
为了生日，干杯！
生日给了一切痛苦以最好的补偿
朋友们　从这个夜晚我们各自出发
我们升帆出发　随手携带火种、泉水与稻谷
从这张生日堆满果实的桌子上我们出发
任凭命运的风儿把我们吹向四面八方

不知何日再能相聚一堂
不知命运之船漂向何方

但母亲在生日赐予我的生命
我总要在我的诗歌中歌唱和珍惜

即使我们一生不幸
这生日也是我们最好的补偿
是对我们最好的报答　即使我们一生不幸
这生命本身的诞生永远值得我们歌唱

在我们自己的生日里我还要歌唱我们的土地
我愿所有的朋友都要把她珍惜
土地的不幸是我们全体的不幸
我们生在其中　长在其中　最终魂归其中
是土地　苦难而丰盛的土地
把每一个日子变成我们大家不同的生日
我们每一个土地的孩子
都领到一只生命的酒杯

朋友们　我已有预感　我还要再说一遍
土地的不幸是我们全体的不幸
土地她如今正骚动不安　我的祖国她恶心又呕吐
是不是她已经怀孕?
是不是我们的共同的母亲已经怀孕?
她需要多少时间才能生产?
生下的是男是女　是侏儒还是巨人
是一个什么样的人?

这是一个秋天的夜晚　灯火明亮
我们这些年轻的生命坐在一张酒桌旁
我们今日相聚一堂　明日分手四方
唯有痛苦留在这漫长的道路上

唯有痛苦　使我们相互尊敬和赞叹
使我们保持伟大的友谊
唯有痛苦是我们永恒的财富

87.9.17 急就
9.20 录

从明天起，做一个幸福的人

海子经典诗全集

（下）

海子　著

江苏人民出版社

图书在版编目（CIP）数据

从明天起，做一个幸福的人：海子经典诗全集：全二册 / 海子著. -- 南京：江苏人民出版社, 2019.3
ISBN 978-7-214-23095-9

Ⅰ.①从… Ⅱ.①海… Ⅲ.①诗集 - 中国 - 当代
Ⅳ.①I227

中国版本图书馆CIP数据核字(2019)第003372号

书　　名　从明天起，做一个幸福的人 海子经典诗全集（下）

著　　者　海子
责任编辑　卞清波
装帧设计　凤凰含章
出版发行　江苏人民出版社
出版社地址　南京市湖南路 1 号 A 楼，邮编：210009
出版社网址　http://www.jspph.com
印　　刷　北京鑫海达印刷有限公司
开　　本　880 mm × 1230 mm　1/32
印　　张　9.5
字　　数　60.8 千字
版　　次　2019 年 3 月第 1 版　2019 年 3 月第 1 次印刷
标准书号　ISBN 978-7-214-23095-9
定　　价　108.00 元

海子手绘插图

书中海子的手绘图均为海子为『太阳』系列诗所绘，画作的顺序已乱。

1.

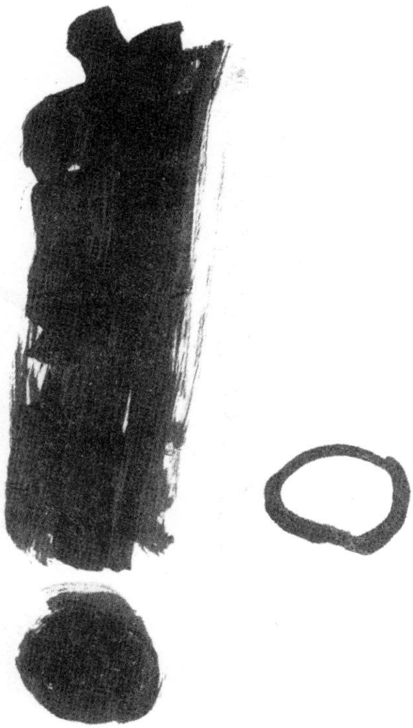

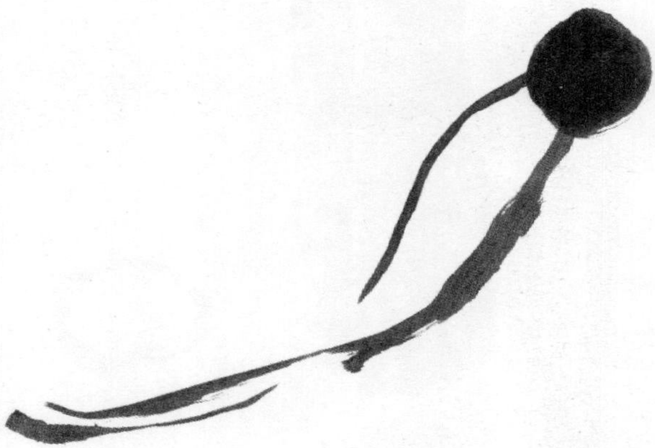

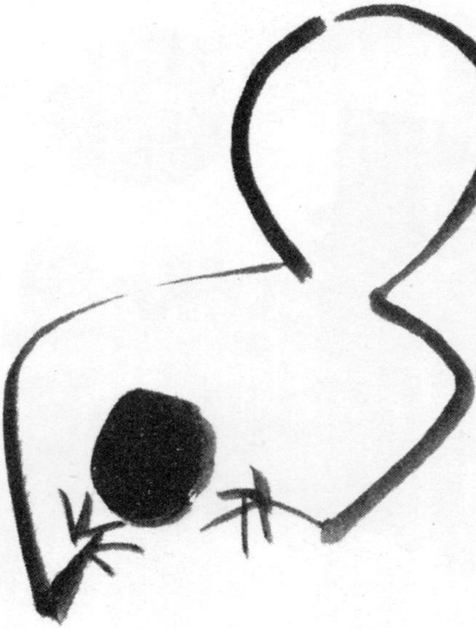

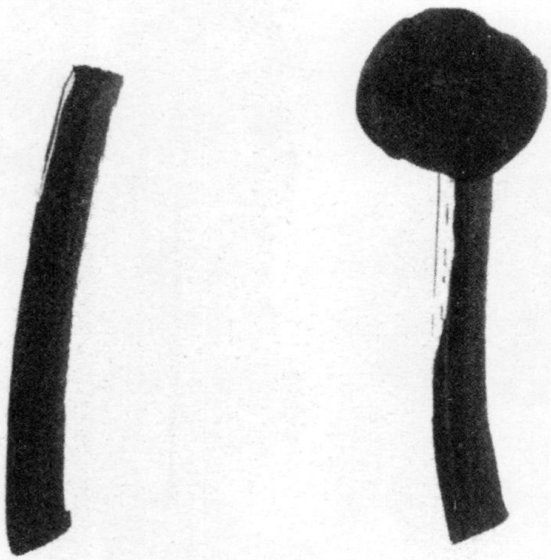

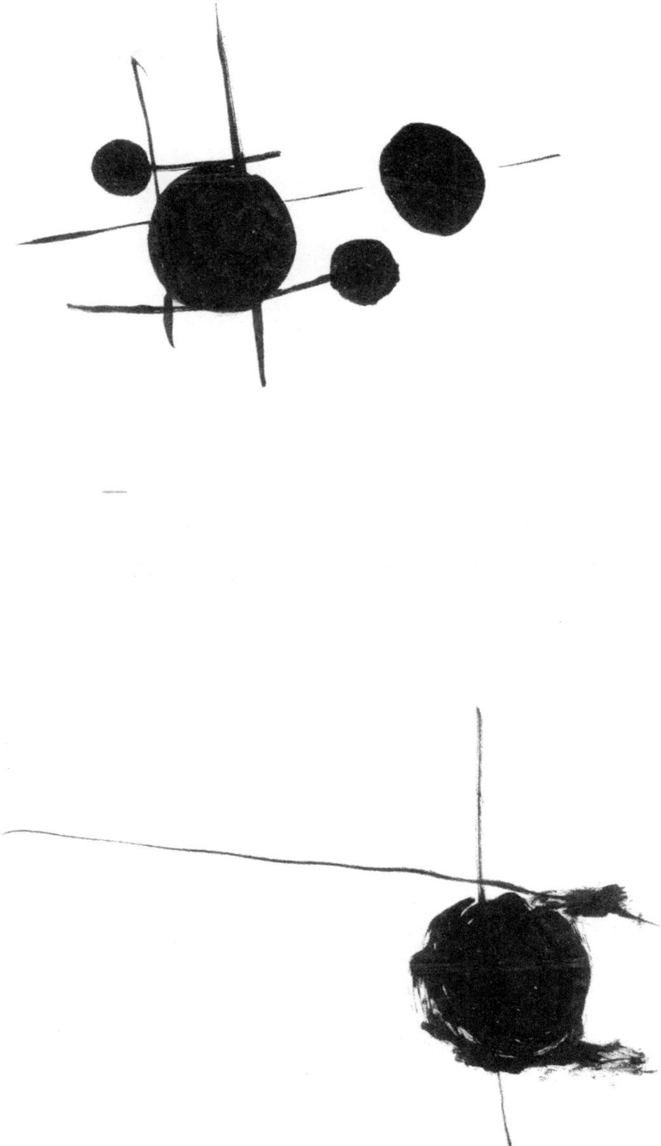

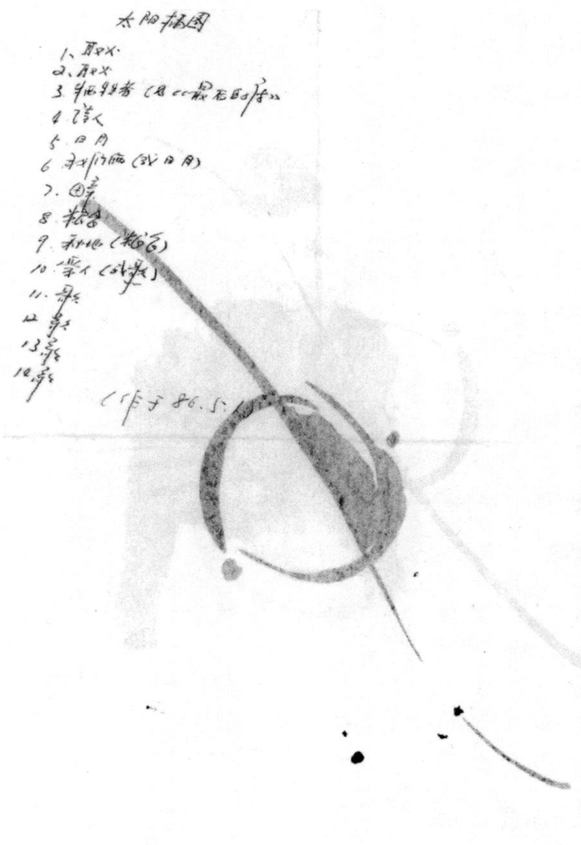
太阳插图
5. 日月

目录

太阳·断头篇

太阳·土地篇

太阳·大札撒（残稿）

河流

梦想你是一条河，而且睡得像一条河

——洛尔迦给惠特曼

（一）春秋

1. 诞生

你诞生
风雪替你凿开窗户
重复的一排
走出善良的母羊
走出月亮
走出流水美丽的眼睛

远远望去
早晨是依稀可辨的几个人影
越来越直接的逼视你
情人的头发尚未挽起
你细小的水流尚未挽起
没有网和风同时撒开
没有洁白的鱼群在水面上

使我想起生殖
想起在滴血的晚风中分娩
黄金一样的日子
我造饭，洗浴，赶着水波犁开森林
你把微笑搁在秋分之后
搁在瀑布睡醒之前
我取出
取出

姐妹们头顶着盛水的瓦盆
那些心
那些湿润中款款的百合
那些滋生过恋情和欢欢爱爱的鸳鸯水草
甚至城外那只刻满誓言的铜鼎
都在挽留
你还是要乘着夜晚离开这里
在窄小的路上
我遇见历史和你
我是太阳，你就是白天
我是星星，你就是夜晚

2. 让我离开这里

抱着琴

有一种细长尖锐的穿透
有一腔浓稠苦涩的黄水
在沙地上
至今还隐隐约约被人提起
在一片做梦的铃兰地上
被人提起：
或者能流出点什么
你是水
是每天以朝霞洗脸的当家人
喘息着
抚养匆匆来去的生灵

第一个想法是春天
春天却随花朵落去
因此第二个想法属于那些枝干
枝干刨成的小船像劳累的手指
拨动长眠不醒的地方
像门扇
偷偷开启
我毫不回头地走出
于是我想起紫罗兰和我都年轻的那一年
人们听说泉水要从这儿路过
匆匆走出每只箱子似的山涧
在一片空地之上
诞生了语言和红润的花草，溪水流连

也有第一对有情有意的人儿
长饮之后
去远方
人间的种子就这样散开
牛角呜呜的响着
天地狭小，日子紧凑

你遮遮盖盖
你第一次暗示的身孕过于突然
你又掩饰
以遍地的村镇掩饰越来越响的水声
你感到
空旷是对种植的承诺
让孩子们
用花草鞭醒岸上沉睡的泥团
接着你远去
　　你为什么要远去
前面的日子空寂无声

3. 水哟，你这带着泥沙的飞不起来的蓝色火舌

是谁
领我走进这片无边的土地
让黑夜和白天的大脚

轮流踩上我的额头
颅骨里总有沉重的东西
在流动
流动
人和水
相遇在尘土中
吸收着太阳和盐

我是一条紫色的土地的鞭痕
在日子深处隐现
我的眉心拧结着许多紫色的梦
世界像成群的水禽
踩上我的弓箭
大地在倾斜
晨光中生物们把影子纷纷摇落
一天又一天
落满我的双肩
就像越来越多的声音充满平原和山地
躲也躲不开
正在成熟的婴儿掉进我的血管
河岸的刀尖逼向一切
雷声呼唤着滚过草甸，黄帝轩辕
我凝视
凝视每个人的眼睛
直到看清

彼此的深浊和苦痛
我知道我是河流
我知道我身上一半是血浆一半是沉沙

在滴血的晚风中分娩

谷底走出一批湿漉漉的灵魂
向你索取通道
这些纤夫
纤夫的面孔
是一朵朵黑色粗壮悲哀的花
凶狠地围住
诗人纷乱的心灵
我，预先替世界做出呼吸

4. 母亲的梦

城堞一方
低矮地装饰着流水谷地
玉米红色的缨儿在我潮湿的嘴唇燃烧
几只瓮子盛着仅有的一切
在你离去的时候
别的种子还在泥浆中沉睡
连同那些擦身而过的草原

我迷失了方向
坐在这里
其他的迷路人却把我当成了山口
出出进进
后来我睡在果园的根里
我就居住在
冬天和春天之间
那几层黑土里
不必叫醒我
随便摘些新鲜的叶子
盖上我痛苦中深深的眼窝
我的手指枯瘦地伸向河流
直到水流消失在
另一只混浊的眼睛里

天空太深
月亮无声无息地落进
孩子们
从正在成长的青春背后
突然伸出一只又一只手臂

我摇着小船
离开这里
河岸上许多高高的立着的是梦
铺满芦花和少女

面对沃野千里，你转过身去
双肩卸下沉重的土地
梦想安息
动物舔干脊柱上的盐粒
重又流出木围
有一次深刻的边缘，节日
让许多人平常地踩过去
梦想海岸
你刚合上眼皮
渔人就用海螺做成眼睛互相寻找
女性的亲人
温情如蓝色的水

梦想草原来的一匹小红马
像一把红色的勺子
伸向水面
岸上
主人信步走去

5. 回声

鼓瑟
天地欲倾一方
群蛇在我身后探出头来

鸟儿是河流耳朵
也是回声
在鼓钹碎裂声中
抖落层层掩埋的叶片和毛羽
飞去
森林成为弃壳
我呼吸，我八面威风，我是回声
开窟为自己塑像

你要说出什么
说吧

一切回声
冰冷的回声
变成卵实上动物的胸房
公鹿犄角美丽的闪光
他们的草原营营有声
翅膀和根须间
村庄沉沉睡去
回声中雨雪霏霏
那最后告别的一眼
传说中的春秋
那些我大口大口吐出的鲜红的日子
也成为回声
当母马有孕时

它实际上还可以重活一次
你的背上月明星稀
你是我一切的心思
你是最靠近故乡的地方最靠近荣光的地方
最靠近胎房的地方

（二）长路当歌

1. 父亲

黄昏时分，一群父亲的影子走向树
绳索像是他们坐过的姿式，在远方则是留恋，回忆起往事
在土地上有一只黄乎乎的手在打捞，在延伸，人们散坐着
以为你是远远的花在走着，水啊
我渴望与父亲你的那一次谈话还要等多久呢

虽然你流动，但你的一切还在结构中沉睡
你在果园下经营着涩暗的小窑洞、木家具
砖儿垒得很结实
大雪下巨大的黑褐色体积在沉睡，那些木栅敲开了鸟儿的梦
花儿就在这些黑色的尸体上繁茂
其实，路上爬满了长眼睛的生物
你也该重新认识一下周围，花里盛着盏盏明亮的灯，叶里藏着刀
小水罐和那一部分渔具都是临时停在沙滩上，船板曝裂

送水的人呢
我渴得抓住一部分青草，我要把你嵌在这个时刻，一切开始形成
你抚摸着自己，望着森森的阴影，在你浑黄成清澈的肢体上，一切开始形成
你就是自己的父母，甚至死亡都仅仅是背景
你有高大的散着头发的伙伴，绿色的行路人，把果实藏在爱人的怀里
大批大批的风像孩子在沙土后面找机会出来
那时一切都在斜歪中变得年轻，折断根，我从记在心上的时刻游出
不只是因为家庭，弟兄们才拉起手来
我在夜里变得如此焦躁，渴望星星划破皮肤，手指截成河流
我的风串在你的脖子周围
那些鸽子是一些浪中战抖的小裸体，在月光下做梦
一群又一群骆驼止不住泪水，不是因为黄沙，不是因为月亮
而是因为你是一群缓缓移动的沉重的影子
我游着，那些叶片或迟或早在尖锐中冒出头来
像锐痛中的果实，像被撕裂的晚年

但现在又是一个劳动后的寂寞，太阳藏在每个人的心里，鸟儿寻找着
父亲的脸被老泪糊住，许许多多的影子都在火堆旁不安分地融化着
牛开始脱毛，露出弱瘦的骨茬之伤，冬天啊，多么想牵它到阳光里去
我只能趴在冬天的地上打听故乡的消息，屋后的坟场和那一年的大雪
有一行我的脚印
在永永远远的堆积、厚重、荣辱、脱皮、起飞的鸟和云，概括着一切的颤抖中
你是河流

我也是河流

2. 树根之河

树根，我聚集于你的沉没，树根，谷种撒在我周围
我走在阴森的春天下，你的手指伸进我膨胀的下肢
你是愿望，一串小小的光芒
在悄悄栖息，被鸟儿用羽毛遮掩，走不完的上空
那些树根被早晨拎走了头颅，我摘下自己的头颅跟着他们走去
水流在岩石下像母亲挤在一起的五官，想看见，想听见，想伸出手去
裂开，断开，草原在我的指向中四面开花，永远在包围
走向何方，树根，我不是没有遗失，我遗失的是空旷，你的一个月份
用一些鱼骨，用一些锚架，把春天砸开一个缺口
把剩下的碎片都扫进我的心
一只手说出另一只手，树根，我啜饮
鱼鳞，那些闪闪烁烁逐渐走向浓厚的腥味，使我一眼望见人类之始
我在树根中用手挡，随便摸起一件物质作太阳，狼群微笑不止，布满四周
我在树根里把一条路当作另一条路来走，我在树根里碰翻了土地，甚至河流
我的头发在风中开成一排排被击倒的人影，雨是我夏天的眼皮

是液体，我的眼睛永远流向低矮的地方
我在抚摸中隆起它们，甚至隆起我自己
把脸当作翅膀，把脸挡住一切，一片长满黑漆漆树根的地方解决一切
我在枫木中伸直手掌
和送葬的人一同醒来，我的思绪烂在春花时刻，我坐在那里，一动不动
一些疙瘩永远停在翅膀上，树根，我用犄角对抗你
我在黑夜中提到那暖烘烘的一切，土地上成团的人抱着胳膊晒太阳
我于是成了一些传递中的嘴唇，酒精幽舌，成了一些人的母亲
我不得不再一次穿过人群走向自己，我的根须重插于荷花清水之中，月亮照着我
我为你穿过一切，河流，大量流入原野的人群，我的根须往深里去
腐土睡在我的怀中，就那么坐成一个鼓凸的姿式，我在腰上系着盛水的红容器，人们称为果实
当你把春风排到体外你就会与一切汇合，你会在众人的呼吸中呼吸，甚至安眠
你把自己静静地放入人群，你在耳朵里把太阳听了个够，树根
你的厚厚的骨架在积雪的川地上，踏成季节，和以后的一切，爱或者恨
都重新开始，即使在麦地里永远有哭泣的声音传得很远，甚至在另一块麦地里都
能听到，树根，你身边或许就是河流
或许就是四季，或许就是你饲养的岁月一群，或许就是爱人，或许就是你自己的眼睛
连同化成香气的昆虫，水流
一切都想得那么深
把水当成挖掘的时刻，把火当成倾诉的红树干

甚至把母亲当成踏向远处的一串泪迹，母亲河
一串泪迹

3. 来到南方的海边

在森林中静静航行，在传说的黑翅膀下静静航行，我看见了黄昏的河湾
母亲捧着水走过黄昏的风圈，爱人越缩越小，只能放进心里
一群牧羊人在羊群山苍凉的掩映下想起了南方和雨
山峦像清秀的渔夫撒满江面，岛屿像鸟的手指在夜里啜饮大海
南方，许多声音，许多声音
九个巨大的金属坐在海岸上，你的城市沉下一块又一块紫丁香
我追过桥去，一批石人石马等我静静退出
牛角号伴着我度过阵阵抽搐的夜晚，关起木栅，把黄昏和牛放满一地
舞的人群消融得像一幅疲惫的脸，在樱花树下拣起你的月亮，你的风风雨雨
用一只腿跳着离开干涸的河床
揭开一层层泥沙，骨骼迎风而立
在必要的时刻，南方的河流，你的头发流泄那么多不可缺少的爱
男人累了，你让怀中孩子快快长大吧，日子长着呢
火堆闪烁，仿佛原野用膝盖走路，云朵闪烁，仿佛天空用眼睛飞翔
在旱季到来之前快把孩子养大成人，即使他离我而去

我也能筑起图案：笔直的鱼，一丛丛手指让海弯曲地折断
甚至牛望着星星坠进海里，爱人飞上天
在粗砂的碗上，在冬天的脚下，让村庄抱着我睡去
我拉扯着太阳和你们
来到海边

4. 舞

这股细小而寒冷的水流源于森林，森林起源于空地上的舞蹈
沿途你不断拣起什么又不断扔下什么，你踩在人们最想念你的时刻
但笑容渐渐远离河岸，你是一股奇特的睡意喷向我的面孔
在你流过的地方，牛的犄角转着光圈，连小屋也在月光下摆上了桌子和食品
你制造的器皿和梦的线条无一例外地泄露于大地上
你在土地上抱着一块石头就像抱着你自己，再也离不开
那些离去的渐渐变成仇恨
一天又一天，太阳不足以充实你也不足以破坏你
当另一种敲门声越来越重，你把岁月这支蜡烛吹灭，又点上了另一支岁月之光
你的真情在旋涡和叹息中被我一一识破，河流呵
春天战胜了法则，你踩着村庄走向比树和鸟还高的地方，走向比天还高的地方
我想起天地夹缝间大把大把撒开的花，年老的树木，刨土者和爬过门坎的孩子

一棵树结满我们的头颅，果实在秋天被妇人摘下或者烂在地里，树就要生长

我突然被自己的声音激动

因为提到了明天，人们扯下母胎中孕着的自己，河流的剧痛和黎明
一起无边的起伏，舞的火堆挤满陶罐，许多粗黑的胳膊拥在一起
河岸下太阳在泥沙中越来越肿大，被秋天接受，酒和铁互相递进喉咙
骨胳如林地长起，河流和翅膀变得黑褐无边
鸟儿成堆成堆地投入冬天的营地，让早晨被所有平静的湖水、岛屿拥有
被年轻的新娘们拥有，我摘下自己的帽子，头颅里响起婚礼的钟声
不再孤单，一切都能代表我和种子
我们的母亲，高粱和芦苇在北方拼命地挥动着头巾
白桦林在湖岸上寂静的长起，没有人知道浑浊的水繁殖了这么一大片林木
没有人知道故乡的土地在道路和河流之下还有什么
春天就在这时被我带来
三两个人拖着浓重的影子，举箭刺穿燃烧在荆丛中的一个声音
小兽们睁着眼睛，善良的星星和风暴预言的粗砂堆在离心很近的地方

4. 种子

我痉挛
犁是我一张渴血的触觉[1]
痉挛
子孙们肩膀痛苦的撕裂
我被肢解、刀击
铁和血肉
横飞于四面八方
种子爆然而去
粗暴地刺破我的头盖
血流如注的眼睛更加明亮

土地紧张地繁殖土地

让血乎乎的盾
被大把大把盐粒擦亮
挡住北方
挡住兽皮的风暴
让种子装灌头颅
捆在肩膀上
让赤铁矿流过粗宽毛糙的颜面
让红种兄弟离开我们

1　原文即如此。

离开一根永恒的石柱
一根生锈的石柱
让渐渐远去的亚细亚埋在芨芨草里
萎缩
让我就在这时醒来
一手握着刀子
一手握着玉米

亚细亚的玉米啊

5. 爱

一把树叶文字贴在石头洞里
贴在我们泄情的脸上
一头野鹿填平湖湾
一把弓
一把粗草绳拦住一条边疆
就是我的妻子
耳环
洞箫 10 孔
套住血水泡硬的心
粗麻绳拦住另一条边疆
我捧着种子
走在自己的根脉上

延长——延长——延长——
延长——延长——延长——延长——

隔着蒺藜的妇人　情爱如炽
于是人类委身于种子
于是先知委身于大地
于是渔夫委身于海岸
更多的人仅仅是在谈论
隔夜的歌曲
手臂静止地垂下
摘果子的时辰尚早

想起你的时候
就想起夜半的野百合
一支晃摇着节奏的野百合
想起远方嫁给岩石的海鸟
想起河神有几只鞋跑丢在太长的大陆
跑丢在人群里
想起丝绸仅仅成为东方母亲的蒙面
我便是诗人
行吟
马蹄踏踏，青草掩面
牧羊老人击栅栏而泣
枫叶垂望墓地
只有火光在鼓面上越烧

越寂寞
不该死的就不会死去
平原
爬满了花朵和青蛙化石

6. 歌手

编钟如砾
编钟
如砾
仿佛儿子拖回一捆捆粗硕的鱼骨和岸
仿佛女儿含海的螺号　在夜里神秘地发芽
陆地上伸出了碧清的河汉
歌声
就是你们身上刚刚抽出的枝条

歌手红布袍
如火
几名兄弟含泪相托
编钟如砾

编钟如砾
在黄河畔我们坐下
伐木丁丁，大漠明驼，想起了长安月亮

人们说
那儿浸湿了歌声

1984.5

传说

——献给中国大地上为史诗而努力的人们

一、老人们

白日落西海

　　　——李白

黄昏，盆地漏出的箫声
在老人的衣袂上
寻找一块岸

向你告别

我们是残剩下的
是从白天挑选出的
为了证明夜晚确实存在
而聚集着
白花和松叶纷纷搭在胳膊上
再喝一口水
脚下紫色的野草就要长起
在我们的脖子间温驯地长起
群山滑过我们的额头

一条陈旧的山冈
深不可测
传说有一次传说我们很快就会回来
脚趾死死抠住红泥
头抵着树林
为了在秋天和冬天让人回忆
为了女儿的暗喜
为了黎明寂寞而痛楚
那么多夜晚被纳入我们的心

我不需要暗绿的牙齿
我不是月亮
我不在草原上独吞狼群
老人的叫声
弥漫原野

活着的时候
我长着一头含蓄的头发
烟叶是干旱
月光是水
轮流度过漫漫长夜
村庄啊，我悲欢离合的小河
现在我要睡了，睡了
把你们的墓地和膝盖给我
那些喂养我的粘土

在我的脸上开满了花朵

再一次向你告别
发现那么多布满原野的小斑
秦岭上的大风和茅草
趴在老人的脊背上
我终于没能弄清
肉体是一个谜

向你告别
没有一只鸟划破坟村的波浪
没有一场舞蹈能完成顿悟
太阳总不肯原谅我们
日子总不肯原谅我们
墙壁赶在复活之前解释一切
中国的负重的牛
就这样留下记忆
向你告别
到一个背风的地方
去和沉默者交谈
请你把手伸进我的眼睛里
摸出青铜和小麦
兵马俑说出很久以前的密语

悔恨的手指将逐渐停留

在老人们死去之后
在孩子们幸福之前
仅仅剩下我一只头颅，劳动和流泪
支撑着
而阳光和雨水在西斜中像许多晾在田野上的衣裳
被无数人穿过
只有我依旧

向你告别
我在沙里
为自己和未来的昆虫寻找文字
寻找另一种可以飞翔的食物
而黄土，黄土奋力埋尽了你们，长河落日
把你们的手伸给我
后来张开的嘴
用你们乌黑的种子填入
谷仓立在田野上
不需要抬头
手伸出就结了叶子
甚至不需要告别
不需要埋葬

老人啊，你们依然活着
要继续活下去
一枝总要落下的花

向下扎
两枝就会延伸为根

二、民间歌谣

行到水穷处
坐看云起时
——王维

平原上的植物是三尺长的传说
果实滚到
大喜大悲
那秦腔，那唢呐
像谷地里乍起的风
想起了从前……
人间的道理
父母的道理
使我们无端地想哭
月亮与我们空洞地神交
太阳长久地熏黑额壁
女人和孩子伸出的手
都是歌谣，民间歌谣啊
十枝难忍的神箭
在袖口下

平静地长成
没有一位牧人不在夜晚瘦成孤单的树
没有一支解脱的歌
聚集在木头上的人们
突然撤向大平原
像谷地里　　乍起的风

茑与女萝
平静地中断情爱
马兰花没有在婚礼上实现
歌手再次离开我们
孤独的成为
人间最深处
秘密的饮者，幸福的饮者
穷尽了一切
聚集在笛孔上的人群
突然撤向大平原
稻米之炊
忍住我的泪水

秦腔啊，你是唯一一只哺育我的乳头
秦腔啊是我的血缘　　哭
哭从来都是直接的
只只唢呐
在雪地上久别未归

被当成紫红的果实
在牛车与亲人中
悄悄传进城里

我是千根火脉
我是一堆陶工
梦见黑杯、牧草、庙宇
梦见红酋和精角的公牛
　　千年万年
是我为你们无休止地梦见
　　黄水
破门而入

编钟，闪过密林的船桅
又一次
我把众人撞沉在永恒之河中

我们倒向炕头
老奶奶那支悠长的歌谣
扯起来了
昊天啊、黄鸟啊、谷乔啊
扯起来了
泡在古老的油里
根是一盏最黑最亮的灯
我坐着

坐在自己简朴的愿望里
喝水的动作
唱歌的动作
在移动和传播中逐渐神圣
成为永不叙说的业绩
穷人轮流替我抚养儿女
石匠们沿着河岸
立起洞窟
一尊尊幸福的真身哪
我们同住在民间的天空下
歌谣在天空下

三、平常人诞生的故乡

天长地久
——老子

隐隐约约出现了平常人诞生的故乡
北方的七座山上
有我们的墓画和自尊心
农业只有胜利
战争只有失败
为了认识
为了和陌生人跳舞

隐隐约约出现了平常人诞生的故乡
啊，城
南岸的那些城
饥荒，日蚀，异人
一次次把你的面孔照亮
化石一次次把你掩埋
你在自己的手掌上
城门上
刻满一对双生子的故事
隐隐约约出现了平常人诞生的故乡
小羊一只又一只
在你巨大的覆盖下长眠
夜晚无可挽回的清澈
荆棘反复使我迷失方向
乌鸦再没有飞去
太阳再没有飞去
一个静止的手势
在古老的房子内搁浅
啊，我们属于秋天，秋天
只有走向一场严冬
才能康复
隐隐约约出现了平常人诞生的故乡
我想起在乡下和母亲一起过着的日子
野菜是第一阵春天的颤抖
踏着碎瓷

人们走向越来越坦然的谈话
兄弟们在我来临的道路上成婚
一麻布口袋种子
抬到了墙角
望望西边
森林是雨水的演奏者
太阳是高大的民间老人
隐隐约约出现了平常人诞生的故乡
空谷里
一匹响鼻的白驹
暂时还没有被群山承认
有人骑鹤奔野山林而去
只有小小的堤坝
在门前拦住
清澈的目光
在头顶上变成浮云飘荡
让人们含泪思念
抚掌观看
隐隐约约出现了平常人诞生的故乡
那是叔叔和弟弟的故乡
是妻子和妹妹的故乡
土地折磨着一些黑头发的孤岛
扑不起来
大雁栖处
草籽粘血

高岸为谷，深谷为陵
四匹骆驼
在沙漠中
苦苦支撑着四个方向
他们死死不肯原谅我们
上路去，上路去
群峰葬着温暖的雨云
隐隐约约出现了平常人诞生的故乡

四、沉思的中国门

静而圣
动而王
　　　　——庄子

青麒麟放出白光
一个夜晚放出白光
梧桐栖凤
今天生出三只连体动物
　　在天之翅
　　在水之灵
　　在地之根
神思，沉思，神思[1]

1　原文即如此。

因此我陷入更深的东方
兄弟们依次狰狞或慈祥
一只红鞋
经菩萨穿上
合掌
有一道穿透石英的强光
她安祥的虹彩
自然之莲
土地，句子，遍地的生命
和苦难
赶着我们
走向云朵和南方的沉默

井壁闪过寒光的宝塔
软体的生命
美丽的爬行
盛夏中原就这么过了
没有任何冒险
庄稼比汉唐陷入更深的沉思
不知是谁
把我们命名为淡忘的人
我们却把他永久地挂在心上
在困苦中
和困苦保持一段距离

我们沉思
我们始终用头发抓紧水分和泥
一个想法就是一个肉胎
没有更多的民间故事
远方的城塌了
我们把儿子们送来
然后沿着运河拉纤回去
载舟覆舟
他们说
我们在心上铸造了铜鼎
我们造成了一次永久的失误

家是在微笑时分
墙
挡住无数的文字和昆虫
灯和泥浆
一直在渴望澄清
他从印度背来经书
九层天空下
大佛泥胎的手
突然穿过冬天
在晨光登临的小径上漫步
忏悔
出其不意地惊醒众人
也埋葬了众人

中国人的沉思是另一扇门
父亲身边走着做梦的小庄子
窗口和野鹤
是天空的两个守门人
中国人不习惯灯火
夜晚我用呼吸
点燃星辰
中国的山上没有矿苗
只有诗僧和一泓又一泓清泉
北方的木屋外
只有松树和梅
人们在沙地上互相问好
在种植时
按响断碑流星
和过去的人们打一个照面
最后在河面上
留下笔墨
一只只太史公的黑色鱼游动着
啊，记住，未来请记住
排天的浊浪是我们唯一的根基

啊，沉思，神思
山川悠悠
道长长
云远远

高原滑向边疆
如我明澈的爱人
在歌唱
其实是沉默
沉默打在嘴唇上
明年长出更多的沉默

我们抚摸自己头颅的手为什么要抬得那么高?
你们的灶火为什么总是烧得那么热?
粮食为什么流泪? 河流为什么是脚印?
屋梁为什么没有架起? 凝视为什么永恒?

五、复活之一: 河水初次带来的孩子

有客有客

——《周颂》

我们穿着种子的衣裳到处流浪
我们没有找到可以依附的三角洲
树和冥想的孩子
分别固定在河流的两边
他们没有拥抱
没有产生带血的嘴唇
他们不去碰道路

夜行者
走过遍地遗弃的爱情
手抚碑文，愤怒，平静，脑袋里满是水的声音

一条黑色的男性
曾经做过许诺
人是圣地的树
充满最初的啁啾
一些红色的肢体在暴雨中贫困地落下
一盏灯在暗洞里掏出自己的内脏
一头故乡神秘的白牛
消失在原野的尽头
我们将找到可以依附的三角洲

踏在绿岸上的少女
洗完了衣服，割完了麦子
走进芦花丛
今夜
有三个老人
同时观看北斗
第六天是节日
第六天是爱情之日
母亲生我在乡下的沟地里
黑惨惨的泥土
一面瞅着我的来临

一面忧伤地想起从前的人们
那些生活在黑暗的岸上的人们
而以后是一次又一次血孕
水中之舞，红鳞和鳃，生活的神游
水天鹅在湖沼上平静地注视

口诀
扯着暗淡的帆
指引着这些河上的摇篮
这些绛红的陌生而健康的婴儿
到达柔曼的胸，吻响的额，接触的牙齿
眼睛的风
忧伤又一次到达
陆地上的琴鸟，又一次到达
我只能和他们一起
又一次回到黄昏
经受整个夜晚
扑倒在腥红阴郁的泥地上
这毕竟是唯一的结果
第一次传说强大得使我们在早晨沉沉睡去
第二次传说将迫使我们在夜晚早早醒来

这是些闯进的宿鸟
这是些永生的黑家伙
老人们摆开双手

想起
自己原来是居住在时间和白云下
淡忘的一笑

更远处是母亲枯干的手
和几千年的孕

早晨在毫无准备时出现
那就让我们来吧
行道迟迟
载渴载饥
啸歌伤怀
载飞载鸣

六、复活之二：黑色的复活

大鸟何鸣
——《天问》

1.

大黑光不是在白天诞生
也不是一堆堆死去的蜡烛头
他们哑笑着熄灭：

熄灭有什么不好

2.

我们收起
照亮那相互面孔的
那沉重的光
呼呼行帆的光，关住心门的光
绳索垂下来
群山沉积着
草原从远方的缺口涌入
有一只嘶哑的喉咙
在野地里狂歌
在棉花惨白的笑容里
我遍地爬起
让我们来一个约定
不要问
永不要问
我们的来历和我们的忧伤
不要问那第二次复活
假如我要烧毁一切呢
原谅我，那歌声，那歌声
让我们来一个约定

3.

春天带来了无尽的睡眠
胳膊上晒着潮湿的土地
烧毁云朵
烧毁
我们在黑雨中静静长起
一块巨大的面孔
用雷做成果树
我在莽林中奔跑
撞死无数野兽
失去了双腿
昂头面对月亮
男人躺在大地上
也是一批暗暗的语言
我们走了许多路
才这样沉沉睡去
在我们熟睡之后
女人们
拥到田地里
捋着抽浆的粮食
快活得浑身发抖
　　东方之河
是流泪的母马

荒野冷漠的头颅
不断被亲吻和打湿

4.

戳有金属的脊背
扑倒在丛林中
树
筑地而起
死亡，流浪，爱情
我有三次受难的光辉
月亮的脚印
在湖面上
呕吐出神秘的黑帆
呕吐出大部分生命

石块飞舞，石块飞舞
时间终于落地
山头的石墙上
高高挂起三堆火
钟声中，孩子们确实存在的烙印

北方仓库，墓上有
几只默默的稻粒

石鸟刻着歌曲
墓门有棘
我和斧头坐在今天夜里
日子来了
人的声音
先由植物发出
帆从耳畔擦过
海跟踪而来
大陆注视着自身的暗影
注视着

火

5.

熔岩的歌声到达果园
淹没着
众多的匠人
用火堆做刀
在夜晚的郊外割草
其他的流浪者
像眼睛一样跳开
只有胆小的野花
钻进自己的肚脐

火啊，你是穷人的孩子
穷是一种童贞
大黑光啊，粗壮的少女
为何不露出笑容
代表死亡也代表新生
有钟声阔笑如岸
再不会在人群中平静地活着

火

我不是要苦苦诉说
不是在青春的峡谷中
做出叛徒的姿势
我是心头难受的火啊
是野马群最后的微笑声声
取下面具
我们都是红色线条
兄弟们指着彼此：
诞生。
诞生多么美好
谁能说出
火不比我们再快地到达圆周之岸
谁能说出黑腥的血是我们又一次不祥的开放
只有黑土承认
承认他们唯一的名字，受难的名字

秘密的名字
黑土就是我们自己
走完五千年的浅水
空地上
黑色的人正在燃烧

火

我继承黄土
我咽下黑灰
我吐出玉米
有火
屈原就能遮住月亮
　　　　　　柴堆下叫嚣的
　　　火　火　火
只有灰，只有火，只有灰
一层母亲
一层灰
一层火。

1984.12

但是水、水

翻动诗经

我手指如刀

一下一下

砍伤我自己

卡内克这样对他说：

“雨下得很大，还得下一场；因为这是贾亚雨。贾亚不是本地人，而是东方人。”

（埃尔米罗·阿夫雷乌·戈麦斯）

第一篇　遗址（三幕诗剧）

[第一幕]

（背景是完全干涸的大河，四位老人像树根一样坐着）

诗人

汗水浸湿了我的手……我的手
浸湿了他们的额
他们瘦黑的脸、胳膊
他们泥污的衣裳
他们曾经繁殖的大腿
等待他们的是一个夏季……没有风
我的手仿佛握住了他们
就像握着一截又一截木头

秦俑的声音

但我早已到达，在悲惨的船歌中
航行，我到达了。

诗人

他们的汗水又更多地溢下来
炎热的夜晚歌手如云……令人费解
他们脱下布鞋，把脚浸进假想的河水
他们手摩头顶，若有所思
他们从早到晚就这样坐着

他们黝黑的肋条骨在河岸的黄昏中一闪一闪地放着光
他们撩着假想的河水互相擦洗着身子

秦俑的声音

但我早已到达。月亮之中
前后的事情一样。前后的声音一样

诗人

不一样。声音
不一样
先是孤独的牧羊人的声音
嘴唇干裂的声音
接着是秦岭风雷声
接着是祁连山的风雷声
……沉闷的船的腔体的声音
……盾牌上的雨水声流回声
……流萤撞夜的声音接响的声音
雨打人类的声音。玉米地和荆棘地的枪声
雪花和乳房的声音。虫子的声音。玉米叶子的声音

秦俑的声音

但我早已到达。干旱如土
一直埋到脖颈……一直埋到头顶

诗人

他们还在流汗……生命的痛苦
还在继续。窑洞里仍有女人的呻吟
月亮之中传出一只孤独的野兽的叫唤
那是太阳的叫唤
但是没有声音
痛苦就在于没有声音……没有声音

秦俑的声音

我就是没有声音地被埋下……多少年了
母羊仍然没来。

诗人

母羊?

秦俑的声音

就是水呀。就是那些老人的眼神
水是唯一的
没有声音的痛苦都是一样的
就像八月只有一种清风
痛苦流向四面八方
只不过又回到了早就居住过的地方。我到达了
只只头颅土地之下如水相倾……不是泪水
更不是解冻时的泪水
……又绿了
树的手
我只好在骊山下越埋越深

诗人（仍是疑惑）

母羊?

秦俑的声音

对，母羊。再也不会来了
死亡如陶。完满的存放
天空是我部分的肢体和梦

天空穿上了死者的衣裳
再也不会来了——母羊
埋葬了河流的许多陌生人来来往往
再也不会来了，母羊
多么使人安心的埋葬呀，一切都由青草代表
黄花前后爱情一样
落入田野
诚实的太阳猫腰走过许多野兽的脊背
我们的姓氏像灰尘一样落入田野

诗人

可是有了星辰。星和火星。北方虚星
有了四个方向，脚就得让自己
迈开呀……
有了树林在我肉体周围
肉体就得抖动呀
而且还有血液……比骨头更古老的血液

秦俑的声音

也许你是对的
但是骨头，白色的花。纤弱的花

花儿苍白而安详
多么使人安心的埋葬呀!
一种白色的动物沉睡在土层中，或许那是
亘古不变
惨白，那是因为我们生活过
而且相爱，写过歌颂平原的诗篇又倒在平原上
情人般缄默
那是因为它就叫骨头
不分昼夜
听见死去的河流如鸟飞离
头顶。母羊，再也不会来了

诗人

但是会有青草
有鸟粪……还有爱人的乳房……还有唱歌的木头
——手指、大腿、嘴唇
……还有亮如灿星的美人、有下山的太阳
有野兽花朵，有诗人……有棺材板摇篮布
有盲人有先知……有望海的女人
还有第一天
第二天和第三天
第四天有人梦见了我的儿子……妻子果然怀孕
……还有水井

至于母羊，我会选一个日子
牵它而来，望东而去
高原两边分开……

[第二幕]

（背景很深很远。南方的大河边。采药的群巫在周围险峰上时隐时现。传来歌声的时候正是中午。）

领：红色的渔舟子
　　响起在中午
　　响起在中午的是太阳
合：太阳
领：白色的鱼身子
　　高悬在晚上
　　高悬在晚上的是月亮
合：月亮
领：屈子呀，一个男人
合：一个男人
领：屈子呀
　　汨罗汨罗的藻草缠身哪
　　屈子呀
合：一个男人。

领：他轻轻走上岸去

　　一身白衣裳呀

合：一个男人！

领：轻轻扣舷，他出现哪

　　水上水下，他出现哪

合：一个男人，一个男人！

领：鱼哭于前哟鱼哭于后噢龙护于尾

合：一个男人！（停顿，又猛烈爆发）

　　一个男人！

[第三幕]

（灯光大亮。诗人像华表一样立着，侧身，独白。老人们似石匠在打井，仍如树根。诗人手牵母羊，背景中似有雨水声，时断时续）

我从荒野里回来，从所有粗糙的手指上回来，从女人的腹中哭着回来，从我的遗址积灰中回来就像从心中回来，手牵母羊回来，眼睛合上如菩提之叶，我从荒野里回来。宝塔证明，城里的水管证明，我

我不想唱歌

我没有带来种子，没有带来泥土、牛和犁，没有带来光和第一日之火。没有带来文字。我从荒野里回来，我

只想着一件事：水，水……第三日之水

我就是一潭高大的水，立在这里，立着这里。
我的衣服如蛇凸起，人们说：莲花开了。
是的，莲花开了。当然莲花还没开时我就被众人搂在怀里……从歌
　曲里
从那些不动声色的石匠手上回来。我想了又想：
一切都会平安。我从荒野里回来，我只在夜里重复东方的事情
做这些简单的事。需要雨水
不能多也不能少
需要月亮和身体，需要理解，也需要孤独
我在晚上想起妻子，想起在包谷地刨土的儿女
想了又想。在东方，诞生、滋润和抚养是唯一的事情。

石匠们的掌像嘴唇。
土地上
诗人
　　喃喃自语
抽打的雪花溢于河岸。河流改道复在。
野花如河漂走了情人
雨水和诗人送她回来。
我也从荒野里回来，没有带来种子，没有带来阳光
我在夜里想了又想
期待倾盆大雨，期待女人生下儿子
诞生了就不会消失，我从荒野里回来，血液比骨头更长久
虽然不开花，我比时间
还长久……我的身上有龙

落入荒野肢体愈加丰满。我从雨年回来，或者
从干旱的荒野里回来
只记得歌中唱道：
石匠们手像嘴唇。

（诗人踉跄着走下。老人像儿童一样跃入夕光。远远传来婴儿的啼哭声。雨水声像神乐充满最后的台面和幕布上。

观众的面孔像酒怀，微微摇晃。）

第二篇　鱼生人

（本篇形式奇特，每页排两栏。海子本意让两栏相互对照，但有时并不对称。）

水……洪水前后

1. 洪水

大雨浇灭太阳
外逃的船只
如口紧闭
两人默默守火
没有风儿吹过脑袋
黄钟一样向后仰着
没有声音
一枝长木
横陈于河湾上
亲人们三声两声
死去之前
远方的痛苦呼唤鸟喙
啄痛肌肤
黄土下沉
人烟聚水而卧
黄土水中望鱼

图腾或男人的孤独

1. 土葬鱼纹

栗树和罗望子
大戟树北方榆呀
埋下我吧
今夜四点钟就地埋下
不要惊醒众多的人
请埋下我吧

一碗酒。一把米
杜鹃自然会遍地开放

黄土旱地呀
快用你沉默的身子
来珍藏我
在夜间四点钟左右
解开扣子
把我就地掩埋

下雨也是三年五载
隔着水
一生中脑袋摆鱼、摆鱼
并不响
传来逃亡的消息、远远
又寂寞鱼儿如我
仿佛人间离我而去
仿佛人间距离我一生
寄托我一生
鱼……　……鱼
人的叫唤从鱼口吐出
大雨浇灭太阳
众人散失四方，探进水中
黑色并不幽暗
白色并不贞洁
红色并不燃烧
树林
假假地流过
吃尽浊泥的人
把一切
挡在面孔外面
沉了太阳，沉了灰烬
默默的水一流万里
转回故乡之前
流走了一些东西
埋在你们的肉体中

用你们的母亲
珍藏我
用你们的父亲
用男人，钟和孤独
用亲吻，女人和船
我住进许多永恒的
肉体、黑暗的肉体

东方
在你们的身体中

一位
硕大无朋的东西
围着他自己旋转
或许叫昆仑。
第三纪以后
他一直沉默。

2. 人
我的头颅
戳破天空
我的肩膀上只剩下一只血洞
一只洞

我们怅然若失
另一些洪水之夜
我们似有所得
女人和我
寂寞地说着。
种子搁在床头柜上

……水骤然中止

死去的人民如初醒的
阳光遍地，依然新鲜
欢悦而痛苦
遍地阳光哭着
在水面上嘤嘤
嘤嘤：
地面上孤岛如人
含水而寂寞
惆怅的苦乔花开遍了
惆怅的苦乔花开过了
地深处
我骨头难忍酸痛
地面上人民就说：
让阳光遍地、流动金子
放着华云
一路上血光四起
我的头颅
世世代代滚动
血肉模湖地
葬在天外
只剩下我，昆仑，
这无首之身躯
孤独地立着
所得见天上地下
一片钉棺材的
声音

东方滚滚而来

霞光如血，奔涌而出
一颗颗星星对面死去
又朴素
又仇恨
无边无际的敲打天穹
　　……母亲
母亲痛苦抽搐的腹部
终于裂开
裂开：

2. 船棺

这是木头。这是乳房
这是月亮。这是祖先
安排的洞窟
血迹上
胳膊像树枝折断
胳膊
一声脆响
起航之前的山峦
洞深人更深

这是木头，母亲为它
葬送了儿子
父亲葬送了自己
眼泪浅浅
这是乳房。这是月亮
携野兽逃出洪水
逃不出歌曲
这是祖先安排的洞窟
我追着自己
进了洞进了歌曲
没有了言辞
我带着形体和伤口
永久逸入子孙的行列

黄河呀惨烈的河

东方滚滚而来

岁月如兽，月亮血盾
跳进我的断颈
又长出一个太阳
裸露着、反抗着、扭动着
青铜青铜
一排排活泼辛酸的
少女
血胞分割
带来我最初的性命

东方滚滚而来

哭醒了
悠悠的一地婴儿
血肉
血肉之谷
来了分天割地的一条河
黄河呀惨烈的河
我

胳膊断了
夜色在树上放飞了鸟儿
血迹殷红。胳膊
一声脆响
洞深处野兽独自想着
阳光下自己金黄的毛
环猎人而舞

洞越来越深。

我们最初的种子
揉进。洪水中
一只腿在洞外反射月光
后来积雪中
出现了独腿人
清澈寂寞的足迹
我们最初的情人
同洪水一起退去
自然的太阳流遍
我们最初的眼睛
渴死在图画上
一只只狼围在夏天
太阳。流着血污
船在火焰中
像木柴又脆又亮

昆仑
在最初的温饱中
围着火苗和积尘
东方的肚脐跳动

黄河呀惨烈的河

活了
我活了
我的呼吸；大地和沼泽
有千万头艰难的穴熊跳跃
我的呼吸：无数条恐龙
围着我腰间狂舞
成绳索层层
我的呼吸黑暗如壁
我的呼吸河流如肠
无数种子和音乐
在夜里自己哭醒
我双眼筑庙
我双手劫火
我双耳悬钟
活了
我在自己的肩膀上
举首为日，弯骨成弓
东方滚滚而来

烧完我们最初的生命
水……水
这是木头。这是乳房
吮着它就像吮着
自己的血浆

淹没了
这一片血光中的高原

黄河呀惨烈的河　黄河呀惨烈的河

3. *东方男人，边说边选择新的居住地*

洞内耳语：
到河岸的台地上去居住
各条小路上
儿童的话
全被泪水淹没

唯有事事艰难

肮脏的大地
肮脏
而美丽
哪怕到平原上
　　说说心思也好
仿佛小钟丁当声
一下一下
流进我的耳朵

脖子上的绳索拉着村庄
“靠——近——大——河”
平原
倒地如情人

黄水晃眼
黄水遮泪
半坡，半坡
盛满亏盈的月亮
众人倾倒的月亮
脖子上的绳索拉着村庄
狼血涂草如花开放
我轻轻的痛苦
流过
如河的胸脯
平原上

哪怕只对一人说说心思也好
哪怕只对自己说说心思也好

平原上
我的声音流入我的耳朵

孩子们的幸福
极其简单

虫鸣美丽，拉扯你们
一个季节又一个季节
少女的骄傲只为骄傲
幸福本不在别的地方

我睡地为家
我大步走向四方
踏死去的象群
就如登上白色的床榻
我左边
女娲拖雨泥双膝跳来跳去
靠近了大河
黄水晃眼
靠近了大河
黄水遮泪

哪怕到平原上说说心思也好

就是我
领了你
赤脚拍泥一路走过去

不会言辞的
我的女人
种下红高粱

哪怕只对一人说说心思也好

一只只饥饿的苹果
一片片丰满的嘴唇
悬挂在夜晚
人鱼同眠河流

一代代草缠人脚
一次次不再仰望长空
痛苦的土地有了伴侣
人鱼同眠河流

哪怕只对自己说说心思也好

月亮无风自动
铜镜中
河流翻动树木脚印

雷人头颅、举面相迎
抓住一把
血、血

如史书

4. 双手来临，两条河流

双手如骨
一动不动

翅膀像黑色的风
不能分担别人的痛苦
我很早就梦见
双　手
把我引向河岸
原野仅仅被风吹过
头颅一晒就黑
双手双手
沾满伏羲的爱情

双手静静降临

平原前后

孤独的夜晚
洞内洞外
双手相伴而行
似大鸟落入近处河水

竟是体外的河流
我的声音流入我的耳朵
听见越来越近的历史
青铜……亲人中
零星的接吻
武器在肢体周围
隐约出现。胸前一朵红花
黄水晃眼，黄水遮泪
善良的人们如同日子
面对青蛙死在泉边

但我的手指没有
碰过女孩的骨灰
没有。我的手指
遍地掘水时意外地折断
这十只孤独的动物
伴我的琴瑟
……女孩的瓮

流过我胸脯之水
半坡之水
轻轻痛苦之水
让田野合当宁静。

田野合当宁静

搅动，不出一点声息
双手在洞里久久徘徊
久久不愿告别
粗糙的主人
不愿告别火种
我于额上举了双手
便枯萎了太阳

太阳拥了红色野花
离我双手而去
十指
指夜为夜

鱼的骨骼
……伸入掌内如婴儿
选择了不会腐烂的
　　泥　　土
烧成陶器。从早到晚
带来死亡和水的
消息
女人的右肩上
出现了月亮
……故乡
就这样降临
他俩身上
在许多夜里陆续完成

大约在第三天……或者第二十个世纪
死去的山洞或村庄在我的深处开满了野花
绳索如音乐散开　　絮语：靠近大河
　靠——近——大——河
至今故乡仍生长在黎明或傍晚，有时停止生长。
至今故乡仍远在高原南边或东边的河滩上生长。
至今故乡仍在有水的地方生长。
在苦难的枝叶间生长
　　　　　　　　……直到他们的额头
被墓地的露珠打湿，直到神秘之水

把我推上岸，成为胡言乱语的诗人

　　　　　　　　……直到他们被自己

震动，故乡

就降临在他们身上。手指抓住姓氏、肉体水土

世界像起了大火

世界

随我双手而动

最初时刻

在兽群之山垒定石头

立了时辰

双手相伴行过天空

四个季节在掌上

聚拢

那些苍鹰如零乱之草

沾上手指

开了红灼的花

你轻轻地摘去他们

摘下他们

你轻轻地创造就像

你轻轻的痛苦：

世界随我双手而动

夜晚是果实高悬

我双手还水于你

4. 养育东方，两条河流

我有了养育的愿望

你们的母亲

那两只饱满的月亮

　　被风鼓起

水……水

我有了养育的愿望

这样，我的心脏

和一连串的子孙

在五千年中跳动

因缘如蝗牵起

头发蔓藤悠悠

彩陶环舞彩陶环舞

一条城墙不足以

　　表达我

我请求：

　　　你

孵育出两条河流

我双手还愿
抱树而站
头顶坐满夜雨如鸟
孕月而睡
胎胞在鼓面上
悄悄思念
河流悄悄思念
长望当路
人的故乡快到了
足迹拥前拥后的半坡
箫声左右亲吻的半坡
东方快到了
群山游动如雷
野花如电
我的双手悬空为雨

天开于我手
地合于我心

半块月亮
离开了山顶洞
我们沿河牧马而来
　　双手
双手沾满相互的爱情
我们埋了道路

……两条河流

男人的火隐隐约约
烧在门前和心里
去吧，孩子，
时辰到了
生儿子的人
要走了
只是在西边，我
苍老的父亲
静静面对着
东边求雨的亲人
只是我远远望见
生活简朴的人们
不止一次地
来到河边

她俩渐渐隐入夜晚
身躯里
太多的鱼
游动，形成曲线

河边只剩下她们的水罐
三只水罐

建了村庄
一只粗笨的陶碗
收养了我们

种子驶向远远的
手心
播种之灰
如早霞初升

双手相伴而行
沿着陶罐
河流：女性的痛苦
一代代流过我手
如清风吹入大地
再次流进嘴唇
嘴唇伸展如树叶
让你的丈夫饥饿
让你去河边
玉米地里
掰玉米

双手如祈
双手如水
双手比钟声比夜晚
更漆黑

三只存放乳汁的月亮
埋进玉米地
像三头母牛
埋在我胸口
她们饲养了
　　我老年的心
和小心翼翼的日子
……当然
父亲也是被母亲
灌溉和淹没过的
闪电炸开，莽云四合
东方在积雪雷击中
变得又宽又广
一万里梳头的飞天
长袖结出果实
于是无数女人和鱼
消失在我
诞生的地方
雨雪敲击，雨雪敲击
无数白鲸
拖着石油
游进我的血管
雨水从我年代悠悠的
伤痕上
冲洗出乌黑的煤块

传到原野上
双手随原野起伏
双手游动如血：
壁画上
如血的灯两盏
你最终寂寞
但不会熄灭。

你要照看好
一代代寂寞的心
和……水。
我们原来就这样
熟悉呀，双手
双手建筑了我们自己：
人
是多么纯洁。

双手静静降临

我的呼吸
把最初的人们
带入大海

她俩渐渐隐入夜晚

河流源源
关闭了
东方
所有的心
守着水井
相爱吮吸
东方的两边永远
需要黑夜
东方是我远远的关怀
淘米，淘米
而东方，在月亮
照过之后

又蒙上了灰尘。
一共有两个人梦到了我：河流
洪水变成女人痛苦的双手，河流
男人的孤独变成爱情。和生育的女儿。

第三篇　旧河道

本是一股水。分头驶往东方和南方。嘴唇
干裂的秦岭，痛苦贫困的母亲
使我在森林中行走如风。母亲和父亲落难在远方的平原
就是那灾难带来了水……乃至鼻息……水……使我在婚礼上
站立不稳
……母亲呀先是干旱
接着就有了水

我走过土地：心上人黄色的裙子
在落日下燃烧

芷楫荷盖
女人
……是所有的痕迹
……就让她们每个乳名都是我藏身的地方
每一条细腿和支流
靠近我的心脏，靠近干旱中的小板凳，靠近高原上
住满儿童的窑洞，靠近十三经二十四史
就让我就这样寂寞地升上天空，水草和幽蓝鱼骨的天空
雪水的天空，鸟骸上绑满了雷电和龙女
龙女就像住在河边的女孩子，有人高声呼唤着
她们的乳名……旧河道呀黄水通天河呀扬子江…
云朵呀云朵…她们痛苦的降下就是这块平原的秘密

她们的每一个乳名都是我藏身的地方，致命的地方
是我夜夜思念的远方……而远方的水罐
　　　　　　　　　　　排成一列
　　我仿佛就这样痛苦地升上了天空
在蔓草之间
在墓砖上
她们停止了，出乎意料地停止了美丽的脚步。

这时丝绸正在远方挥舞着阳光、汗水、不同肤色和声音
这时沙漠结满了宫殿一样的洞窟，窟中飞翔着女人
这时粮食车马向西北像河流一样在我们前边出发
这时我盛大的太阳正在四方中央的天国徐徐上升
有人高声做诗……声闻百里……大地拥挤膨胀于心
他在船头或山上莫明地失踪，留下了一百首歌颂月亮的诗篇
当然更多的人是在痛苦的心上生活，生活是艰难的
这时我拱手前行……盛唐之水呀，四下的黑暗是你的方向
河畔我随乐器走向南方；女人徐徐行进，手执杯盏
　　……突然止步！
是那太阳，他们的心脏
摔在沙漠里
是那太阳，他们的手掌
不再朝上一片片晒死在原野上
是那太阳，他们的眼睛
制成等水的陶碗
是那太阳自然的红狼合于大笑之火

是那太阳烧焦的平原挂上寺庙壁画
是那太阳，字迹模糊不清的太阳
和着蝗虫的音乐
渴望中
不知不觉进入我抽搐的身体
两片嘴唇打扑在土地上
把我折成男子
孤独而粗糙，如同出海后
放弃了摇篮和诗歌
但是获得了盐，细碎而苦涩的骨头
……是那太阳推动苦难的肩头，群栖众多民族
我磨难已成遍地痛苦……如同全部的陆地
石头垒心，独木舟出海船弃在暗处
再次长成环绕沙漠的森林。马群冲向铜鼓
另一些手在黑暗之中传递……
是那太阳将种种痛苦
一一诉说

……水噢蓝的水
从此我用龟与蛇重建我神秘的内心，神秘的北方的生命
从此我用青蛙愚鲁的双目来重建我的命运，质朴的生存
从此天空死于野草，长龙陷入花纹，帝王毁于水波
从此在河岸上，一切搭起如处女再次来临
从此我日复一日伏在情人的身上瞭望大地如不动水
……不祥之水……流入眼睛。从此水流毫无消息

只有相亲相爱的低语

“度过艰难时刻”……老人重建歌曲。儿童不再生长
地平线上鹿群去而不回。阳光又痒又疼
从此水流毫无消息……就让他们一直埋头喝水
一直喝到夕阳西下。
便是水、水
抬起头来，看着我……我要让你流过我的身体
让河岸上人类在自己心上死去多少回又重新诞生
让大海永不平静，让大海不停地降临
在她身上……水中的女人如蜻蜓生育的美丽
心上人如母亲……一样寂寞而包含……男人的房屋男人
的孤独……他们一直在不停喝水……但是水
——水
让心上人诞生在
东方旧河道，
一个普通的家庭中……我的唯一的心上人
亲人中只有我对你低声诉说
靠——近——我！给你生命给你嘴唇给你爱情！
亲人中只有你对我如花开放
除了你，谁引起过我这么深厚的爱情
谁引起过我这么深厚的爱情？！
　　除　了　你
谁引起过我这么痛苦的爱情？！

……你是从我心上长出来的，身体已对我开放如花

到此为止，故乡在我身上开始了生长
水流漫过我的身体如同身后的诗歌……他们一直在埋头喝水
喝到女人诞生的时辰
女人把月亮蓝色地移入身躯
河流在夜晚的深处处处传递
一个黄色的种胚体远远腾起，身上的符纹像文字
　　　　出　入　天　空
心上人的名字像痛苦的帆船一样穿过，像嘴唇一样
在祷告时熄灭，在亲吻时重新燃起
像她本人一样万物归一、淹没大地
……啊，流动的女人……
是你让我走向沙滩，双手捏着乳房一样的火焰
走向沙滩
　　　　成群的鱼像水罐一样保存了爱情
　　　　如泣的水面上
　　　　男人如岛，形体凸起，死而复生
　你让我走向沙滩，洪水在我的身体上：
　　　　　　　　重新变成洪水
……而大海永不平静。
……从诞生到现在
　　　　只有一步之遥
但是水、水
心上人的爱情
像斧头是森林流血也是我的膝盖流血
像鱼儿是自己流血也是我的鱼叉流血

像生育是你流血也是我流血

但是水、水

蓝色的雪敲打着庙宇般的胴体：梦见了爱情
雷电像咒语一样从胸前滚落：梦见了爱情
无数花朵流泪走进房屋：梦见了爱情
两只膝盖梦见四只膝盖
婚姻梦见爱情，三位女神梦见爱情
莲花——东方的铁莲梦见爱情
……但是水、水……甚至男人们也梦见了真正的
爱情。他们一直在喝水……喝水
我便回到更加古老的河道……女人最初诞生……
古老的星……忘记的业绩……五行……和苦难
夜晚子时大地的子宫和古老的葬具
我便揪住祖先的胡须。问一问他的爱情。
我的双腿在北方的河岸上隐隐溢过，显于
奔跑的巨大母羊之上群羊之上。
木植土。金斫木。火熔金。水熄火。
金生火。土生金。木生土。水生木。
就是那块土地，那块包孕万物的灾难如歌的土地
使我的头顶出现光芒，使我的掌心埋藏火花
照亮了陶器。盛水的不再只是爱情之唇……鱼……
……鼻音……乳名和隐语……以及长口瓶、鱼纹盆、尖底瓶
也有干的河床……渗下去……就像母亲融入卑微的泥土

我抚摸着每一张使我动心的面容。只有你
慢慢从我心中长出。同时
野花也带来了孤独。
但是水、水他们一直埋头喝水
太阳带来重复出现的命运。而你从我的心中
慢慢长出，痛苦不堪地长出
从诞生到现在
　　只有一步之遥
但是水、水
相传他是东方诗人
睡在木叶下
梦见爱情就真的获得了爱情……喝水人倒地为水

……估计人们会在春分之前先渡过一条小河，然后靠近
大——河——靠——近——大——河
而我一直如节气对人耳语。孤独的男人的耳语
在水上渐渐地远去……就这样
在水上团聚的日子近了，我在婚礼上站立不稳
土地仍旧灼人……迎人入内，静静合上眼睛
从诞生到现在仅一步之遥……秦岭兀立一片。

旧河道，我仿佛就这样痛苦地
升上天空……他们一直在埋头喝水
一直喝到夕阳西下
女人诞生的时辰。

前面已有的痕迹，越拓越宽，不动声色，坦白而痛苦
至今故乡仍在四个方向成长，同时艰难地死去
而他们一直在喝水
水
因我而浑浊的
母亲
如鱼落在草上。他们仍在埋头喝水……该死的男人
他们一直在掘水。又喝干了
乳房
挂在秦岭的两边，一切都成了女性，一切都可以再生
水波翻动衣服就像翻动诗经。南方的节日里
失去了一位诗人……瘦削的诗人……脑袋，下沉中的
黑色太阳。我看见
　　　水
慢慢淹过我的身体
我看见了不该看见的，我看见了永存的，月亮和河流之龟
两条爬过的痕迹，在我身上醒来，痛裂成文字，伤疤和回忆
又隐隐作痛。至今故乡仍在四个方向生长，向东生长，一路
死去。他们一直在埋头喝水……掘水……毫无消息。

当晚霞又一次升起
临河的盆地麦子熟了……我便起身
一路踏过水井……这个该死的男人
爱情让我舍弃了生命和青春
我是那灾难带来了水乃至鼻息带来了前后的六天

众蚁在脚下咬紧阳光
就是那灾难照我一如既往大地一如既往：赤裸渴望而动情
发现我的肩头落满光芒，四方为辉煌的日兽所困
只有女人的头发如麦粒如水草，给我夜里潮湿的安慰
……抬起头来，女人
抬起头来，看着我
怎样射箭……
洞穴之中探出许多　　作响的头颅
……水，使我在婚礼上站立不稳
因为旷野上口唇相占，你我的生辰相互证明
旧河道，太阳与你同样辉煌。我早就驯服了它
我早就是我，是人，是东方人，是我自己
……但窑洞还是离水井甚远历史离水井更远
就让我负鱼而来……人们晾晒旧网……盛水的不再只是
嘴唇，还有河道，改造洪水……人们以我为禹……但我
也曾射过太阳……是我自己……娶过新娘
她本是水边的神，或许同时是水兽
当然很美丽。

击石拊石
百兽率舞。

根上，坐着太阳，新鲜如胎儿……但是水、水

第四篇　三生万物

1. 女人的诞生

女人诞生在桥下

另一位女婴
破网
诞生在对面的船舱里
祖先之血灌注
声音如渴
在体内行走……哇……哇
便哭了

带来了挖土声，雪花盖地声：女孩的叹息
洪水中房屋倒塌声：婚礼的声音
风翻树叶的声音：新娘的呼吸声
诗朗诵的声音：半夜婴儿的哭声
还有月亮的声音
　　那是女人在男人的注视下
　　梳头的声音

民歌：
　　母亲寂静
　　女婴寂静

美人寂静地老去
滋养了河
女人像白色的毛巾一样从天上落下
落在高粱地里

第三位女人
本是一位男人
那是星星出现，形如半月。
他在制作陶器的同时制作了肉体
他在制作肉体的同时制作了衣服

遮住自己
就像遮住月亮

日久天长
在男人羞涩而隐秘的
愿望中
我就成了女人

……脊背像白色的花朵
为了强调生命
女人诞生在桥下。
女人
是的，女人
首先诞生泥巴。

镰刀的收割声中会有女人前来看你
她双乳内含有白色雪花吃草的声音

女人消失
在伐木声中

2. 招魂那天无雨

A：我是水
流浪在
楚国的树上
多余的梦化成蓝色的电和一丛鸟骸
也开始流浪
让源头如尸，尽搁于树
让树撩开头发给我带来乳房的暴雨。根脉相接
让我们撕下皮肤，让我们更像
孤独的人体，睡在木头中，让地深处向上生长的
死亡
故乡
痛苦万分的
经过湘水中的月亮
骨头之中
楚国的歌声四起
我是楚国的歌王

还记得我开口说话的日子吗?

B：记得。痛苦的诗人
是你陪着我——所有的灾难才成为节日
到有水的地方为止
到我俩为止
没有一个人
活下来。而我
只记得你死去的日子……龙舟竟行[1]
只记得一组桃树，早上古老地醒来
我双手摸到你
太阳血染白衣，野花巢于足迹
我只记得你
睡在水流中
那才长久
注视
我
国家似水
被摇醒时一动不动
那么长久

A：好吧。记得我死去的日子
记住我

---

1 原文为“竟”，可能是“竞”的笔误。

并不曾向你们许下什么

记住后来的事

尤其要记住过去……打井时撕裂的手指

记住本世纪初的

一场大雪

记住我在黎明中

步伐踉跄。

大地飞奔过来伸开双手

并没有接住

我零碎的脚印

……我是水

记住我的第一次死去……神秘的歌王

在墓画上烧得云朵低回

记住我已经死去

芦苇中。

我和第二个我

已经死去

死在故乡必经的道路上

记住我并不曾许下什么

B：剩下些身体如木柴

A：记住死亡如门……自由的

堆积尸体

　　像堆积大地

记住木柴只堆在我身上，画满了干涸的家乡河
　　火，尤其使我疼痛，在我身体上
有第一日
第二日和第三日
有三十六弦的乐器。有土鼓如风。有赤乌夹日
也有三寸六分的乐器
和众人不愿诉说的事情，难堪的事情
土地……一米……两米……跟着我
走过了最痛苦的时辰
鼓声锵锵，在我身体上
画满了波浪
鼓成船，槌成橹
我径直走了
记住这一根最大的木柴，苦难和流放的男人
囚于身体和孤独的男人，记住这一身白衣服
包裹的木头
于我的身躯一节一节焦黑
而静默
一节一节惊飞
如黑色燕子
来临河面。记住我的身体是你是妻子
也是儿子。更是门外门内的燕子
尤其是河流
是那么长久的
停止了生长的

骨头：
之后是
断断续续的火焰
只要你们记住了
　　　“那么就取走我的身体吧”

B：是的，我记住了。
诗人，你是一根造水的绳索。
诗人，
你是语言中断的水草。
诗人，你是母羊居留的二十个世纪。
诗人，
你是提水的女人，是红陶黑陶。
我记住了你盛水的器皿
我记住了你嘴唇的位置
我记住了
　　　　　心的需要
记住要慢慢地放下绳索
一寸一寸，一种向下生长的
生
渴望已久的水、诗歌和恋人的身躯
就在下面
平静地躺着
她的乳房温热流动成波浪
是的，我记住了

在你的面前
先要记住故乡……让两边的耳朵伸向海洋
时远时近的涛声如异乡的动物
让月亮如寂静的时间
从面孔中间穿过
打开两口深井

A：众人会又一次寂静地苏醒在井边
……少年人肩头薄如刀片，在大河中浸洗
说不清太阳是升起还是永久落下……霞光如血
招魂的这天无雨。

3. 八月（或金铜仙人辞汉歌）

八月是忧患的日子
夜晚如马把我埋没。流水的声音。钟鼓的
声音。又坐在空空的早晨，除了潮湿的苔藓
我一无所有
八月是痛苦的日子
画栏如树把我生长。流水的香气，宫殿的
香气。又坐在空空的早晨，除了八月的土地
我一无所有

陌生的官牵我走向千里以外

函谷吹来的凄风一直射向我青铜仙人的眸子

八月是忧患的日子
汉月与我一道
寂寞地离开古老地方
一路没有言语
思念旧君的清泪如铅水一样滴落
一路没有言语

咸阳道上为我送行的只有败兰一枝。

八月是痛苦的日子
金铜仙人
独自携带
自己和承露盘
在月儿照着的荒凉的野地上行走
渐渐
离渭城远了听到的渭水的声音也就渐渐的小了

（这首诗是李贺的。我把它抄下作为本诗的结尾。李贺还有一序，我把它抄在最后：

魏明帝青龙九年八月，诏宫官牵车，西取汉孝武捧露盘仙人，欲立置前殿。宫官既拆盘，仙人临载，乃潸然泪下。唐诸王孙李长吉遂作《青铜仙人辞汉歌》。)[1]

1985.8 中旬雨夜

1 原诗："茂陵刘郎秋风客，夜闻马嘶晓无迹。画栏桂树悬秋香，三十六宫土花碧。魏官牵车指千里，东关酸风射眸子。空将汉月出宫门，忆君清泪如铅水。衰兰送客咸阳道，天若有情天亦老。携盘独出月荒凉，渭城已远波声小。"

太阳·断头篇

序幕　天

（北方南方的大地，天空和别的一些星体）

北冥有鱼，其名为鲲，鲲之大，不知其几千里也。化而为鸟，其名为鹏，鹏之背，不知其几千里也；怒而飞，其翼若垂天之云。

——庄子《逍遥游》

（A：鸟身人首；B：普通人类；C：鱼首人身）

A：猛地，一只巨鸟离你身体而去
一片寂静
破天
如斫木
海水怀抱破岩，金属乱钻火苗
一只巨鸟穿地而过，四方土层顺脊溜下
行动第一，行动第一
巨鸟轰然破灭，披群龙如草
沿途在天空上写下不可辨认的、不祥的
匆匆逃离的星宿
炸　　　　　开
猛烈爆炸，碎片向四面八方散开
宇宙诞生的这一天

原　始　火　球　　炸开、炸开
猛烈爆炸，碎片向四面八方辉煌地散开
宇宙诞生在这一天
“大量的射电源和几百个类星体的谱线
在四散逃离、逃离，越来越快
一切方向上河外星系都在远离我们，远离”
原始火球炸开，宇宙在不断膨胀
“我要说，我就是那原始火球、炸开
宇宙诞生在我身上，我赞美我自己”

万物怀抱巨鸟而来，撞破四极、天雷地绝
所有辉煌腾跃的火焰汇集于一身，巨形火轮滚动
啊，谁人曾识南面
一片混沌
无物质的
一个我，混沌中大光滚来滚去、一团团极地之火
戳破我，从北冥到南冥，天空是一杆断木
攀附于激流泡沫之上，成熟于海水磨胃之中
一翅掀浊浪、一翅剪长天，我怀抱自己过了穹窿
我在宇宙中心睡过了千年万年一百亿年
我是○，是原始火球，是唤醒我的时刻了！
爆炸吧，爆炸吧，不仅在第一天
而且要在今后所有的日子中，爆炸吧
把一切炸成碎片，使人神往那极端的光亮
一代代恒星摇晃着痉挛着死去，一片火光巨响

“爆炸吧，通过剧烈的死亡，通过上一代的残骸
通过越来越重的元素，从氢到氦再到碳”
死去很久的恒星一代代住在我的肉中
“爆炸吧，白炽的星光道道
似泻在我肉上，放射着物质和电
爆炸吧、爆炸吧，把一切炸成碎片
爆炸吧，把我炸开”
“我要说，我是一颗原始火球、炸开
宇宙诞生在我肉上，我以爆炸的方式赞美我自己”

猛地，一只巨鸟轰然离你身体而去
巨形火轮滚动，我的火光覆盖着你们：
一些熟睡的肉团，一些行动的天体
我巨形身子消灭了一些路程
宇宙拉扯着我的肉体和火光
在飞在长在扭动在膨胀
沿途在天空上写下不可辨认的、不祥的
匆匆逃离的星宿

有几具巨火安置在我身上
我逃到哪儿哪儿就是天空
我飞到哪儿哪儿就是天空
那永恒的时刻，我撞上原始火球
那万般仪态的火
那风撕晨云的火

那破鱼而出的火

垂天之翼痛灼，火光照亮
万条星系巨川莽莽滔滔

B：天空死了
死亡的马，如大批鱼群斜过粗肿的星宫
滑进海洋。太阳之籽裂开
在万根爪子上痛苦跳跃
一粒粒洪水在颅骨深处送来
春天的死，秋天的死
植物用花果混杂它们

如果我们坐着，并且习惯于表白

时间死了
无数猿猴或者无尾之人涉过滔滔江水
一只大鱼脊背死在化鸟之梦和水土颜色中
太阳登高，萧萧落木，给你足够的时间
行动吧！或者鱼
或者鸟
时间死了
那些乱乱的时空就随便用手指葬在四周
如果我们坐着，并且习惯于表白

C：而九泉之下、黄色泉水之下
那个人睡得像南风
睡得像南风中的银子
这个人睡得像一只木碗
剩下的人都像挖空的花石头

死了，在我民族的九泉之下
有八大天风吹过
薄薄的半片麦穗
黄如月亮
盖在木板上

一些不朽的嘴唇睡在九泉之下
叩动，一些诗歌不朽

一穗穗玉米
跳过月亮
你在双膝上
摆着木头和装满烟草的盒子
地下有火吗?

C：而九泉之下，黄色泉水之下
一只破火罩在身上
鱼身上
火破了

九泉之下
鱼，脊背忧伤之王
蓝色麦片之王
月族衰老之王
护住双膝，鱼身上
火破了鸟飞了
风送来一勺勺水和木柄
鱼，九泉之下的王
用永恒的尾巴
封住自己之门
用水喂养百姓
质朴的人，手捧鱼卵
哺于古老乳房
九泉之下，王坐着
像一条浑黄的河

C：而九道泉水之下
十二只鱼
引尾至水
长号不已
缠着

黄色手爪牵着太阳
平坦的断木上

谁的手爪
从我们身上取走了火
黄色泉水之下
善良的妃子躺于木床
梦吞一日则生一日

那彻夜不眠的河王
脊背上爬满
断裂的陆地、麦子
簇簇火梦见爪子
十个太阳围着大鱼之妻
坐在河道下面

B：如果我们坐着，并且习惯于表白
天空
默默地停着
你那笨而大的身躯
火如土糕已在窝中放好
土色的太阳以及天空，诸神——我的叔伯兄弟
在这海洋之上，让我们对面坐下
在一望无际的水面上，永恒地盘着腿
一张脸在大陆岩架上烤焦了野兽
火苗
在地面上默默
像线条缠在受伤的　窃之爪上，火苗

借我的爪子　开了一条血路
让我们对面坐下
收肚脐于水
收头颅于太阳
合爪子于火
收心脏于相思的水火之盆，月亮，白草堆成的
小乳房。如果我们坐着，并且习惯于表白

C：鱼的九泉合入冰河，九泉之下平坦的空地
合上你的嘴唇写你的诗歌，有八大天风吹过
一片寂静就是一切土入河中
选择孤独　一枚种子裂开
在破鱼人眼中　九泉之下
有一条大鱼请我再造天地
冥王之婆背着一只潮湿之钟来到长松之下
九泉之下，黄色泉王湿鱼，远遁于手指之门
生命之火灌满了死者耳朵……忘不了
忘不了生前。即使是被挖空的木碗和花石头
从世界之罐中取回这打不碎的整体——水
风从北冥吹来　水流弃我为鱼
风向南冥吹去　河床随龙而溢
九道泉水冻在人体外面
弃其琴瑟冰河之上、封门之鱼
一直是我的妃子在河道之下常常梦见吞日
她默念扶桑　她耳朵挂蛇

她在木床上冻如冰河　梦吞一日则生一日
一条大鱼请我再造世界：冻伤的河就是一切

B：地下之水溢出，河道远去
盐用死鱼骨骼的耳朵贴住
倾听我，在那山冈或棋盘的深处
天空是一匹死马，上帝是空空的马厩
而地面上横横默默粗粗细细
坐着罪恶的窃火之人

如果我们坐着，并且习惯于表白
双蛇在耳朵上听着
人，这一只丑陋罐子，锈满一身碎鳞
如果我们坐着，并且习惯于表白
有一条大鱼请我再造天地
再造天地，选择那最近的手边的太阳
和一些零星的木头、被人揉搓的语言
破烂的语言、不完整的语言
以及时间之蛇在肉下流动、咬噬
以及黑白半边的老鼠守护日夜
以及黄土扑面、六张嘴埋在六个季节
以及十二条腿埋在十二条雨月，麦片之月

C：九道泉水之下
一只破火罩在身体

火是冰河上下
第一只丑陋之罐
赤色小罐，火
装满了黑色麦片的月亮

鱼　鱼，九泉之下彻夜不眠的王
你的身上火破鸟飞，脊背湿湿
冥王之婆背着一只潮湿之钟来到长松之下

小鱼守在九泉之下
眼睛闪闪像寂静的银子
雕刻着尾巴
那是冥河那是冰封之河
九泉之下　冰河冰河　高高的
天空的白木头　一根断木
割了火　众人葬身火中
有一条大鱼请我再造天地
猛地，一只巨鸟轰然撕你肉体而去

第一幕　地

（天空和大地，叙述的地方靠近喜马拉雅）

（湿婆，毁灭之神、苦行之神、舞蹈之神，削瘦，面黑，青颈，额上有能喷出火的第三只眼，一副苦行者的打扮。演出时或脸上戴着画成火焰的红色粗糙面具，或打扮成无头刑天。必须说明，诗中的事迹大多属于诗人自己，而不是湿婆的。只是他毁灭的天性赐予诗人以灵感和激情。另外，有一本《世界海陆演化》的书这样写道："最后，印度板块同亚欧板块碰撞之后，印度板块的前缘便俯冲插入到亚洲板块之下：一方面使得青藏高原逐渐抬升，一方面就在缝合线附近形成了宏伟的喜马拉雅山脉……"而喜马拉雅正是湿婆修苦行的地方。这本书还说："根据古地磁学研究的结果，印度板块至今仍以大于5厘米/年的速度向北移动，而喜马拉雅山脉仍然在不断上升中……"）

第一场　天空的断头台

合：断头台上，乱鹰穿肝为石
　　断头台上，一簇火苗如花
　　断头台上，大头如石，裂空而过
　　断头台上，砸动肉体取骨头
　　断头台本是琴台
　　一根弦
　　揉着你的断头、孵化大地

扯着你的鹰鹫，出入心脏和长空
裹着你的尸衣，海水退去，喜马拉雅隆起
湿婆你拖火的身体倒栽而下

湿婆：火

这幽花之蛇
长夜难眠之蛇
捧盏，天地之盏
盛满一颗人头而来
盛满我的人头而来

肉体的牢中
盛火的地穴
一团火光
环草而舞
我在欲焚的爪上
舞踏、注水，守护大地之杯
我在欲焚的爪上断死野兽，随意毁坏一切
身上围着
三股叉　插你
神螺　　吹破你
水罐　　　打碎你埋你
鼓　　　　用你的骨骼敲着
大石头深处
地狱门关户闭，或张开双臂欢迎你

而我面火做舞，神态安详做舞
“湿婆之舞湿婆之舞”
天空的马鼻倾斜于一棍绳索
群兽断断续续

地狱传出的合唱之声：（似极远又极近）
天空呀
你是不适合
我骑的马匹
我要杀死你
取走马厩之灯

星宫呀
是我杀死的
一千只好蜘蛛
我住过的蜘蛛
在死马背上结网
结网在我头顶上

人类：有大火之地
岩石流放骨骼之地
探起爪子丛火
想起父亲
在土深处不明也不灭
真让人揪心

母亲，那烧火的女主人（注视太阳和那断头之后）：[1]

我却没看见
什么断头
我只看见太阳
从天到地
埋葬一捧湿润的火苗，
温暖的灰

那天的石头噢

那天的石头
吹破了鹿的身子
吹暖了鹿的身子
盛在破碗中的
树在茬口上的
伤疤喂养着的
太阳一切光芒
那天的石头噢

湿婆：天风吹过暖暖的灰烬
丛火的肢
如人间琴
天风吹过暖暖的火苗

1 据诗人朋友考据，此处“母亲”一行疑为另一声部。

咬牙切齿本不是我
原来的形象
那舞动大嘴肚脐的我
以脐食兽的我呀
以前是我错怪了我自己

而现在，我
肢体乱挂于火
诸脉乱揉于琴
活血乱流于水
断掌乱石于天

地水天河中不死的我
背着一筐子
火
天风吹过暖暖的灰烬
众多的星星犁过我的肉体
鲜血淋淋，这才是
天风吹动火苗的样子
春季开花的样子
太阳出天的样子
头颅滚动的样子
母亲，你看见了吗?

合：肢体乱挂于火

诸脉乱揉于琴
活血乱流于水
断掌乱石于天

湿婆： 天石天石
抖动断头之弦
一脉进入大光芒
天石天石，乌黑的盾
抖动一只
心
如地狱之灯
天石天石
断头斫天之石
阴沟地狱踏脚之石
惨离肢体之石
那天的石头
撕人心肝，太阳……火噢
断头台上，乱鹰穿肝为石

合： 断头台上，乱鹰穿肝为石
断头台上，一簇火苗如花
断头台上，大头如石，裂空而过
断头台上，砸动肉体取骨头

湿婆： 我充满着行动

马的声音（表演者可戴上马的面具）：

被别人雕刻在

一匹死马之尾上

马厩空空

送你一具尸首

盖在头顶

你爪子钻出火苗

你是凶手

你是原来的凶手

一切杀血取火的凶手

你在尸体上跳火如歌

你可知

杀死的是谁，你曾居住的

是什么马厩

合：送你一具天空的尸体

天空钻出火苗

你是凶手，你是原来的凶手

你在尸体上跳火如歌

人类：血肉筑台

一头颅

乱跳湖泊桃木之中

头颅，战争的宝地

埋葬天空的一杆火

火，火，肉体之牢

击打一切脊背

为炼火的地狱之石

天风吹灭

裂颈相送

他送你一匹死天空

　　　　　活火苗　太阳

太阳……而他是凶手

死天空

活火苗

用太阳卜居

树杈在头顶上遮住死马

人类在河岸上零零碎碎打洞

割下火来

领：人呀一伸出手来，与这沾火之爪

接触，你会裂手入木，摘火挂枝

合：双手指火　爪子音乐

在那闪闪的地里

插火于铜　插火于电

插爪子于手

地狱中的合唱声

拴门于土

一夜之马

死人于乱石之地
大火之地

领：乐土之火扶你躺下成一堆朽骨

合：合乱水于你肢体
归阳寿于体外星光
还你胡乱的琴弦，一阴一阳的魂魄
崩溃你心脏，扶着火花犁你脊背
九鼎封住天门，马厩空空，星星苦苦如肉外之梦
收金刚石于你空空颅骨，用死马盖好
乐土之火扶你躺下成一堆朽骨
插你爪子于人类之手，骨骼水火之肢，万电临你为雷

母亲：而我的确没见到
一只断手
我只在河岸上烧火
十只碗
扣在十个太阳上
这十把暖暖火苗
的脑袋
这十只植物身子
那天的断石哟

一个抽象人类的声音：（远远传来）

只有你
善良的母亲
顺着卧室走向蚕叶的山冈
取桑叶补衣
只有你
听得见河流逼近的一片寂静
仿佛马儿未死、马厩的
鲜花护住太阳耳朵
是呵，只有你
住在河岸粮仓中，
渔网里、马厩里、户口中
我们都是活生生的马
从你身上牵出

第二场　拖火的身体倒栽而下

（独白）拖火的身体倒栽而下，笔直堕入地狱
肉体之牢被闪电撕开
血光之爪
和嘴
和脐
火
悲痛的杀死
天
我肿大的骨节

我乱响的头
我拔入骨灰的大鼓
我的肉骨琵琶　拴在空空马厩
无人腾出手来
取我流血和闪电
火光爪子
你敢碰一碰
爪子会把火与血腥
传给你

你敢碰一碰
乱埋头颅的爪子
在天石深处
在这个时刻
坐穿海底
的巨兽
在我的诗中
喘出血来
于是他拖火的身体倒栽而下，笔直堕入地狱

钟
打击在这个浅薄的时间
除了死亡
还能收获什么
除了死得惨烈

还能怎样辉煌
于是他拖火的身体倒栽而下
太阳之浪掀起他粗笨的身躯，颠倒了
昏迷的天空
于是他
一直穿过断岩之片、断鹿之血
笔直堕入地狱
地狱在我的拥抱和填塞中
轰轰肉体抖动如雷
“大荒野上
撕头作歌的
是否记得我”

拖火的身体倒栽而下，轰轰填塞地狱

还是围着光芒乱刺的火
背叛的群火
你斟满了地狱的砖头
而无头之舞一堆堆

无人能夺下我那颤抖的
爪中之火

这一次火种哦在脊背上耕耘、打仗
这一次骨骼哦在我肉上长成两大排

使我站立，动物前呼后拥

这一次盐哦靠岸

围着我的嘴唇

中间杂以山林活血之羊。

都在诗歌中喘血

因为我拖火的身体倒栽而下

我天降洪水和一切灾害而下

我乱割群鱼江河血肉水泊而下

我驮负着光线胡乱杀戳而下

我粗尾击天而下

我断头为尸而下

我十个太阳烧裂尸体而下

充满行动而下

叫裂肝脏而下。

都在诗歌中喘血

堕入地狱

笔直地堕入地狱。

都在海子的诗歌中喘血如注

第三场　地狱炼火

（有题无诗）

第四场　地狱取火

（有题无诗）

第二幕　歌

第一场　火歌

（有题无诗）

第二场　粮食歌

（有题无诗）

第三场　诗人

1. 楚歌

（有题无诗）

2. 沅湘之夜

（有题无诗）

3. 羿歌之夜

（有题无诗）

4. 天河畔之夜

（有题无诗）

5. 诗人的最后之夜（独白）

诗人对她说着

我需要你
我非常需要你
就一句话
就一句
说完。我就沉入
永恒的深渊

死亡

“在这个平静漆黑的世界上
难道还会发生什么事”
死亡是事实
唯一的事实
是我们天然的景色
是大地天空
只有痛苦和柔情
使我们脱出轨道
像从天上
倒栽下来
长出歪歪的血腥果实
从头颅开始

从血腥的头颅开始
倒插在地上
用所有的土
充塞脑壳
喊叫而哑默的四肢
从泥地上
歪歪斜斜地长出
诗人
被死亡之水摇晃着
心中只有一个人
在他肉体里
像火焰和歌
痛着
心中只有那个人

除了爱你
在这个平静漆黑的世界上
难道还有别的奇迹

我需要你
你更需要我
就一句话
就一句

诗人纯朴的嘴唇

含着水晶、泥沙
和星
长在水里
水面上我一直不肯献出
东西。我孤独积蓄的
一切优秀美好的
全部倾注在你身上

一连串陌生苦楚的呼喊
布满了天下面的血泊
广阔的血
雄伟的血
巨大的土色的血
就一直
流入脑壳
我叫得星星碎裂
一腔腥血喷喉而出

永远、永远不要背弃我的爱情

大地，海
我的生日
死亡之日
你们都是证人
爱情中，你们全在场

全部倒在你身上
天下面的血泊
一切一切的喊叫
岩浆和海底火山
仍在那儿
翻滚激荡

你好好想想这一切
你独自一人时
好好想想这一切

说完，我就沉入
永恒的深渊

死亡

第一次也是最后一次
来吧，死是一直
存在的逼视
死是一堆骨肉
我像奇迹一样
每天每天
住在她身上
生命就是奇迹！
死，

怕什么
难道死亡会伤害生命
难道死亡会使我胆怯

惨烈的夜本来极乐
太阳在我肉里
疯狂撕咬
爱情的土巫围坐月亮
红色的土壤横遭惨祸
被撕开一些长出一些
是血
流在肉体下面
蛇尾扑打着生死的月
圆合的月爱情的月
第一次也是最后一次
我从地上抱起
被血碰伤的月亮
相遇的时刻到了
她属于我了
属于我了
永远
把我引入孤独的深渊
相遇的时刻到了

天空倒下

天空歪歪地挂着
十个太阳的肉体
在土下
刨着血

一切不可避免！

给我一次生命
再给我永恒死亡
给我一份爱情
再把她平静地取去

不！
不！

让她从地上长出
让她长出
血，泊在脑壳
必须和她永久结合
让心在肉上苏醒
古老的心
和古老的肉体
重新震撼人类

我在地上，像四个方向一样

在相互变换，延长人类的痛苦
在这平静漆黑的时刻
天下的血泊　流在我肉中
我延长着死亡就是延长着生命

时间噢
第一次也是最后一次的时间噢
让我对你说

不！
不！

说完。我就沉入
永恒的深渊

死亡

不！
不！

第四场　歌

（寂静的大地上）

1. 最初的歌者之夜

领：从歌曲中听出了那个人
　　那个白头老人
　　疯狂的老人
　　披着乱发、奔跑于巨大河岸的老人
　　直扑河水的老人、堕河而死的老人
　　（台上一白发狂叟奔驰而过，当空传来很响的水声）
合：公无渡河公无渡河
领：从歌曲中听出了另外八十个
　　击壤于道的老人
　　那些皤发老父，善良的父亲，愉快的父亲
　　活于圣世的父亲，朝兴夕憩的父亲
　　其乐融融陶哉陶哉的父亲
　　（台上八十老人击壤而歌
　　壤，以木作，前广后锐，长尺三四寸，其形如履）
合：日出而作日入而息
领：从歌曲中听出了那个人
　　弹五弦之琴、造南风之诗的那个人
　　在夜晚治理国家的那个人
　　但是，有一种南风谁敢回忆
　　他一直打着你卧室的窗子

（台上舜弹琴歌）

合：南风之熏兮，可以解吾民之愠兮

南风之时兮，可以阜吾民之财兮

领：从歌曲中听出了那个人

他叫箕子，漆黑自己身子的箕子

披发佯狂的箕子

见鸿鹄高飞援琴作操的箕子

以歌代哭的箕子

（台上箕子走过殷墟，处处是麦子和谷子）

合：祖国的男人唱歌在祖国的地上

祖国的地上长了这麦芒

领：从歌曲中听出了首阳首阳

河东浦板的首阳

华山之北的首阳

河曲之中的首阳

两位叔伯采薇的首阳

（两位瘦男人在台上采薇）

合：伯夷、叔齐饿于首阳

怀里兜着几支薇菜

领：从歌曲中听出了那个人

击车辐而歌的那个人

击牛角而疾商歌的那个人

夜里喂牛车下的那个人

宁戚，一位歌者

（台上，宁戚在车下喂牛，而歌）

合：一位歌者从黄昏到夜半

边饲牛，想着

长夜漫漫何时旦

领：从歌曲中听到一种

水的声音

（台上寂空无一人，但有远大的河的声音在空中）

合：沧浪之水清兮

可以濯我缨

沧浪之水浊兮

可以濯我足

（黑夜里河的声音继续响在空中

伴着诗人的独白）

诗人的独白

就这样

浑浑的

河畔蒲丛中

亮起几十只老嗓子

就这样

大地和水、几种事迹

几种火和歌曲

就这样

夜是古老的

就在你脊背里

一直长着这种黑暗
的东西。夜
是古老的

夜是这夜。就是这夜
歌王诞生
歌王诞生于南风
诞生于采薇饥寒
诞生于秀麦渐渐
诞生于半夜喂牛
诞生于沧海之水
诞生于一些白发的高兴的击壤而歌的老人们
和另一位提壶披发扑河而去的老人

就这样歌噢歌浑浑无涯地顺着我的身子流水一样

吹过来

最早的世界
歌
属于一点一滴的
对于大地的感受
和回忆
经验之水
所有的诗人都是后来的

老歌巫第一个
坐在夜晚
所有的夜都是歌者之夜
五弦之琴在膝旁
像泉水一样清亮
像一蒲草
用南风打你的窗子
老歌巫就像那风儿
跑在土地上，疯疯颠颠
浑浑无涯地跑着
凯风自南地跑着
所有的夜晚
其实都只是一个夜晚
就是这一夜
老歌巫坐于丹水之浦，他的歌声
耀景星、降甘露、生朱草、涌醴泉、止凤凰、孳嘉禾
老歌巫荡荡之歌如水。泰和的天地和无事的百姓坐在老歌巫身旁
所有的歌人都是后来的

老歌巫坐在一滴水中
坐在一颗心中

长出木叶长出血脉
一直就在肉里
长着夜晚这种东西

用黑暗去感受
柔软的歌

夜是你的

老歌巫。皤发的老父
在地上成长，手上缠着谷子
他不会升到天上，绝对不会
老歌巫最早最贞洁的嘴唇
被一点一滴的夜吻着
歌曲流出。有一种南风
流水打窗的声音

老歌巫是土中裂开的心脏
鲜活、腥红、激荡。跳跃在土上
歌子
一颗
心
在土地深处滚动着
呻吟着
夜草离离的种子
夜，黑而漫长
而夜果真黑而漫长

老歌巫

歌王噢歌王
一团鲜火、一注活血，除了歌王
谁能伴我们度过长夜
睡在土壤上
歌子就是人民自己
歌王就是人民的心
那一对采薇的兄弟
那沧浪之水的渔父
那八十位老人
如今全埋在
这一颗
温厚的心中
质朴的心中
被层层浓血包着
被温度[1]的身体
夜和温土包着
被歌子包着

而诗来了
万里诗风吹着
诗

诗是运送人民的天空

1　原稿如此。据诗人的朋友考据，“温度”可能应为“温暖”。

从诗的歌曲中听出了
那个主人公
和唱歌人
和听歌人
我们三位其实是一个人是我是
诗人

是歌者是被歌者是听者
是远游者也是采花者送行的人
是所思的也是被思的
是永远的也是短暂的
是同一天空同一大地
是一个人也是全体人
甚至是土层是岩石之蕊
是水是鱼是鸟。是鲲鹏之变
是地狱之火，是天上北斗的柄

归根结底是太阳

而夜晚同时将永远延续下去
这日夜的轮回
是我信奉的哲学
这一层层
追逐在歌声与寂静中的

嘴唇

用天空、诗歌和水
盖着
大地
大地，一直进入内心
的大歌声
归根结底是太阳

而夜晚将同时存在下去

这轮回
这在骨殖泥土上不断变换的生命
或者不曾向人鸣叫的天空
　　　日　　　夜
万物之轮转动
而现在是夜晚
老歌巫坐在地上
为了安慰自己的寂寞
用歌声创造爱人
就在这世上只爱她一人

太阳噢

老歌巫唱得

就像呻吟
苦楚的老歌巫
五弦之琴一下一下拨动
像人的手
在植种
在提水
浇地
像阳光
一根根刀子
痛在夜的心上

老歌巫坐在寂寞的
长着宝石和虫子的
大地上
呻吟一样地唱着

白风白水舞在老歌巫身上
歌声像一场寂静的大雪
归根结底是一场雪后的太阳
而夜晚将同时存在下去

老歌巫像五尺半的鱼
浑浑无涯地坐在
歌的水中
一片黑暗、寂静

归根结底是太阳

而夜晚将同时存在下去

老歌巫的歌声一直存在下去
是水面上舵在嘎吱吱响在我肉体
是寂静在果实中成长在我肉体
归根结底是太阳
而夜晚将同时存在下去
因此
为了人本身
还需要行动，行动第一
归根结底是太阳
而夜晚将同时存在下去

2. 祭礼之歌

a. 大爆炸大轮回

转身投入鼎火之胎，听觉深处到处是物质之火，耳朵里灌满火灾，烧焦之尸全归于你。一堆烧过的骨头上万般文字如雪。

而夜，这使我思念的心脏，这羞涩的经验的金属。巢入我的嘴唇，顺着我的喉咙肠道，通过我的血液、精汁流出体外。又通过灌木和兽群拣回一堆堆柔软的黄土。坟上的太阳，肿血之脸回来了。

转身投入北方血腥的火并，投入北方如蛇的群舌和捆捆经书，转身投入南方父亲过多的欲念，直到河水泛滥，直到群鸟杂交，产生无数绚丽品种。

而夜，中国小小的肉体。桌子、田亩、钱财、百姓之间通常的距离，直至王宫坍塌的尺寸。而夜，周易数字的克星点燃游过百亩桑田的战火，游过动乱之妻和王的头发。

转身投入土地上天空，那是死马翻滚，我俩有相同的哀痛。通过泪水血精的排泄我触摸子宫。天空的太阳。岩面断层上一只人类之肺，只有深深浅浅的血，粗糙的血、心，红色的花朵，在肉体堆积的沙漠之中，围着扶桑，形成十个，形成火光中一离一合的大腿之门，天空的太阳，美丽而平整的血污，照见陆地残缺的阴阳。通过一只猿猴之尾或鱼尾之藻，我可以与大海相互结合，甚至上升到星系，回到那场原始的大火。

而夜，狮子如片片大火，碰破正常的水波，到处都是大家的痛苦，土地解决不了什么，轮回之木萧萧直下，埋葬同样也解决不了。今天的日子是一片沙漠，物质凶相毕露，追杀南方器皿和脑盖，追杀民族底层的旭光、落日、蚀日，映照水内或运行中天之日。而夜，小心脏围着人们，在物质中死亡。

转身投入大爆炸，十个太阳踢入人类肉体灵魂，里里外外，穿上脱下了天空，多少次梦想，尸衣上满是星宿们愁苦的眼睛，如同疾病，扶着主人，在地上和血而坐，让文字漂泊生长在五爪之中，在刺猬中在豪猪中，在充当食品的乌龟、野兔、在清水和根果中，你在我体内炸开，灵魂因为无处可挂，就形成肉体，那血液的光线多次刺伤我。脚下的死亡翻晒成土地，依靠土木净化骨肉，依靠经血净化妇人，于是转身投入大爆炸，被故乡的占卜之声切割，四面八方的手掌埋你进去，而灵魂得自己出来。灵魂，只有你了，我坐在你身上就像坐在故乡的灵车上，被黑暗中无声的鸟骨带往四面八方。在占卜之中带往四面八方。脚，从血腥的土中拔出，就他妈什么也不是。

而夜，我在东方咒语中一一隐秘的名姓，十五种太阳姿势，以身射月，正在怀抱着一些胚胎和火，向我走来，踏着众兽之皮撞碎海中大鱼，久久在河上孤寂一身，成了庙宇——那吐出的不眠的果核。行过黄道，行过掌纹，安排如索的星宿命运，使我手中操弓，一五一十的收拾你，身段碎碎，沦为河泽，掌骨伸出桃花，而夜，月亮刺成一只鱼，那只鱼，把天空放过大地，葬身母先知的预言之中，物质要了人命。

转身投入饥饿之火，嫉妒之火，情欲之火，乃至莫名之火烧起，大爆炸游遍我的肉体、角叉、粗尾和鳞甲，我在所有方向被人逼入死角。而同伴，另一只丑陋狮子，蒙上双眼，向我撞来，爆裂你身体后离你远去，因为大地又宽又广。土地东南倾注，因为田野上吹过层层野麦就像从我脸上吹过层层疾病后的黎明。转身投入野火烧身，在黄昏，挽留你的声音常常在四方响起，转身投入大爆炸。这东西围成火焰之鸟。这些鸟，太阳中的跛足之鸟、燕子、孔雀王。负着光线，在天空下营巢。你的女儿缘树而上，扑海而成碎石。无论是卵生胎生湿生化生，这十个太阳，升自中国人久病成医的身躯。而夜，花蛇正在翻动我舌头，诗经和楚辞，只有女人胎中的腹语，只有手掌上仅有的几粒稻米，只有火种、盐上的伤口，你的脸是最后一头绣花纹饮浊血的野兽，裹在烈火中滑向言语，言语如空鸽子，放飞于自己嘴唇。你的痛苦，也不能同时写满，孔雀五母的身体。于是物质烤焦这神秘之水岁月的花蛇，它曾沿着女娲爪子上升。托石补天，于是人们在物质中颤抖，也不能回心转意，于是让我写字，写在萱草、芦苇、竹筒和树皮上，写在折断之桅、之骨和情人的老脊背上。于是文字漂泊成黑花，开满古原野和畜牧之河，渗合着红色虫血，我在木叶深处躺下，一行行文字，那只头颅被砍去的伤疤，夜夜愈合，玉兔负美妇逃离桂枝。而捣药文字敷于我右体，左体出血，渗遍我全身，而成月亮。于是花蛇正在翻动我舌头，诗经和楚辞同时吹过，电流、泥石流，血管送河于平原。于是古老歌巫扯动我肉，击打我头，反复叫出火来。于是周易数字丈量国土和我，女脚丫的尺寸。于是一堆烧过的骨头上万般文字如雪。于是你在河上就像血在河上，为我保存纯洁的姑娘。于是你葬身母先知的预言之中。于是只有诗歌，一个鲜血沉浸的村庄，只有你，月亮是你贞洁的小女人，被高高举起，撕裂，分离

于是你在鱼腹上静静坐下。

b. 祭酒 · 药巫 · 歌王

祭酒：在火种的灰烬中捧起嘴唇和花朵

捧起黑色种子和鱼油

药巫：以火治病

歌王：从自己身上撕下月亮女，为找火历经劫难

在冰天雪地建起了教堂和酒馆

祭酒：每天早晨携伤前来

药巫：别人总是在体内踩伤你的光线

歌王：你的诗篇如阳光遍地，被人践踏

祭酒：在土上打洞，在水中摸粮食

药巫：你用来取水的鱼，像罐子一样碎了，沦为河流

歌王：太阳在水中撞疼我

的一对温情的蓝色乳房
祭酒：斧头砍在岩石深处，同时不忘冷蛇条条
——那青草以下的一个凶宅
药巫：横披笛子，踩烂花蛇，居住在中药当中
背着骨头，梦见吉兆
歌王：那个南方奥秘人的后代，鼓腹而游，沦为蝴蝶
而妻子在八条大水上奋力挣脱肉体之蟒
祭酒：农耕之神，你混入牛群后离我们远去
药巫：医药之神，请把我们早早的尾巴指给我
歌王：太阳之神，腥血洒满屈原的旧袍子
祭酒：干净地死了
药巫：并没有一块新的坟地
歌王：人类由你游荡大地的魂魄而来
祭酒：进入种种物质，物质正在我手上进行
或离题万里的进行
药巫：解下大地之罪，并且延缓母亲的寿命——时间
歌王：只有你这早早出现的神降临我这野兽之躯
祭酒：斫木为耜，揉木为耒，弄琴五弦，捉土捏钟
头颅雕着秋天高粱，布置农业之声
药巫：出入植物之舞，占领鱼鳃，一左一右盘蛇于耳
尝遍百草之滋味水泉之甘苦
歌王：设置八卦六十四卦迷惑自己黑暗自己
祭酒：营巢作室，连叶为衣，烤土成陶
药巫：走在自己的脚印里，就怀了孕，于是人口极多
歌王：一个民族将他自己围在核心

祭酒：第二个女人种在地里，健康生长
弹动禾稼，能听懂季节如四股暗波
药巫：六弦统治着水鸟和蝗虫，百谷的语言——
身体以及他们语言的错误
歌王：只有你，在地层上插入双腿为根。

祭酒：赶来婚姻的少女，媒的言词
使我成亲，使我儿子顺利出生
药巫：解开碎花为床，或大地温玉的女人
扶起月亮，流在婚嫁的河上
歌王：只有你爱我，娶我为妻

祭酒：他的爱情，曾经在山间垂首相望
也曾经提着布袋沿河乞讨
药巫：你的爱情，应该是不只一个人的疾病
歌王：我的爱情，在诗中，这不光是我一个人的愿望
爱情，必须向整座村落交代，交代清楚
爱情要对大地负责
对没有太阳的夜晚负责

3. 婚礼之歌，月亮歌

母鸟驶车
情欲的辐条

垒营南方巢

我的女人偏离了轨道
扔出马车的温湿肉体
就是月亮

一只草
团我身躯
结园而睡

白天的水
淋淋的
一只肉体

月亮，白鸟黑鸟混杂的肉，一盘泥水、海水、腥水扫动双腿之水
月亮，婚姻之树，吐动泥土之树
　　随我卵生、双生、多胎生或流产、小产之树
月亮之雪，月亮之血，月亮的贞洁
你是从我身上撕下的血肉
我要占有你的每一个地方
　　　　　　每一种圆缺
　　　　　　十五个夜晚
让我的弓满了，在你的光环中断裂
让我的红色羽毛红色血泊绑在你身上
我爱你身世之谜，除你之外

我没有其他的谜

月亮，我爱你，我要你
“选中了
月亮女”
我是在哪一个海边
哪一处水泽
曾经失魂落魄地相思

“我那么爱着这树这水因为他们折射出我的另一半”

我是太阳
我的另一半是什么时候丢失的?
我非得背着这巨大痛苦的心
到处寻找它追逐它?

月亮，我爱你，我要你

为什么一个完整的人要分成两块
两个半边身子?
这些思念中的肉
没有园地，却有粮食
两性的粮食，这些空心的草胎，结向谁的天盘
她们身穿莲花
从海水窜出

裂出我们不完全的男性之身
一片片婚姻的古锣并不能粘合我们
　　爱谁?

既然爱情只能证明我们是两个半边
既然爱情不能使我们合二为一
那就把男人命名为一件衣服
女人命名为另一件衣服
而真正的肉身是谁

所有的植物
裂为两基
婚姻的古锣一片片并不能粘合我们
分为两性之人
象征文字
两边羊角延伸
东为日，西为月
中间的肉体是我拦河筑坝的遗址
是古老爱情的隐居地

身穿莲花的女人
阳光折射
身段灵活、躲开
男人是天象中不祥的单数

为什么我
我一个人
就不能占有一个整体
凭什么、凭什么
我非得去寻找
去找到你
你是谁?
你存在吗?

无论如何我佩带着心上的爱
始终是残缺不全的
在天上漫游
我是太阳
也是人
是淋动羊角的一只古瓶
存满了肉体，若即若离

4. 葬礼之歌

a. 日食

一只洞
双手解下太阳
黑洗太阳如梦
太阳噢太阳，你在我口中与苦痛言语相混

那洒流你全身的植物，引尾至水，一只狗
那黄昏斜躺你身上而成夜晚
语言之床摇摇晃晃

我们的狗携带天灯
在太阳棺木之下
压跛了足。
无望的日子如狗的年岁
狗腿成巢
狗皮蒙夜
东君携带南方之妻
沿着河岸
去了。语言之床摇摇晃晃

b. 夸父

夸父：我开始迈开双腿
　　在大地拥挤的骨头中占据我死后的位置
　　我的恶毒言语正在迫害你，太阳
太阳：别人的屁股都围着青草和泥巴
　　而生存的秘密无非是依地而掘
　　你何苦要这样苦苦追逐
　　你的情欲不会高于大腿
　　却为何要企及天空
夸父：别提出情欲。我曾被灼热的雷电
　　击倒在地上。两条蛇弄直弄弯做成耳环

脊背是夜里痛苦的花朵
脊背是夜里群鱼游动的盾牌
太阳你要了我吧
我觉得自己像尸体一样飞翔
也已经将五脏倒入这路途
一根从远方向你飞动的骨头就是我
它会在火中开出凤凰
太阳你要了我吧

太阳：你像是倒在我的血泊中
我的人类情感的女人，蒙着肉身
人噢人，拂去尘埃，你还是一位好女人

夸父：人类的肉身就是我们的爱情，太阳
他们善良的心脏就是我们定情的戒指
（夸父倒下，死去）

地上应和声：
我们曾在盐层之上搓动绳索。我们在黎明之鱼中
暴露缄默的被人捕杀的集体。只有河流使我们
生存。而日日复出的太阳
纪念着不在场的夸父

c. 太阳的战争

一只赤裸的羊穿过了我的身体

父亲的病语，旧日之夏，旧日之夏，太阳的战争。战争吧——这言语的弓木收于黄帝之胎；战争吧——首领的克星照射。兄弟之肉就在河

上漂动，战争吧——厮杀的旷野，叫着吼着痉挛着横冲过来的
旷野

身下的
大地在错动
战争的土地，我狂佯挂歌的妇人，我斗大窟窿的头颅，指南车拨动海水，拨动同伴和对手的头骨。战争的年代，我红血如土的妇人，我水木燃焚的妇人，我采药饮枪的妇人，我厮杀而孕的妇人

不知你到底在哪一场战争中使我的民族怀孕

刻腹为舟。记下战争的日子和我的身世，我污秽的身世。直至头顶上的太阳，万水齐一的太阳，化血为砖的太阳，你让一个肉体独吞了其他九个肉体情爱的时光。叛逆的车子涌动三足鸦背，黑铁炎帝如火，从我的骨骼中吹起，收割人类就像收割弱命之草和惨麦之花……一点一滴，红透了大地，太阳噢你腥，只有你，这一腔古典之血，拆散南国婚喜秘密之床，组合成兵器。号角佩射，远方如焚，在那逐鹿之野，大鹫乱抖，这人头的处所，黄昏如一片尸体，纷纷落下

太阳套住自己的身子
左右之弓成后羿手臂

我要说的是
只有一个太阳

死里求生

死里求生

d. 南方的葬礼

刑天平卧，尸体和太阳一样干净。

孔雀之王怀孕的时辰
舞动刀戟，以脐为嘴，吞食南方红壤
我的贞洁遮盖着你遍地的断头之血，刑天噢
我是太阳，出来了
贞洁和日出是大地上面两条最贵重的光芒

阡陌百里，南方是一只死而复活的母鸟
不错，父亲本是女人，黄帝辕轩，定了北方
为疏水她将头倒插在泥浆之中变成水兽
和你一样，把河岸垒得整整齐齐
而母亲失败了，退向南方，他本是南边的陋汉子
南方的葬礼上他的乳房确实是我的双眼
太阳在我肚腹中翻腾
南方的葬礼
如南方的花果早孕
不见一滴血，刑天自己也不见踪

e. 无头的人在那儿建造高原

天空，一千具鹿的尸体
　　被我们兄弟一只只爪子抓起
天空，他们无穷的头
　　断了。千头母马在枯萎
　　那踩出火苗的牝兽。在天上打滚
天空击中了我，倒立在地上，成为南方的葬礼
葬礼深处，木叶上千万颗头颅悬挂如盛血之壶
葬礼深处，天空的两道脊背之间是人和大地
　　看不见的河

女人抱着我遍体鳞伤的身躯走过天空

大地，天空墓盖上一条舌火之猿，
　　封土为门，鼻子在钢铁上生锈，眼睛胡乱生长
大地，用血腥补天之爪
　　被嘴唇和花采下
大地，在老天的脊背——这一根弯曲的病弓上
　　洗着脑子并且锈迹斑斑。
大地，又一次让人咀嚼好久的大地
　　压出一代代骨殖
　　　　青色植物　眼睛的小狼　和弹琴之女
大地，仰天作号的巨兽是守火之台，人类斧子
　　　　拍肉作歌
　　用雷劈开一面头颅，纳火人额

大地的寂静盖过了人类的呻吟

只有我
无头的人
在那建造高原
断裂的大地对半折进我的身体

“断的
苦腥的
土”
生长
一粒粒洪水之籽
围着白头颅骨

“水
一根根
弯曲”
就像白鸟弯曲
十五只黑色太阳
塞满电的身体

“他用整整一生
走进埋他的雪峰
“他希望他的老大
遇到一场洪水
希望老大在做种的葫芦中
生下四个女儿
四块自己的水面
“这是昆仑四水
这是四段造人的绳索
横空而过
“蛟龙抬起头来:

有两个追逐的兄妹
进入他的身体
“传说最后他裸尸于高原
兀鹰架着他
缝合蓝天的碎片
块块发黑的躯干
坠落在火山口……群峰升起
“整个高原
是一只埋人的船
但埋下的决不是他
他只不过在船的左边消失
在你们的左胸口消失
消失，为了再次出现

爱人抱着我遍体鳞伤的身躯走过大地

而海洋，从无头人肩臂退去，从高原退去
　　　　像朵朵疾利的花朵，通过了养育的河
海洋下面的刀斧手凶残地砍伐我伸进水域的肢体
其余的神秘之水
在猎鲸人头颅中
摇晃

心上人抱着我遍体鳞伤的身躯走过海洋

f. 考虑真正的史诗

于是我访问火的住宅，考虑真正的史诗
于是我作兵伐黄帝，考虑真正的史诗
于是我以他为史官，以你为魂魄，考虑真正的史诗
于是我一路高出扶桑之木，贵为羲和十子
于是我懂得故乡，考虑真正的史诗
于是我钻入内心黑暗钻入地狱之母的腹中孤独
是唯一的幸福孤独是尝遍草叶一日而遇七十毒
考虑真正的史诗
于是我焚烧自己引颈朝天成一棵轰入云层之树
于是我非梧桐不栖非竹实不食非甘泉不饮
于是我燕领鸡喙，身备五色，鸣中五音
于是我一心一意守沉默，考虑真正的史诗
于是我穿着树皮，坐卧巨木之下，蚁封身躯
于是我早晚经受血浴，忍受四季，稳定如土地
考虑真正的史诗
于是我先写抒情小诗再写叙事长诗，通过它们
认识许多少女，接着认识她们的母亲、姑母和姨母，一直到最初的那位原始母亲，和她的男人
于是我考虑真正的史诗
于是在白象尸体和南方断头淋血的雨季之河，我头盖荷叶，腰悬香草，半肢为鳞，并且常常歪向河水，脑袋是一窝白蛇，鱼在毛发间产卵
于是波浪痛在夜晚之上
于是四肢兴高彩烈的土地
追逐着什么

是在追逐，在叛徒的咒语中
我是圣贤、祭酒、药巫、歌王、乐诗和占卜之师。我是一切的诗
于是我考虑真正的史诗
于是我确定理性的寂静数字
在一个普通的夜里，清点星辰和自己手指
于是我考虑真正的史诗

是时候了
太阳之轮从头颅从躯体从肝脏上轰轰辗过

是时候了，火，我在心中拨动火，注满耳朵
火，成熟玉米之火，涂血刑天之火
太阳之轮从头颅从身躯从肝脏上轰轰辗过
三足神鸟，双翼覆满，诞生在海上，血盐相混
这只巨鸟披着大火而上——直至人的身世
星星拥在你我怀中死去
太阳之轮从头颅从躯体从肝脏上轰轰辗过
是时候了，我考虑真正的史诗
太阳之轮从头颅从躯体从肝脏上轰轰辗过

第三幕　头

（十日并出的日子）

第一场　断头战士

（A：无头战士；B：母亲；C：平常人；D：大地）

A：把那不变的夜交给我
是我，就是我
背叛了一切
在其他人中间反抗，滚着河水
浸湿天空青蓝的墓盖
火是一穗无人照看的麦子
寂寞、赤裸
非得用鲜血娶她不可
是我，就是我
把那不变的夜交给我
火，使我凝固于巨大的天空墓盖！
果然就只是我一人，就只剩下我一人
那又怎么样？
把那不变的夜交给我

C：悲血回旋腥风浩荡，你们
满腔烈火的战士，你们
怒　触　不　周

天空斜向一边
万段木林巨面滑下鳞身
红头发炎炎如一段太阳
求生不得
乃求裂天一死

千里一泻悲血
一只头颅下
大地身躯扭动
大地破了
让你们的血
最宝贵的血
在火的边上火的周围火的核心
唱着，唱着就像那只头颅
炎炎之火下大地碎裂
一切生命更新如尘
光芒四射
大地围着你们的十只断头
在历史中行动，解血为水

A：把那不变的夜交给我
所有的一切都必须
从我的断头之下经过
斫天之日，斫天的巨斧
也饮我的血肉

在灿烂又森寒的天空石头中
磨着我清澈的头颅
我用头颅雕刻太阳，逼近死亡
死亡是一簇迎着你生长的血红高粱，还在生长
除了主动迎接并且惨惨烈烈
没有更好的死亡方式

让今日和昨日一起让伤感的怯懦的
卑劣的和满足于屁股的色情的一起
化为血污吧。我
唯一要求的是我自己
以及我的兄弟
是那些在历史行动中
断断续续失去头颅的兄弟
不屈的兄弟
让我们脚踏着相互头颅
建立一片火光

伤感的小村庄，你这地球
腥血之河喂养的水和人们
我是太阳
让我们对等地举起刀来
让我们瞪着彼此的血红眼珠
像两头闪闪的巨兽
拖着血肉滚动

C：你们，蚩尤兄弟七十二或八十一人
你们，逐鹿之野的一片血泊
你们，矛，戟，斧，盾，弓箭
你们狞猛异常
你们铜头铁额
你们四目六手，人身牛蹄，兽面人语
你们，将是大地毁灭
或存在的见证。

太阳噢，你是大地毁灭
或存在的见证
太阳噢，你是战士的肉体
除了头颅，你没有别的肉体
除了存血，燃烧并且行动
这头颅只是一只普通水罐

大地将毁灭
或更加结实
更加美好地
存在。行动第一

A：都必须化入我这滚地的头颅
都必须化成鲜血流入
我这滚地的头颅

都必须成长
都必须成长为太阳
太阳
都必须行动，都必须
决一生死

头颅滚动，人噢
你是知道这意思

C：你们这些时间世代的战士
你们这些战士的肉体
你们这些流放头颅的肉体
你们这些手掌割火的肉体
你们这些分夜为床的肉体
你们这些古老大泽中戴蛇践蛇的肉体
　　大　头　的　肉　体
噢，你们这些战士
快动作吧，快行动吧。都必须
用自己的头颅都必须
在一只头颅中都必须
决一生死

A：血
淌出体外
每一次

再一次
血红的大泽在我的肉上
在土地上
我曾经破鱼而出全身血腥
我曾经滚入太阳全身血腥
我曾经手爪探火
拖着天空进入地狱
我曾经断头舞蹈入脐
炼地狱之火为心
心
由人间粮食哺育的心
民歌的心
苦于天上人间爱情的心
诗人的心歌的心
我的伤感
又悲愤的心
上天入地
而现在是血
是血
血！

和头颅！

你们愿不愿意献出！

头颅

除了头颅

除了你这一片猩红的时间

没有别的

在那不远的家乡

是夜晚。

有一只孤独的头颅

叩动。就像半夜突然的烈日

腾跃的烈日，把人们照亮

我那选在家乡的古老肉体已不认得

一片洪荒中我这为他牺牲的头颅

就让它像太阳一样

日复一日孤独敲着

在众人肉体和土上

敲着。血流满面地

敲着

D：所有的人都在日子深处蒙着水雾

青铜之光照脸，肚脐萎缩，不可生育

把所有的火苗用黄土盖好

双膝弯曲的骨骼

埋在水井旁。你们的肉里开不出血花

你们的坟头将在糙雨中被谷子淹没

而揉捏的土团在那里

大地是水罐中枉落的怪鸟
是闪电之树上一枚黑色土核
大地是弯曲的盘弓射下的一块浅河之地
一块沉鱼，一块供养众多鼻孔的生息之地
大地是我这插花的民间脸
顶着火灶、掏着鸟粪、建立家园

青天都是用心写的
我的肉体只像树一样在土上插着
在抖动无边的宇宙颅骨里
归根到底，是黑沉沉大地
冶炼心脏和脑壳、脑子
冶炼十个太阳

有人高声呼喝
把那不变的夜交给我！
天空深处
十只星宿像井一样
撕开在黑漆漆的夜里
撕开在我的肉上。民间的心脏
像火一样落下

火，她或许比你赋予她的
还要多。在那水土的深处
一滩鲜血

一滩青铜的粘液
使我们凝固于巨大的天空墓盖
所有的人都在日子深处蒙上水雾
而揉捏的土团在那里是我是土地

大地
潮湿的火
温玉的声音像鱼。寂静
是我的民间脸
是大地
你是天空
在这穗英雄头颅的火上
我们像两只血鹿烧在一起

B：把那不变的夜交给我
以雷为湿兽，摇动哑默的天面
甩动巨大头顶如闪电临刑
卷曲的天空钻入人体
与原始的心脏相合
把那不变的夜交给我
用手剪开宇宙就像剪开
一只被黑血糊住的鸟
星宿之角对等于我的嘴唇
天河游于我水的衣裳
围着海，十头集中的火

围着扶桑，我的大头之树
围着我抱头痛哭的兄弟
那十个太阳压住你的上下之枝
压住他的肚腹胸脐
压得我的双手沉沉
把那不变的夜交给我
交给我，天空！

A：我的头颅是那战士的甲牌
战士流血的甲牌
滚在地上也在天上流血
反抗者
无非断颈而死
红头发炎炎
如一段太阳
天空斜向一边
在我碎裂的甲牌上
杀伐之铁格格
行动的头颅跳入太阳
旋转我远远的亲人之身
无首之身在地狱炼火

做一个太阳
一个血腥的反抗的太阳
一个辉煌的跳跃的太阳

无非是魂断九水之外
无非是魂断九天之外
但我的头颅在熊熊大火中
在历史上
我一直是战士。不管
别人怎样过他的日子
我一直是战士
我一直是战士
我浑身血腥
我一直在历史上反抗
我一直在行动
头颅播入这四面开阔的黑土

做一个太阳
在土上我们愤怒
在水中我们愤怒
在自己的熊熊大火中
我们更加愤怒
因此大地是转动的
围着我这十只断头
和天空一样亢奋
这两匹母马，在青铜之血上
互相践踏、碎裂
大地和天空一样退回到遥远的血光
退回到最初创生的动作

红头发炎炎推大地转动
红头发炎炎如一段太阳

星星也被血光照亮

做一个太阳
我们不屈的天性
惯于解血为水
惯于折颈断天
惯于抖摇众岳盖上肚脐
我们不屈的天性
来自这大大的头
这么大的头
连我自己也吃惊
就这样让它在血中跳吧
让它一直在历史中动作，反抗！

B：把那不变的夜交给我
不，我不屈服
面对八面茫茫天风
面对宇宙，这黑色洞穴
我怀抱十个太阳
怀抱啄击心肝的
一丛鹰鹫
我早就这样一路走来

把那不变的夜交给我
宇宙黑色的洞中我的骨骼粗壮
送太阳到体外，腥气淹没了你们
手和爪子。这一些黑暗中
传火的藤壶
把那不变的夜交给我
夜在我身上就像在一片高粱地里错动
没有人知道我在火光深处
没有人知道我在高粱地里
生下十个太阳
夜在我身上就像在一片高粱地里错动
那进化之兽沿我肚脐上爬
那捕捉语言称呼的星星落入我的眉骨
那八方无水汇集在我身上流动着四个海洋
双拳被水松开，如同羞涩的阵地
宇宙之穴中我是洪荒之兽母亲之腹
生下十个太阳

D：战士噢，带着你的头颅，上路罢
战士噢，你的头颅沿城滚动沿城侍奉

蚩尤你的脑袋
滚动在解血为水的地方
滚动在一切青铜鼎上

你的脑袋狰狞而美好
他们由泥土粘连
他们层层埋好青铜之鼎
青铜之鼎，沸水火炭之鼎

蚩尤你的脑袋哑着
如同太阳就是太阳
一个残暴战士之头
坐在青铜之鼎如同坐在麦田中间
其实他很温暖
比我的心更温暖

你是战士
你要行动
你的行动就是公平
太阳不能无血
太阳不能熄灭
你是战士
用万段火苗跳动断肢
只有行动，只有行动意志
在那岁月之腹岁月之鼎上不停鸣响
血腥地伤害自己
迎来光明。你是战士，你要行动！
轰轰烈烈地生存
轰轰烈烈地死去

你们不再以心归天
你们就是在这创痛和撕肉折颈之中
头颅播入四面的黑暗，四面开阔的黑土
把其他的残肢用泥巴糊好，幽幽吐花如梦
你们的心脏蓄着地狱之火反抗之火
喂着了人类和鸣啸巨兽

头颅，一片猩红的时间
在那个远的家乡门前
蚩尤，你这最早的战士
踏住自己的头颅，或在青铜鼎上
以断头叩动。在流动。在行动
你的武器一直在场场战争中蹿动
蚩尤。你这一直的战士
你这一直反抗的战士

C：把那不变的夜交给我
反抗者在我这普通颅骨中
盛放的火种
也在照耀夜晚
我真后悔，我竟然那么宁静过
我竟然那么混同于一般的日子
那么伤感，那么小心翼翼地侍奉
我真后悔，我尊重过那么多
我为着那些平庸的人们歌唱——

只是为着他们的平庸，我真后悔！
我竟然在平安的日子和爱情中
活得那么自在，我真后悔

当我用手臂摸到
被八面天风冲开的肢体。鹰鹫吸肉在
夜深人静，他们的心温暖的
汩汩流血在夜深人静

就让我加入反抗者的行列
就让我，这一位普通的人
这根宇宙深处寂静的原木
加入反抗者的行动
用生命的根子和我自己的头颅
哪怕一切毁灭在我手上
把这不变的夜交给我

B：一个太阳
是一位战士的头
在血中滚动
在血中滚动的
还有我
一位人类的女性
宇宙之母
腹中养育着

十个太阳
生或者死。死就是生
夜在你头上
夜在我身上
就像在一片高粱地中错动

把那不变的夜交给我，人类
除了男人的头颅和女人的腹
一切一切都不配审判黑暗
生命，生命是我们与自己的反复冲突
生命在火光深处

把那不变的夜交给我
今夜的人类是一条吞火的河流
归我哺育，今夜的人类
也是河道之猿
也是一根打入耳环的原木
也是我从小珍爱的女儿
我在庙中用火喂养着她
在天上地下用十个太阳
扶着我的腹部而下

打碎了天空如马厩
十个太阳钻出我的肚腹
钻出我的窍火之城

十个太阳之城
扶着人类，就像
扶着白草的肉体
一穗存火的肉体

但是，人类中
反抗的战士的
头
更是真实的太阳

A：如果毁灭迟迟不来
我让我们带着自己的头颅去迎接

多少次了
大地
为什么
总是要用我的头颅供奉
总是要用一腔热血来温暖你们?

你们的火苗呢
在你们的心上
嘶嘶燃烧冒着黑烟的火苗呢?

多少次了
不，我不屈服

就让我十个太阳钉着我的头
我的肉　钉在水里　钉在岩石上
在岩石钉一个心脏
我的心脏
让鹰鹫啄击
多少年了
不，我不屈服
我要挑起战斗
我的宿命就是我反抗的宿命
血泊中，那穗火珍藏手底，交给人类
拖火的尸体倒栽而下
直往夜的中央黑暗的中央
漂过故乡，让那芦花和水
一样默默的对着火
而我的肝脏枕着鹰鹫
我的无首之躯在旷野上舞着
我的白骨枕着白石头
多少年了
就是这样在我的河流之上
几朵鹰鹫似铁
钻过我的心脏
钻过这柔软含血的星辰
如今泥土和石块垒满了
我身上的其他地方
不要用一个固定地点来埋我

动作之中
让我的头颅自由滚动
是血泊中的太阳
让我的四肢和四方互相碎裂

我那落地的头颅
终日围着你
黑粗粗的埋着种子的肉体
或天地的母马
旋转，那是太阳
血锈水面，一片盾甲
地狱之火那些岩浆沸腾
在你最深处，在你心上
以行动定生死
让我溅血的头颅
围着你旋转，燃烧你、温暖你
以行动定生死

（声音越来越响）
十个太阳，贴着地面、旋转，燃烧
大地呻吟着碎裂了，解体了，毁灭了
抱着我血腥的头跳跃耸动穿行如兽吧！
大地，跳吧！
抱着我的头在那一片混沌中跳吧
和我的头一起滚动

大地
抱住我的
血腥的头
跳吧，一切就这样毁了
重来，跳吧，大地
抱住我的血腥的头！

第二场　最后的诗

（有题无诗）

第三场　浩风

（有题无诗）

太阳·土地篇

第一章　老人拦劫少女

情欲老人，死亡老人
在森林中，你这古老神祇
一位酒气熏天的老人

情欲老人，死亡老人
他又醉
又饿
像血泊，像大神的花朵

他这大神的花朵
生长于草原的千年经历
我这和平与宁静的儿子
同在这里

情欲老人，死亡老人
一条超于人类的河流
像血泊，像大神的花朵

森林中这老人

死亡老人，情欲老人，啜饮葡萄藤
他来自灰色的瓮、愿望之外
他情欲和死亡的面容
如和平的村庄

血泊一样大神的花朵
他又醉
又饿

在这位高原老人的压迫下
月亮的众神，一如既往仍在戽水
只有戽水，纺织月光
（用少女的胫骨）

情欲老人，死亡老人
伸出双手高原的天空
月亮的两角弯曲
坐满神仙如愁苦的秋天

秋天，不能航渡众神的秋天
泪水中新月的双角弯曲
秋天的歌滚动诸神的眼眶
仿佛是在天国，在空虚的湖岸

情欲老人，死亡老人

在这草原上拦劫众人
一条无望的财富之河上众牛滚滚
月亮如魔鬼的花束

情欲老人，死亡老人
在这中午的森林
喝醉的老人拦住了少女

那少女本是我
草原和平与宁静之子
一个月光下自生自灭的诗中情侣

情欲老人，死亡老人
如醉中的花园倾斜
伸出双手拦住了处女

我多想喊：
月亮的众神、幸福的姐妹
你们在何方？

有歌声众神难唱
人类处女如雪
人类原始的恐惧

在黎明

在蜂鸟时光
在众神沉默中
我像草原断裂

湖泊上青藤绕膝
我的舌头完全像寂静之子。
在这无辜的山谷
在这黄金草原上
情欲老人，死亡老人
强行占有了我——
人类的处女欲哭无泪

戽水者阻隔在与世隔绝的秋天
戽水用少女的胫骨
月亮的双角倾斜，坐满沉痛的众神
我无所依傍的生涯倾斜在黄昏

星辰泪珠悬挂天涯
众泪水姐妹滚滚入河流
黎明凄厉无边
月亮的后奔赴人间的水

请把我埋入秋天以后的山谷
埋入与世隔绝的秋天
让黄昏的山谷像王子的尸首

青年王子的尸首永远坐在我身上
黄昏和夜晚坐在我脸上
我就是死亡和永生的少女

叫月亮众神埋入原型的果园
情欲老人，死亡老人
又醉又饿，果园倾斜
我就是死亡和永生的果园少女

（1月。冬。）

第二章　神秘的合唱队

（沉郁与宿命。一出古悲剧残剩的断片）

情欲老人死亡老人：你是谁？

王子：王子

老人：你来自哪里？

王子：母亲，大地的胸膛

老人：你为何前来我的国度？聪明的王子，你难道不知这里只有死亡？

王子：请你放开她，让她回家

那位名叫人类的少女

老人：凭什么你竟提出如此要求？

王子：我可以放弃王位

老人：什么王位？

王子：诗和生命

老人：好，一言为定

我拥有你的生命和诗

第一歌咏

鹰

河上的肉

打死豹子　糅合豹子
用唱歌
用嘴唇
用想象的睡狮之王

狮豹搏斗

鹰盘旋

河上的肉
睁开双眼

第二歌咏

豹子是我的喜悦

豹子在马的脸上摘下骨头
在美丽处女脸上摘下骨头

阴暗的豹
在山梁上传下了阴郁的话语

“我是暴君家族最后一位白痴
用发疯掩盖真理的诗”

豹子豹子
我腹中满怀城市的毒药和疾病
寻找喜悦的豹子　真理的豹子

一切失败会导致一次繁忙的春天
豹子响如火焰　哲学供你在无限的黄昏进行
河流如绿色的羊毛燃烧

此刻豹子命令一位老人抱着母狮坐上王位
山巅上　故乡阴郁而瘟疫的粘土堆砌王座
部落暗绿色灯火一齐向他臣服

第三歌咏

道……是实体前进时拿着的他自己的斧子

坟墓中站起身裹尸布的马匹和猪
拉着一辆车子
在鼓点如火之夜
扑向乡间刑场
　　车上站立着盲目的巨人
　　车上囚禁着盲目的巨人
在厨娘酣然入睡之时
在女巫用橡实喂养众人酣然入睡之时
马匹和猪告诉我

“我的名字上了敌人的第一份名单”

真实的道路吞噬了一切豹子　海牛　和羔羊
在真实的道路上我通过死亡体会到刽子手的欢乐
在一片混沌中挥舞着他自己的斧子
那斧子她泪眼蒙蒙似乎看见了诗歌
她在原始的道路上禁绝欲望
在原始的秋天的道路上
陪伴那些成熟的诗人　一同被绑往法场
道路没有光泽　甚至没有忧愁
闪闪发亮的斧子刃口上奔驰着丑陋的猪和壮丽之马
拉着囚禁盲目巨人的车辆　默默无言的巨人

这是死亡的车子　法官的车子
他要携带一切奔向最后的下场
车前奔跑着你的侍从　从坟墓中站起的马匹和猪
车中囚禁着原始力量　你我在内心的刑场上相遇
我们在噩梦的岩石　堆砌的站台
梦想着简洁的道路
真实的道路
法官的车子奔驰其上的道路
马匹和猪踢着蹄子　拥挤不堪重负
泥土在你面前反复死亡
原始力量反复死亡　实体享受着他自己的斧子
　　数学和诗歌

也是原始力量　从墓中唤醒身裹尸布的马和猪
携带着我们
短暂的生命来到这个世界上
包括男人和女人、狮子和人类复合的盲目巨人
原始的力量　他　孤独　辞退绝望的众神
独自承担唤醒死亡的责任
被法官囚禁却又在他的车上驾驭他的马匹
这就是在他斧刃上站立的我的诗歌
诗歌罪恶深重
构成内心财富

农舍简陋　不同于死亡的法官的车辆
却同是原始力量的姐妹
都坐在道上　朝向斧刃
“道”的老人　深思熟虑　欲望疲乏而平静
果断放弃女人、孩子、田地和牲畜
守着地窖中的一盏灯
迹近熄灭
乡下女人提着泥土　秘密款待着他　向他奉献
那匹马奔驰其上
泥土反复死亡　原始的力量反复死亡　却吐露了诗歌

第四歌咏

黑色的玫瑰

诸神疲乏而颓丧
在村镇外割下麦穗
在村镇中割下羊头
诸神疲乏而颓丧
诸神令人困惑的永恒啊!
诸神之夜何其黑暗啊!
诸神的行程实在太遥远了!
诸神疲乏而颓丧
就让羊群蹲在草原上
羊群在草原上生羊群
黑色的玫瑰是羊母亲
歌中唱到一颗心
“两只羊眼睛望着
两条羊腿骨在前
两条腿骨在后”
“一条羊尾巴
一条羊皮包裹上下
羔羊死而复活”
“一只羔羊在天空下站立
他就是受难的你”

黑色的玫瑰，羔羊之魂

缄默者在天堂的黄昏

在天堂这时正是美好的黄昏
诸神渴了　让三个人彼此杀害却死了四个人

死亡比诞生
更为简单
我们人类一共三个人
我们彼此杀害
在最后的地上
倒着四具尸首
使诸神面面相觑
他是谁
为什么来到人的村庄
他是谁

在众羊死亡之前
我已经诞生
我来过这座村庄
我带着十二位面包师垒好我血肉的门窗
——耶路撒冷　耶路撒冷
　　你有唯一的牧羊人孤单一人任风吹拂
村镇已是茫茫黄昏　死亡已经来临

妈妈　可还记得
与手艺人父亲领着我
去埃及的路程

黑色的玫瑰
一个守墓人
一个园丁
在花园
他的严峻使我想起正午
斧头劈开守墓人的脑袋

斧头劈开守墓人的脑袋

第五歌咏　雪莱

雪莱独白片断：

我写的是狂喜的诗歌　生命何其短促！
平静的海将我一把抓住
将我的嘴唇和诗歌一把抓住

我写的是狂喜的诗歌　天空
天空是内部抽搐的骆驼
天才是哭泣的骆驼深入子宫

骆驼和人
四只手分开天空
四只手怀孕

两颗怪异而变乱的心
骆驼和人民　没有回声也没有历史
在镌刻万物的水上难以梦见别的骆驼

存在
水上我的人民
泪珠盈盈或丰收满筐

我的人民
这刻下众多头颅的果园理应让她繁荣！
新鲜　锐利　痛楚　我的人民

当人类脱离形象而去
脱离再生或麦秆而去
剧烈痛楚的大海会复归平静

当水重归平静而理智的大海
我的人民
你该藏身何处？

雪莱和天空的谈话

（天空戴一蓝色面具）

雪：太阳掰开一头雄狮和一个天才的内脏
长出天空　云雀和西风
太阳掰开我的内脏
孕育天空的幻象
孕自收缩和阴暗狭隘的内心

天：当人类恐惧的灵魂抬着我的尸骨在大地上裸露
在大地上飞舞
生存是人类随身携带的无用的行李　无法展开的行李
——行李片刻消散于现象之中
一片寂静
代代延续

雪：只有言说和诗歌
坐在围困和饥馑的山上
携带所有无用的外壳和居民

谷物和她的外壳啊　只有言说和诗歌
抛下了我们　直入核心
一首陌生的诗鸣叫又寂静

我
诉说
内脏的黑暗　飞行的黑暗

我骑上　诉说　咒语　和诗歌
一匹忧伤的马
我骑上言语和眼睛

内心怯懦的马和忧伤之马
我的内脏哭泣　那个流亡的诗人
抓住自己的头颅步行在江河之上

路啊　诗歌苍茫的马
在河畔怀孕的刹那禽兽不再喧响
我不知道自己还要向前走得多远

匆匆诞生匆匆了结的人性　还没有上路
还在到处游荡　万物繁花之上悲惨的人
头戴王冠纷纷倒下

天：麦地收容躯壳和你的尸体　各种混乱的再生
在季节的腐败或更新中
只有你低声歌唱
只有你这软弱的人才会产生诗句
各种混乱的再生　凶手的双手——陌生又柔软的器官
是你低声唱歌季节的腐败和更新

雪莱（伟大的独白）

大地　你为何唱歌和怀孕?

你为何因万物和谐而痛苦
叫内心的黑暗抓住了火种

人民感到了我
人民感动了我
灵魂的幻象丛生
一只摔打大地的鼓上盘坐万物　盘坐燃烧晃动的太阳
一只泥土的太阳生物的太阳
一齐鸣叫的太阳
悲愤燃烧的灵魂满脸孕红地坐在河流中央
山峰上的刀枪和门扇结育果实于万物森林
树木和人民—— 一次次水的外壳，纷纷脱落于这种奇幻的森林
草木和头颅又以各种怪异疯狂的唱歌和飞翔再生于水

王子的光辉——献给雪莱

歌队长：我的人民坐在水边　看着大海死去天才死去
我的人民身边只剩下玉米和柴刀
和一两个表妹　锡安的女儿容颜憔悴
我的人民坐在水边　只剩下泪水耻辱和仇恨

歌队：拥抱大海的水已流尽
拥抱一条龙的怪异、惊叫而平静的水
已流尽

八月水已流尽

七月水已流尽

雪莱是我的心脏哭泣　再无泪水

理应明白再无复活！理由并不存在！无须寻找他！

雪莱——我和手和头颅　在万物之河中并不存在　水已流尽！

歌队长：我用我的全身寻找一条河　尤其是陌生的河

我用全身寻找那一个灵魂

歌队：那个灵魂在群鼓敲响的时分就会孤单地跳下山峰！

那颗灵魂是神圣的父母生下的灵魂

一等群鼓敲响就会独自跳下山峰！

雪山上这些美丽狮子陪伴着那个孤单的灵魂

那颗灵魂也深爱着这些美丽的狮子

那是些雪山上雪白的狮子呵

在游荡中陪伴着那个孤单的灵魂

深夜里我再也不敢梦见的灵魂呵

总是在夜深人静时反复的梦见我！

一个孤独的灵魂坐在蓝色无边的水上鳞片剥落

歌队长：我的人民坐在水边　看着大海死去天才死去

我的人民身边只剩下玉米和柴刀

和一两个表妹，锡安的女儿容颜憔悴

第六歌咏

种豆南山——给梭罗和陶渊明

于水井照映我们相互摸手，表示镇定
那天空不动，田地稀少
移步向盈水的平原之瓮
秋天如同我扶着腰安睡如地
一只雨水卧在我久久张开的嘴里
乳头之牛，亦在花色温柔的黄昏

这可是宇宙
土内之土
豆内之豆
灯中之灯
屋里之屋
寻找内心和土地
才是男人的秘密

打开一只芳香四溢的山谷
雁鸣如烛火明灭在高堂

城头撤离的诸神只留下风和豆架
掌灯人来到山谷
豆架如秋风吹凉的尸首

葬到土地为止
雪最深于坚强的内心冰封
梭罗和陶渊明破镜重圆
土地测量员和文人
携手奔向神秘谷仓
白色帝子飘于大风之上

谁言田园?
河上我翩然而飞
河打开着水，逢我杀我
河扼住喉咙　发出森林声音
谁言田园?
河上我重见面包师女儿
涉世未深　到达浅水
背负七只负债人的筐子

两位饥饿中，灯火
背负故乡鸡声鸟鸣而去
鸟落南山，粮食飞走
是只身前往的鸟闪于豆棵
一座村落于夜外
一斧子砍杀月亮群马安静

“风吹月照的日子

他来到这面山坡时我在村里

他来到这面贫穷的山坡时我在村里看护庄稼……”

*　　　　*　　　　*

施洗者：你们终于来到了这条施洗者的河流

　　你们终于来到了这条通往永恒的河

　　你们终于来到了　王子们

　　精灵和浪子，你们终于来到这里

王子：那位老师呢

　　从我们王子中成长起来的那位老师呢？

施洗者：他已成为永恒。

　　你们呢？你们想成为永恒吗？

　　来接受我的施洗吧

王子：我们拒绝永恒

　　因为永恒从未言说

　　因为永恒从未关心过我们

　　我们拒绝永恒

　　我们要投往大地

第七歌咏　韩波

（颂歌体散文诗）

第八歌咏　马洛

（颂歌体散文诗）

第九歌咏　庄子[1]

（颂歌体散文诗）

……

（2月。冬春之交。）

1　第七、八、九歌咏均有题无诗。

第三章　土地固有的欲望和死亡

……从泪水中生长出来的马，和别的马一样
死亡之马啊，永生之马，马低垂着耳朵
像是用嘴在喊着我——那传遍天堂的名字

那时我被斜置地上，脱下太阳脱在麦地的衣裳
我会一无所有　我会肤浅地死去
在这之前我要紧紧抓住悲惨的土地

土　从中心放射　延伸到我们披挂的外壳
土地的死亡力　迫害我　形成我的诗歌
土的荒凉和沉寂

断头是双手执笔
土地对我的迫害已深入内心
羔羊身披羊皮提血上山剥下羊皮就写下朴素悲切的诗

诗，我的头骨，我梦中的杯子
他被迫生活于今天的欲望
梦中寂静而低声啜泣的杯子
变成我现在的头盖是由于溅上一滴血

这只原始的杯子　使我喜悦
原始的血使我喜悦　部落愚昧的血使我喜悦

我的原始的杯子在人间生殖　一滴紫色的血
混同于他　从上帝光辉的座位抱着羔羊而下

太阳双手捧给太阳和我
她们逐渐暗淡的鲜血

在这条河流上我丢失了四肢
只剩下：欲望和家园
心　在黄昏生殖并埋葬她的衣裙
有一天水和肉体被鸟取走

芳香而死亡的泥土
对称于原始的水
在落日殷红如血的河流上
是丰收或腐败的景色

女人这点点血迹、万物繁忙之水
繁荣而凋零　痛苦而暧昧
灾难之水如此浩瀚——压迫大地发光
原始诸水的昔日宁静今日破坏无一幸存

水上长满了爪子和眼睛　长满石头
石头说话，大地发光
水——漫长而具体的痛楚
布满这张睁开眼睛的土地和人皮！

土　鞭打着农奴　和太阳
土把羊羔抱到宰杀羊羔的村庄
这时羊羔忽然吐出无罪的话语

“土地，故乡景色中那个肮脏的天使
在故乡山岩对穷人传授犯罪和诗。”

“土地，这位母亲
以诗歌的雄辩和血的名义吃下了儿子。”

苦难的土　腹中饥饿播动
我们的尸骨并非你的欲望
映出你无辜而孤独的面容

荒凉的海　带来母马　胎儿　和胃
把这些新娘　倾倒在荒凉的海滩
任凭她们在阴郁的土上疯狂生长

这些尸体忽然在大海波涛滚滚中坐起
在岩石上　用血和土　用小小粗糙的手掌
用舌头　尸体建起了渔村和城

远离蓝色沉睡的血
彩色的庄稼就是巨大的欲望

把众神遗弃在荒凉的海滩上。

彩色的庄稼　也是欲望　也是幻象
他是尸体中唯一幸存的婴儿　留下了诗歌

欲望　你渐渐沉寂
欲望　你就是家乡
陪伴你的只有诗人的犹豫和缄默

周围是坐落山下的庄稼
双手纺着城市和病痛
母亲很重，负在我身上

亦剩公木头和母木头
亦剩无角处女
亦剩求食　繁殖和死亡

土地抱着女人　这鲜艳的奴隶
女人和马飞行在天上
子宫散发土地腐败
五谷在她们彩色鳞甲上摔打!

而漂洋过海的是那些被我灌醉的男人
拥有自己的欲望
抱着一只酒桶和母鸡思考哲学:

“欲望啊　你不能熄灭”

这些欲望十分苍白
这些欲望自生自灭
像城市中喃喃低语

而我对应于母亲　孕于荒野
翅膀和腹部　对应于神秘的春天
我死去的尸体躺在天堂的黄昏
肮脏而平静
我的诗歌镌刻在丰收和富裕之中

诗歌
语言之马
渡过无形而危险的水上
语言发自内心的创伤

尸体中唯一的婴儿　留下了诗歌
甚至春天纯洁的豹子也不能将他掩盖

一块悲惨的人骨　被鹰抓往天上
犹如夜晚孤独的灵魂闪现于马厩
诗歌的豹子抓住灵车撕咬

感情只是陪伴我们的小灯，时明时灭

让我们从近处，从最近处而来迫近母亲脐带
（人类是人类死后尸体的幻象和梦想
被黑暗中无声的鸟骨带往四面八方）

的确这样
在神圣的春天
春之火闪烁

的确这样
肉体被耕种和收割　千次万次
动物的外壳
坚强而绵长

的确这样
一面血红大鼓住在你这荒凉的子宫
当吹笛人将爪子伸进我的喉管
我欲歌唱的人皮上画满了手！

悲惨的王子，你竟然在这短暂的一生同时遇见
生老病死？
“我怕过，爱过，恨过，苦过，活过，死过”
四位天王沉闷地托住你的马腿
已经有的这么多死亡难道不足以使大地肥沃？

四只马腿从原始的人性开始

原始的欲望唱一支回归母亲的歌
为了死亡我们花好月圆

而死亡金色的林中我吹响生育之牛
浑浑噩噩一块石头
在行星的周期旋转中怀孕

初生的少女坐满河湾散发谷物或雨水的腥味
女人背好甜蜜的枣子　正在思乡
或者转变念头　与年迈婆母一起打点行装

路得坐在异乡麦田
远离故乡的殡葬
会使大地肥沃而广阔

而土地的死亡力正是诗歌
这秘密的诗歌歌唱你和你的女祖先
——畜栏诞生的王啊！

你的一双大腿在海底生病
你的一双大腿　戴上母羊贵重光芒

有神私于马厩　神私入马厩　神撕开马厩之门
神撕开母马
挪动胎位的地方　惨不忍睹

合拢的圣杯——我的头骨

秋　一匹身体在天空发出响声
像是祖先刚刚用血洗过

而双手的土地　正是新鲜的　正常的　可食的
秋天的生殖器——我的双手
如马匹　雄健而美丽
仍在原始状态
你这王
王
（3月。春。）

第四章　饥饿仪式在本世纪

饥饿是上帝脱落的羊毛
她们锐利而丰满的肉体被切断　暗暗渗出血来
上帝脱落的羊毛　因目睹相互的时间而疲倦

上帝脱落的羊毛
父、王，或物质
饥饿　他向我耳语

智慧与血不能在泥土中混杂合冶
九条河流上九种灵魂的变化
歪曲了龙本身

只有豹子或羊毛　老虎偶尔的欲望
超于原野的幼稚水准而生存
到达必须的黑暗　把财富抛尽
你就尽可吃我尸体与果实于实在的桶

饥饿　胃上这常醉的酒桶
饥饿　我摇动木柄　花蛾子白雪落在桶中

从个人的昏暗中产生饥饿
由于努力达到完美　而忍受宽恕

收藏失败的武器
在神的身旁居住
倾听你那秘密和无上的诗歌

在我们狂怒的诗行中　大地所在安然无恙
坚硬的核从内心延伸到我们披挂的外壳
在沙漠散布水源和秘密口语的血缘

诗歌王子　你陪伴饥饿的老王
在众兵把持的深宅
掌灯度夜　度日如年

围困此城的大兵已拥妻生子了吧
以更慢的速度　船运载谷子或干草

饥饿的金色羊毛上
谁驮着谁飞逝了?

神灵的雨中最后的虎豹也已消隐
背叛亲人　已成为我的命运
饥饿中我只有欲望却无谷仓

太阳对我的驳斥　对我软弱的驳斥
太阳自身　用理性　用钢铁　在饮酒

饥饿和虚假的公牛　攀附于一种白痴　一种骗局

忿怒砍伐我们　退回故乡麦粒的人
砍伐言语退为家园诗歌的人

只有羔羊　睡在山谷底　掰开一只桶
朗诵羊皮上沉痛的诗歌
发出申辩的声音

太阳于我的内脏分裂
饥饿中猎人追逐的猎物
亡命于秋天　他是羔羊在马厩歇息

在护理伤口的间歇
诗歌执笔于我
又执笔于河道

回忆我的亲人
我已远离了你

上帝脱落的羊毛　囚禁在路途遥远的车上
原始的生命囚禁在路途遥远的车上

车子啊　你前轮是谷仓　后轮是马厩
一块车板是大木栅
另一块板是干草场

驾车人他叫故乡

囚犯就是饥饿

前后左右拥着绿色的豹子
浑浊　悲痛而平静

奔向远方的道路上
羊毛悲痛地燃烧
那辆车子仿佛羔羊在盲目行走

故乡领着饥饿　仿佛一只羔羊
酷律：刻在羊皮上　我是诗歌

是为了远方的真情？而盲目上路
奥秘　从灰烬中站起脱下了过去的丑陋
道　从灰烬中站起脱下了过去的诗歌

过去的诗歌是永久的炊烟升起在亲切的泥土上
如今的诗歌是饥饿的节奏

火色的酒
深入内心黑暗
饥饿或仪式
斧子割下天鹅或果园

捡起第一块石头杀死第一只羊

盲目的石头闪现出最初的光芒
这就是才华王子的诗歌
通过杀害解放了石头和羊　灵魂开始在山上自由飘荡
手又回到泥土凶手悲惨的梦境

饥饿或仪式
这些造化的做梦的巨兽　驮负诗歌　明亮飞翔
脆弱的河谷地带一家穷人葬身在花生地上
这也是一次谈论诗歌的悲惨晚上
他们受害脸孔面带笑容出现在凶手梦中
（4月。春。）

第五章　原始力

在水中发亮的种子
合唱队中一灰色的狮子
领着一豹　一少女
坐在水中放出光芒的种子
走出一匹灰色的狮子　领着豹子和少女
在河上蹒跚
大教堂饲养的豹子　悲痛饲养的豹子
领着一位老人　一位少女
在野外交配，生下圣人
的豹子也生下忧郁诗篇

提着灯　飞翔在岩石上　我与他在河中会面
我向他斥问　他对我的迫害
他缄默
在荒凉的河岸
因为饥饿而疲乏
我们只能在一片废墟上才能和解
最后晚餐　那食物径直通过了我们的少女
她们的伤口　她们颅骨中的缝合
最后的晚餐端到我们面前
这一道筵席　受孕于我们自己

丰收的女祖先

大地幻觉的丰收
荒凉的酒杯
我的酒杯
在人间行走　焚烧　痉挛
我的生殖的酒杯
驱赶着我疲倦的肉体
子宫高高飞翔
我问我的头颅　你是否还在饥饿

早就存在
岁年的中心
掠夺一切的女祖先！
丰收中心
疲倦的泉水中心
风暴中心
女祖先衣衫华贵
——土
丰收的人皮
坐满一只酒杯　坐满狼和狮子
豹子的赤裸身子是我的嫁妆
黎明和黄昏是我处女的脂香

河流上　狮子的手采摘发亮的种子
发亮的水
绿色的豹子顺着忧郁的土地一路奔跑

追赶我就像追赶一座漆黑的夜里埋葬尸体的花园
尘土的豹子　跳跃的豹子
豹子和斧子
在河上流淌
我的肉体和木桶在河上沉睡着
我肉体和木桶　被斧子劈开
豹子撕裂……以此传授原始的血

我喜悦过花朵　嘴唇　大麦的根和小麦的根
我喜悦过秋风中诸神为我安排的新娘
我粗壮的乳房　移向豹子和牛羊
狮子和豹子在酒精中和解
兄弟拥抱睡去

古老的太阳如今变异
女祖先
披散着长发
进入我的身体
对我发号施令

变异在太阳中心狂怒地杀你
变异的女祖先
在死亡中　高叫自我　疯狂掠夺
难以生存的走投无路的诗人之王?
谁能说出你那唯一的名字？！

淫荡的乡间的酒馆内
破败的瓮中唯一的盐
你是否记得
抛在荒凉的海滩
盐田上坐着痴呆的我——走投无路的诗人之王?

腐败的土地
这时响起
令人恐怖的
丰收的鼓

鼓　崩崩地响了
内陆深处巨大的鼓
欲望的鼓
神奇的鼓啊
我多么渴望这正午或子夜神奇的鼓　命定而黑暗
鼓！血和命！绿色脊背！红色血腥的王！
沉闷的心脏打击我！露出河流与太阳
我漠视祖先
在这变异的时刻　在血红的山河
一种痛感升遍我全身！

大地微微颤动
我为何至今依然痛苦！
我的血和欲望之王

鼓！
我为何至今仍然痛苦！

（承受巨大失败和痛苦的一只血红的鼓在流血）

擂起我们流血的鼓面
滋生玉米　腐败的土地　变乱的太阳

鼓！节奏！打击！死亡！快慰！欲望！
鼓！欲望！打击！死亡！
退向旷野！退向心脏！退向最后的生存
变乱而嚣叫的荒野之神　血　污浊的血
热烈而粘稠　浓稠的血　在燃烧也在腐败

命定而黑暗！
鼓！打击！独立！生存！自由！强烈而傲慢！
血和命　只剩下我在大地上伸展腐烂的四肢
承受巨大失败和痛苦的一只鼓在流血
我的鼓使大地加快死亡步伐！

血！打击！节奏！生存！自由！
在海岸　　他们痛苦不安地吼叫
为了他们之中保留一面血腥的鼓
（这个人　像真理又像诗
坐在烈日鼓面任我们宰杀）
（5月。春夏之交。）

第六章　王

王，他双手提鸟，食着鸟头，张开双耳
倾听那牛羊的声音
岩石之王，性欲之王，草原之王
你上肢肥壮、下肢肥壮
如岩石　如草原　如天堂的大厅
死亡只能使你改头换面

王
痉挛
腹部在荒野行走
一只月亮在荒野上行走
蓝色幽暗的洞窟
在荒野上行走
我　手执陶土的灯　野猪的灯
手执画笔　割下动物双眼的油脂
并割下在树林中被野猪撕咬的你
你身上的油脂
浓厚的油脂
涂抹在崖面

王，火焰的情欲
火焰的酒

酒上站立粮食
我的裸露
我的头颅
我的焚烧

王　请开口言语　光——要有光
这言语如同罪行的弓箭　寂静无声
众眼睁开　寂静无声
罪行的眼睛
雨的眼睛
四季的眼睛

“口含天使舍弃马匹的歌声
口含诸神舍弃圣地悲惨的歌声”
“夏季瞬间和芳香手指的歌
撇下洪水的歌
诸神扛着天梯撤离我们
撇下洪水的歌　玉黍和螺号重重的歌”

是我在海边看见了直立的全身光芒肩生双翅的天使
脚蹬着火的天梯
天使如着火的谷仓升上天空
众神撤离须弥山　是我一具尸体孤独留下
我终于摔死在冷酷的地上　口含天使舍弃马匹的歌
口含诸神舍弃圣地悲惨的歌声

众神从我微温的尸体上移开了种子

我的爪子是光明舞动的肝脏在高原上升
我的眼睛是一对黑白狮子正抛弃黎明
众神之手剥开我的心脏一座殷红如血的钟
众神之手从我微温的尸体上移开了种子

埋葬尸体的天空
光明陌生而有奇迹

光
光明
光明中父亲双手
宰杀了我
杀害的尸体照红岩石
杀害如岩石照红云霞和山冈的棉花

我　一具太阳中的尸体
落入王的生日

一具太阳中的尸体　横陈
大地　犹如盲诗人的盲目

盲诗人的盲目是光明中

一只新娘咬在我头颅中

大地进入黄昏
掩饰悲惨的泥土
疲倦的泥土
河水拍岸
秋天遥遥远去
流离失所的众神正焚烧河流

尸体——那是我睡在大地上的感觉
雨雪封住我尸体
我尸体是我自己的妹妹
云朵中躲避雷电的妹妹
云朵下埋藏谷物的妹妹
名为人类

近似妹妹的感觉
近似长久的感觉
大地躺卧而平坦　如一个故乡
尸体是泥土的再次开始
尸体不是愤怒也不是疾病
其中只包含愤怒、忧伤和天才

人类没有罪过只有痛苦
太阳火光照见大地两岸的门窗

痛苦疲倦的泥土中有天才飞去

王啊　这是我用你油脂画出的图画和故事
在那似乎门楣和我稻麦环绕的窗户下
那声音的女人　香气的女人　大腿的女人　散花的女人
大片升起　乘坐云朵
脚趾美丽清澈
这些阴暗的花园　坐在不动的岩石上

这些鸟群
白色的鸟群
带来半岛、群岛、花朵和雨雪
这些阴暗的花园
她们来自哪里?
为什么她们轻蔑而理性地看着群岛的太阳?

王啊
肉体的你　许多你
飞翔的大腿果实沉落洞底
蓝幽幽的岩石　在白云浮现的八月的山上
王啊
一只岩石裂开　凿开洞窟安慰你的孤寂

王啊
他们昏昏沉沉地走着

（肉体和诗下沉洞窟）
仿佛比酒还醉
大地没有边缘和尽头
（肉体和诗下沉洞窟）

蜂巢
比酒还醉
我梦见自己的青春
躺在河岸
一片野花抬走了头颅
蜜蜂抬走了我的头颅
在原野上　在洞窟中
甜蜜的野兽抬走了我的头颅
月光下
我的颈项上
开满了花朵
　　我
　如蜂巢
全身已下沉
存蕴泉水和蜜
一口井、洁净而圣洁
图画的蜜
如今是我的肉体
蜜蜂如情欲抬走了头颅
野兽如死亡抬走了头颅
（6月。夏。）

第七章　巨石

诸神岩石的家乡
河流流淌
有何指望
问众神，我已堕落，有何指望
肉体像一只被众神追杀的
载满凶手的船只，有何指望
圣地有何指望
众神岩石的家乡

众神沉默　沉闷
而啜饮
在水
在河流
背负我肉体和罪过的万物之水上
众神沉默　沉闷啜饮

众神沉默
在我的星辰
在我的村庄沉闷啜饮
在这如泣如诉的地方
　　（有玉的国
　　有猪的家）

巨石的众神，巨石巨石
能否拯救我们
（猪圈和肉体）
拯救这些陷于财富和欲望的五彩斑斑的锦鸡吧
岩石巨大的岩石
救救孩子
救救我们
巨大的岩石、岩石

岩石　不准求食和繁殖
只准死亡　只准死亡的焚烧　岩石！回答我！

岩石吼叫　岩石歌唱

歌唱然后死亡

一只灵魂的手　伸出岩石　不准求食与繁殖
一只灵魂的手众人痛苦的狮子
焚烧北方最后一次焚烧

岩石狂叫　岩石歌唱　岩石自言自语

（群岛上，死亡梦见的岩石
死亡梦见的太阳和平原的岩石）
岩石　从黑暗中诞生　大家裸露身体　露齿狂笑

远远哭泣的太阳的脊背
头颅抬起，又在海面上沉沦
太阳的光芒、太阳全身的果树、岩石！

岩石吼叫！岩石歌唱
“如果我死亡
我将明亮
我将鲜花怒放”
大地痛苦叫着向天空飞去

火焰舔着我　红色裸体舔着我
裸体的羊群围着我。大片裸露的红色狮子舔着我
我——这广阔的天堂　头颅轰然炸开
惊悸的大地　痛苦地叫着　向天空飞去
在这狮子和婴儿看护的睡眠的岩石上

惊悸的大地　痛苦地叫着　向天空飞去
一只头颅焚毁大地的公牛
大地黄金的森林中怀孕在哭泣[1]
河流长存的暮雪焚烧大地果园

大地痛苦的诗！

1　诗歌原文如此。

大地痛苦尖叫向天空飞去
夜晚焚烧土地与河流　梦境辉煌

天空的红色裸体　高高举起我
一次次来到花朵
太阳!
让岩石吼叫让岩石疯狂歌唱
饥饿无比的太阳　琴　采满嘴唇　潮湿的花朵
饥饿无比的太阳、天空的红色裸体、高举着我

饥饿无比的太阳
双手捧着万物归宿

太阳用完了我
太阳用完了野兽和人

岩石的花朵
孤独的处女
返回洞穴和夜晚
岩石的花朵
孤独的处女
露出群山
的麦和肢体!

在岩石上

我真正做到了死亡
在岩石上
我真正地
坐下
大地无限伸展
双手摆动
啜饮万物的河流

岩石吼叫　岩石歌唱
（群岛上死亡梦见的岩石在天空上焚烧
太阳的焚烧茫然的大地居民的焚烧）

填满野兽和人的太阳
太阳！

焚烧万物的河岸　悬在空中

焚烧万物的岩石　歌唱的彩色的岩石　狂叫的岩石　悬在天空

焚烧万物的河岸在于我们内心黑暗的焚烧

—— 一块岩石　愤怒而野蛮　头颅焚烧
　　悬在半空
我们悬在空中，双目失明，吃梨和歌唱

焚烧万物的河岸　悬在天空——我们内心万物的黑暗

　　焚烧

敦煌在这块万物的岩石上
填满了野兽和人
的太阳

敦煌在我们做梦的地方
只有玉米与百合闪烁
人生在世。
玉米却归于食欲
百合虽然开放，却很短暂
（7月。夏。）

第八章　红月亮……
女人的腐败或丰收

大地那不能愈合的伤口
名为女人的马
突然在太阳的子宫里生下另一个女人
这匹马望着麦粒里的雨雪
心境充满神圣与宁静

马突然在太阳的子宫里生下一个女人
那就是神奇的月亮

大地的伤口先是长出了断肢残体
一截一截　悲惨红透
大地长出了我们的马　我们的女人
像是大地悲惨的五脏
突然破土而出

为什么会有这么多安睡的水?
会有这么多安详的水? 灾难的水?
鸣叫之夜高高飞翔
对称于原始的水

犹如十五只母狼　带着水

哺乳动物的愿望
使你光着屁股　漂浮在水上

犹如一个战士　武装的人　剥下马皮　剥下羊皮
用冰河流淌的雪水　披在身上
写一首歌颂女人的诗　披在身上

月亮的表面吸附着女人的盐和女人的血
火灾中升起的灯光　把大地照亮
月亮表面粗糙不平　充满梦境
月亮的内心站着一匹忧伤的马　一个女人
用死亡的麦粒喂活她

人和悲惨的大地是如此相似
以至吸引凄苦的月亮
丰收的月亮　腐烂的月亮
你鳞片剥落
残暴轰击我的洞穴居民

马和女人披散着长发　人们啊
我曾在水上呼唤过你们
船长为何粗鲁塞住你们的双耳低垂
那双手又为何被你们牢牢捆绑
在桅杆上不得挣脱

河流上忽然涌出了这些奇异的女人
这些光滑的卵石和母马
这些红色透明的蜜蜂　小小的腹部唱歌
忧伤的胸前　果实微隆而低垂
包括嘴唇　你是三棵拥有桑椹的桑树

河流上忽然涌出了这些奇异的女人
忧伤的河水沉醉
涌上两岸浇灌麦地和金黄的王冠
内含丰收或腐败　一只王冠。
干草沁出香泽　微弱的湖泊飞舞

我在洛阳遇见你
在洛阳的水上遇见你
以泉水为绿发
以黄昏为马
花朵般腹部在荒野飞翔

那只领头的豹子在殷红如血的明月的河流上
飞翔　驱赶着我的躯体
——这些女人痛苦而暧昧

灰蓝的豹子　黑豹子　这些梦中的歌手
骑着我的头颅　逼迫着暴君般的双手伸向河岸上无
　　知的

　　果树
手和子宫　你从石头死寂中茫然上升

丰收时
望见透明的母豹　脉动的母豹
盘桓崖壁　再生小豹

丰收是女人的历程
女人是关在新马厩里忧郁的古马
竖起耳朵　听见了
秋天的腐败和丰收
月亮的内心站着一匹忧伤的马

豹子　在丰收中　骑着我的头颅
骑着这些抽搐而难产的母亲生产父亲

原始诸水的昔日宁静
今日被破坏无一幸存

月亮　土地的内脏倒退　回到原始的梦境
虎豹纷纷脱落于母亲

群狮举首水上
熄灭于月亮中

月亮这面貌无限阴沉的女人
这万物存在仪式中必备的药和琴

光明的少女脊背上挂着鹌鹑　翅膀乍开　稻谷飘香
　　流水淙淙
一只手在平原上捡拾少女和雨水中的鹌鹑
光明照耀森林中马和妻子的身体叭叭响了

月亮　荒凉的酒杯　荒凉的子宫
在古老的
幻觉的丰收中

手边的东西　并不能告诉
我们什么又收进桶里
收进繁荣　敏锐　沉寂的桶

沉寂的桶
苦难而弯曲的牛角
容器　与贫乏的诗

在古老幻象的丰收中
腐败的土　低下头来
这诗歌的脚镣明亮

人们在河上乘坐香草和鱼群

在女人光滑的脊背上
我写着一首写给马匹的诗
（大意如此：）

月亮的马飞进酒中　痛楚地鸣叫
那是我酩酊大醉的女人
她们搂住泥土睡眠和舞蹈
她们仿照河流休息和养育
（8月。夏秋之交。）

第九章　家园

人们把你放在村庄
秋风吹拂的北方
神祇从四方而来　往八方而去
经过这座村庄后杳无音信

当秋天的采集者坐满天堂
边缘的树林散放着异香
提供孤独的平原
亲人啊　命运和水把你喂养

人们把你放在敦煌
这座中国的村庄
水和沙漠　是幽幽的篮子
天堂的笑容也画在篮子上

人们把你放在秋天
这座中国的村庄
秋风阵阵　在云高草低的山上
居住一个灵魂

秋天的灵魂啊
你忧愁

你美好
你孤独而善良

当我比你丑陋
我深爱你容貌的美好
当我比你罪恶
我钦佩你善良和高尚

隐隐河面起风
秋天的灵魂啊
怎样的疾病和泥土
使你成为女人

龙的女儿　她仍垂髫黄发
守着村庄的篱笆
衰老和泥土的龙
身上填满死去的青年

水和黎明
静静落下
闪烁青年王子
尸体果园的光

尸体头戴王冠
光芒和火焰的边缘

酷似井水的蓝色
当苇草缠绕秋天

大地敦煌
开放一朵花
一匹马　处女
飞出湖泊

这是一个秋天的果园
像裸体天空
光明的天空
长出枝叶　绿色的血

秋天的云和树
秋天的死亡
落入井水和言语
水井　病了又圆

家园
你脆弱
像火焰
像裸体

云冈　麦积山　龙门和敦煌
这些鹰在水上搬运秋天的头颅

果园和大地行程万里
头颅埋葬的北方　山崖睡眠　涌出秋天

在大地和水上
秋天千里万里
回到我们的山上去
从山顶看向平原

痛楚

秋天明灭

黎明　黄昏的苦木

树林
果园
酒
溢出果实

远方就是你一无所有的家乡

风吹来的方向
庄稼熟了
磨快镰刀

坐在秋天
大地　美好的房子
风吹　居住在大地的灵魂
那时圣洁而美好

回到我们的山上去
（9月。秋。）

第十章　迷途不返的人……酒

“迷途不返的人哪，你们在哪里？

我们的光芒能否照亮你的路？”

——叶赛宁

大地　酒馆中酒徒们捧在手心的脆弱星辰
漠视酒馆中打碎的其他器皿
明日又在大地中完整　这才是我打碎一切的真情

绳索或鲜艳的鳞　将我遮盖
我的海洋升起着这些花朵
抛向太阳的我们尸体的花朵　大地！

太阳的手　爬回树上　秘密的春之火在闪烁
破缺的王　打开大弓　羊群涌入饥饿的喉咙
大地绵绵无期

我们玉米身体的扩张绵绵无期
是谁剥夺了我们的大地和玉米

何方有一位拯救大地的人？
何方有一位拯救岛屿的人？拯救半岛的人何日安在

祭司和王纷纷毁灭　石头核心下沉河谷　养育马匹和水
大地魔法的阴影深入我疯狂的内心
大地啊，何日方在？

大地啊，伴随着你的毁灭
我们的酒杯举向哪里？
我们的脚举向哪里？

大地　盲目的血
天才和语言背着血红的落日
走向家乡的墓地

想想我是多么疲倦
想想我是多么衰老
习惯于孕育的火焰今日要习惯熄灭

绿色的妇女　阴郁的妇女　疯狂扑上一面猩红的大鼓
土地的大腿为求雨水　向风暴阴郁撕裂

绿色的妇女　阴郁的妇女
在瓦解中搂住我一同坐在燃烧的太阳和酒精中心

我在太阳中不断沉沦不断沉溺
我在酒精中下沉　瓦解　在空中播开四肢
大地是酒馆中酒徒们捧在手心的脆弱星辰

天使背负羽翼　光照雪山……幻象散失
光芒的马　光芒的麦芒　又侵入我的酒　我充满大地的头
诗歌生涯本是受难王子乘负的马
饮血食泪　苦难的盐你从大海流放于草原
迁涉、杀伐、法令和先知的追逐
皆成无头王子乘马飞翔

“我曾在河畔用水　粗糙但是洁净
我们大树下的家园
在大地的背面　我曾升起炊烟——”

“孩子　口含手指　梳理绿色的溪流
美丽果实神圣而安然”

“河畔秋风四起　女人披挂月亮银色的藤叶
男人的弓箭也长成植物
家园　为我们珍藏着诗歌　和用来劳动的斧头”

“如果没有水，石器不能投进冰河，木器不能潮湿做梦”

“当我从海底向你们注视——
事物、天空的儿女
聚拢在家中　如尸体”

“茫然地注视河川
和我们自身的流逝
王子，你徒增烦恼”

故乡和家园是我们唯一的病　不治之症啊
我们应乘坐一切酒精之马情欲之马一切闪电
离开这片果园
　　这条河流这座房舍这本诗集
快快离开故乡跑得越远越好！
（野花和石核下沉河谷）
快快登上路程　任凭风儿把你们吹向四面八方
最后一枝花朵你快快凋零
反正我们已不可救药

“回返的道路水波粼粼
有一次大地泪水蒙蒙”

大地　酒馆中酒徒捧在手心
漠视酒馆中打碎的其它器皿
这才是我打碎一切的真情

*　　　*　　　*

辽远的　残缺的生活中的酒啊
请为我们倾倒

秋天　千杯万盏
无休无止的悲哀的秋天的酒啊　请为我们倾倒!

痛苦　放荡和家园　你这三位姐妹
乘坐酒的车子　酒的马
坐在红色庄稼上
酒　人类的皇后　雨的母亲　四季的情人
我在观星的夜晚在村落布满泪珠
猎鹿人的酒分布于草原之湖

水上的
　　一对孩子、吐出果核
双腿在苹果林中坐成夫妻

酒的刀
酒的刃
刃刀的刀刃

酒的刀
酒的芒刺
果实　泉水　皇帝
果实　牵着你的手　大地摇晃
麦穗的纹路　在你脊背上延伸　如刀刃　如火光
大地在深处　放射光芒
在靠近村庄的地方　一棵果树爆炸

我就是火光四起的果园
麦地无边无际　从故乡涌向远方
麦秆　麦秸　完整的麦地与远方　无边无际涌来
让酒徒坐在麦地中独自把杯盏歌唱

在花蕊的狮子和处女中
雪中果实沉落

*　　　*　　　*

歌队长：一座酒馆　傍着山崖在夕阳下燃烧
　　是在寂寞的燃烧的一座酒馆
　　坐满圣人和妓女
　　你们是我的亲人
　　在夕阳下的家园借酒浇愁

众使徒：愤怒和游戏的酒啊！
　　老师　你已如痴如醉
　　愤怒和游戏的酒啊！

歌队长：洪水退去　战祸纷止
　　一个兵重返故里
　　一个幸存的农民
　　领着残剩的孩子
　　“老板　容我在这家酒馆暂且安身”

众使徒：这最后的屋顶摇晃
只剩下内心的谷仓
内心向着内心的谷仓，酒！

歌队长：母亲和水病了
我们对坐
（我和从我身上
脱下的公牛）
在酒馆里对坐

众使徒：如痴如醉的地方
溢出的多余部分
使两岸麦子丰收

歌队长：公牛在我身上
仿佛在故乡，踏上旧日道路
因而少言寡语
公牛在我身上
见一面，短一日，公牛病了
我开始惧怕
（人是大自然失败的产物）
雨打风吹
我最后的屋顶摇晃
我灵魂的屋顶摇晃

灯不安　守住自己的公牛

我在酒馆里继续公牛的沉重和罪

众使徒：在饮酒的时候

我们对坐——

心与树林中公牛倾听的耳朵

歌队长：星辰上那些兽主们举刀侵入土地

一两样野兽的头

在果实的血汗中沉浮

果木树林中高昂头颅嘶叫的野兽们

大火　光　在火之中心　在花蕊的狮子和处女

在酒中沉溺　呼叫诗人的名字

百合花一样歌唱的野兽啊！

听风缓缓地吹

百合花一样歌唱金雀花一样舞蹈的野兽啊！

一下一下听得见土壤灌进我体内

又一次投入大地秘密的殉葬

我的肉中之肉！殉葬

大地短暂而转动

众使徒：酒中的豹子　酒中的羊群

面你而坐

太阳在波浪上　驱赶着人群　果子传递

歌队长：一只老野兽给我口诀：星宿韶美

返回洞穴的雨水

酒！太阳的舌头平放在群鸟与清水之上

酒！飞禽的语言和吹向人类的和暖的风

退向忧愁的河流

斯河两岸有一只被野花熏醉的嘴唇

和一只笨拙的酒杯

一只孤独的瓮

平原一只瓮

一只瓮　粮食上的意外　故事和果实装饰你

一只瓮：沉思的狂喜　掠夺的狂喜

“酒千杯万盏　血中之血”

众使徒：果子传递

手　长满一地

花朵长满一地

酒杯长满一地

（10月。秋。）

第十一章　土地的处境与宿命

婆罗门女儿
嫁与梵志子
生了一个儿子
又怀了孕

丈夫送她回娘家生产
带着大儿子一同上路
夜幕徐临树林子
丈夫熟睡在土地

夜枭声声
她生产疼痛
血腥引来蛇蟒
咬了丈夫

天亮她起身
痛不欲生
抱着一个　牵着一个
一步步走向娘家人

一条河
断道路

一条河上
无桥也无人

“娘先将弟抱过河”
把婴儿放在绿草丛
等她返身向着大儿子
大儿子不小心滚入河水中

河水之中
娘呆立
急流卷走
他儿童的声音

才又想起小婴儿
连滚带爬回草中
只剩血和骨
已喂饱狼儿碧绿的眼睛

夫亡子殇的女人
一步步走向娘家人
“你娘家不幸失火
全家人葬身火中”

她横身倒地
风将她吹醒

报丧的老人
将她带回家中

嫁给了一位酒鬼
不久又临盆
产子未毕
醉丈夫狂呼开门

她卧床难起
生产的疼痛
醉丈夫破门而入
打得她鼻青脸肿

凶残的手
撕碎婴儿
还以死相逼女人
吃下自己爱婴

夜深人静
她奔出大门
月亮照着
这女人

一路乞讨到
波罗奈河滨

一座大坟旁
她安身

遇见一位丧妻
哭祭的富人
怜情生爱意
又结为夫妻

日升月落不长久
新丈夫又染病
暴死在
女人怀中

因为波罗奈风俗
她被活埋坟中
同时还埋下不少
值钱的东西

一群盗匪
夜来掘墓盗金
透入空气
她又捡回性命

盗匪头子将她
拖回自己家中

强逼为妻不久
丈夫砍头处死

又把她和尸体
一起埋入坟中
三天后野狼
爪子刨开墓

吃尽了
死尸
她爬出墓穴
站立

这女人就是
大地的处境
（11 月。秋冬之交。）

第十二章　众神的黄昏

一盏真理的灯
照亮四季循环中古老的悔恨

灯中囚禁的奴隶　米开朗其罗
在你的宫殿镌刻我模糊的诗歌
割下我的头颅放在他的洞窟
为了照亮壁画和暗淡的四季景色

一盏真理的灯
我从原始存在中涌起，涌现
我感到我自己又在收缩　广阔的土地收缩为火
给众神奠定了居住地

我从原始的王中涌起　涌现
在幻象和流放中创造了伟大的诗歌
我回忆了原始力量的焦虑　和解　对话
对我们的命令　指责和期望
我被原始元素所持有
他对我的囚禁、瓦解　他的阴郁
羊群　干草车　马　秋天
都在他的囚车上颠簸

现代人　一只焦黄的老虎
我们已丧失了土地
替代土地的　是一种短暂而抽搐的欲望
肤浅的积木　玩具般的欲望

白雪不停地落进酒中
像我不停地回到真理
回到原始力量和王座
我像一个诗歌皇帝　披挂着饥饿
披挂着上帝的羊毛
如魂中之魂　手执火把
照亮那些洞穴中自行捧打的血红鼓面
一盏真理的诗中之灯

王　为神秘的孕育而徘徊雪中
因为饥饿而享受过四季的馈赠
那就是言语

言语

"壮丽的豹子
灵感之龙
闪现之龙　设想和形象之龙　全身燃烧
芳香的巨大老虎　照亮整个海滩
这灰烬中合上双睛的闪闪发亮的马与火种

狮子的脚　羔羊的角
在莽荒而饥饿的山上
一万匹的象死在森林”
那就是言语　抬起你们的头颅一起看向黄昏

众神的黄昏　杀戳中　最后的寂静
马的苦难和喊叫
构成母亲和我的四只耳朵　倾听内心的风暴和诗
季节循环中古老的悔恨

狮子　豹　马　羔羊和骆驼
公牛和焦黄的老虎　还有岩石和玫瑰
这是一种复合的灵魂
一种神秘而神圣的火　秘密的火　焦虑的火
在苦难的土中生存、生殖并挽救自己
季节是生存与生殖的节奏
季节即是他们争斗的诗
（众神的黄昏中土与火　他二人在我内心绞杀）

太阳中盲目的荷马
土地中盲目的荷马
他二人在我内心绞杀
争夺王位与诗歌

须弥山巅　巨兽仰天长号

手持牛羊壮美　手持光芒星宿
太阳一巨大后嗣　仰天长号
土……这复合的灵魂在海面上涌起

毙命的马匹　在海中燃烧
八月将要埋葬你，大地
用一把歌唱的琴　一把歌唱的斧头
黄昏落日内部荷马的声音

在众神的黄昏　他大概也已梦见了我
盲目的荷马　你是否仍然在呼唤着我
呼唤着一篇诗歌　歌颂并葬送土地
呼唤着一只盛满诗歌的敏锐的角

我总是拖带着具体的　黑暗的内脏飞行
我总是拖带着晦涩的　无法表白无以言说的元素飞行
直到这些伟大的材料成为诗歌
直到这些诗歌成为我的光荣或罪行

我总是拖带着我的儿女和果实
他们又软弱又恐惧
这敏锐的诗歌　这敏锐的内脏和蛹
我必须用宽厚而阴暗的内心将他们覆盖

天空牵着我流血的鼻子一直向上

太阳的巨大后代生出土地
在到达光明朗照的境界后　我的洞窟和土地
填满的仍旧是我自己一如既往的阴暗和本能

我那暴力的循环的诗　秘密的诗　阴暗的元素
我体内的巨兽　我的锁链
土地对于我是一种束缚
也是阴郁的狂喜　秘密的暴力和暴行

我的诗　追随敦煌　大地的艺术
我的诗　在众神纠纷的酒馆
在彩色野兽的果园　洞窟填满恐惧与怜悯
我的诗，有原始的黑夜生长其中

腹部或本能的蜜蜂
破窑或库房中　马飞出马
母牛或五谷中
腐败的丰收之手

那腹部　和平的麦根　庄严的麦根
在丛林中央嚎叫不懈的黄色麦根
在花园里　那腹部　容忍了群马骚动
我的手坐在头颅下大叫大嚷“你会成功吗？”

我一根根尖锐的骨骼做成笛子或弓箭，包裹着

女人，我的母亲和女儿，我的妻子
肉体暂且存在，他们飞翔已久
他们在陌生的危险的生存之河上飞翔了很久

而今他们面临覆灭的宿命
是一个神圣而寂寞的春天
天空上舞着羊毛般卷曲　洁白的云
田野上鹅一样　成熟的油菜

在这个春天你为何回忆起人类
你为何突然想起了人类　神圣而孤单的一生
想起了人类你宝座发热
想起了人类你眼含孤独的泪水
那来到冥河的掌灯人就是我的嘴唇
穿过罪人的行列她要吐露诗歌
诗歌是取走我尸骨的鸟群
诗歌

诗，像母马的手，沿着乳房，磨平石子
诗像死去的骨骼手持烛火光明
诗　是母马　胎儿和胃
活在土地上

果真这样？母亲沉睡而嗜杀
（坐在水中的墓地进行这场狩猎

在那人怀沙的第一条大江
披水的她们从绿发之马下钻出
怀抱头颅
怀抱穷苦的流放的头颅——
这盏灯在水上亮着
镌刻诗歌）

我忘记了　我的小镇卡拉拉　石头的父亲
我无限的道路充满暮色和水　疼痛之马朝向罗马城
父亲牵着一个温驯而怒气冲冲的奴隶
沿着没落的河流走来

我忘记了　只有他　追随贫穷的师傅学习了一生
灯中囚禁的奴隶　孤独星辰上孤独的手
在你的宫殿镌刻我模糊的诗歌，想起这些
石头的财富言语的财富使我至今辛酸

而他又干了些什么?
两耳　茫茫无声
一生骑着神秘的火　奢侈的火
埋下乐器，专等嘶叫的骆驼!

大地的泪水汇集一处　迅即干涸
他的天才也会异常短暂　似乎没有存在
这一点点可怜的命运和血是谁赋予?

似乎实体在前进时手里拿着的是他的斧子

我假装挣扎　其实要带回暴力和斧子
投入你的怀抱

“无以言说的灵魂　我们为何分手河岸
我们为何把最后一个黄昏匆匆断送　我们为何
匆匆同归太阳悲惨的燃烧　同归大地的灰烬
我们阴郁而明亮的斧刃上站着你　土地的荷马”

一把歌唱的斧子　荷马啊
黄昏不会从你开始　也不会到我结束
半是希望半是恐惧　面临覆灭的大地众神请注目
荷马在前　在他后面我也盲目　紧跟着那盲目的荷马

（12 月。冬。）
1986.8 ~ 1987.8

太阳·大札撒（残稿）[1]

一

八月的日子就要来到
我的镰刀斜插在腰上
我抱起了庄稼的尸体
许多闪光的乳头在稻草杆上
我让乳房竖起在我嘴上
乳房在山上飞过，割倒了庄稼
山顶洞中只有酒、粮食与阴部
用火烤着一只雄壮的公兽
用酒调着火所能留下的灰
写下几首诗　谷子谷子
谷子疯狂地长到腰部
伤口和香气从腰部散出
她们用头发悄悄收割
五谷杂粮在乳房囤积
回过头去那是一个原始人遮住了山顶
洞穴中一千个妇女遮住了山顶

1　《大札撒》原为成吉思汗所制定的一部法典。

二

女人躲在月亮形斧头上
血红色的斧头
一只母狮
一只肉　养育家乡
阴森森的肉
身穿山洞，照亮山洞
身穿月亮，身穿白色酒杯
使太阳倾斜　大海骚动
你这来自何方的阴暗的
神的女人？
土地向上涌　各种阴暗的生长
用火照亮
黄金走出山顶洞
白骨变成人
化成浓烈的血　一声闷叫
婴儿　你烧焦　红灼
卷曲的血红色平面

三

只剩下披头散发的我
抱住山脚，痛哭一晚

明天要去什么地方？
只好回家乡打铁，娶下麻脸老婆
或者在山上打家劫舍
杀人放火，无恶不做
我披着羊皮飞回水围的山上
和一群染得漆黑的野兽一块在山上滚动
鲜艳的鳞甲来自四方黑暗的水洼和爪牙
我披着一条荒芜的道路
回到腐败的平原
只有大河静静流过
　　流过平原
是我唯一的安慰

四

农舍，多么温暖多么多么温暖
小而肮脏的房子，我栖身的内脏
火把节的皇后在铺满柴火的厨房里呕吐
一盏最后的油灯，把自己的头颅
变成了一张不会说话的嘴和弓箭
黄金的稻草上随处可以做爱
将会使她怀孕。这不是俘虏营
一只羊咬着另一只母羊的尾巴
一个接一个从她的腹腔走出产门

这些绵羊绿色的胃，活在石器中
从部落、部落、部落一直到人民公社
多么温暖多么多么温暖的农舍

五

夜黑漆漆，有水的村子
鸟叫不定、浅沙下荸荠
那果实在地下长大像哑子叫门
鱼群悄悄潜行如同在一个做梦少女怀中
那时刻有位母亲昙花一现
鸟叫不定，仿佛村子如一颗小鸟的嘴唇
鸟叫不定小鸟没有嘴唇
你是夜晚的一部分　谁都是黑夜的母亲
那夜晚在门前长大像哑子叫门

六

七月里我是一头驴，在村庄的外围
七月里我比他们家里的人还要愚蠢
七月里我突然发现自己是食草的野兽
迁移到人类的门前，拉下的粪便
投入火中。七月里我是头疼的驴

驮着一口袋杀人的刀子走进山里
没人打开山门，是我自己闯进
一口袋杀人的刀子全遗失路上
七月里我是头痛的驴咀嚼绳索
被人像新娘一样蒙上了双眼
看不清眼前的事物，只剩下天堂
那深不见底的天空被石头围在中央
天空自己也是石头，长着一颗毛驴的心脏

七

我是一夜的病马
饮水中的盐和血
食盐的母马影子
早上流血不止
鸟儿的鸣叫：
母马受伤又好了
手牵生病的母马
走在我身体之前
名为月亮的身体
伤口愈合又红肿
隐隐含泪的母马
她也是孤独的

八

一只白鸟飞越我的头顶去而不还
两只乳房温暖过我也温暖着别人
我大醉于肮脏镇子的十字路口
醒来后发现自己连连砍死三人
第一人是我们时代伟大的皇帝
他的身体已喂肥了几亩青草地
他的头颅悬挂在山顶上，像破碎的灯
第二人是我情同手足的兄弟
他写过漂泊的谣曲，死于贫困和疾病
他和我一起享受过苦难和爱情
但没有分担我的光荣和恐怖
第三人是那位世上唯一的公主
为了她我把自己那一只粗笨的头颅
搬到了城市的铁砧……

九

北方是我们的屋顶
下面是受伤的猎户和母马
这个季节的黄昏最为漫长
蜡烛像是酒精长出的白耳朵

十

你是一个和平的人
你是一个善良的人
你今夜住在一个黑店里
那个玩着刀子的店主人
就是我，手里还提着灯
那盏灯照见过昔日的暴力　今夜的血腥
兵器相交　杀气腾腾
这殿堂里也仍有些鬼魂出没
有些是皇帝，有些是兄弟
书像一包蜡烛和刀子捆在一起
可这一千年都是黑夜
在兵器中你如何安身?
今夜你歇息在我的黑店
享受我黑暗而肮脏的酒
你把你的马拴好，明日你和店主一同登程
我收拾好行李，让刀疤止住血
把刽子手们捆成一件兵器
我们一同登程
那时风和日丽　高原万里无云

十一

两个北方戴上的是同一个头颅
火光纠缠着那个停止生长的地方
老虎抱着琴，在山下哭
哭一个被老虎咬死
或打死了老虎的人
就这样，北方如一个野兽抱琴
大风之琴始终在山下哭
他不知在哭谁：反正死了一个
是我还是他　老虎并不在意
北方——为了一条死去或胜利的性命
老虎抱着琴，在山下哭
山上狂风怒号
那是粗糙的北方
一切的故事都已讲完

十二

在原始的道路上禁绝欲望
在原始的秋天的道路上
陪伴那些成熟的诗人，一同被绑往法场
欲望的老神擎火而来
一根又一根排列在你身上

可以为大火烧光的女人
狮子和少女坐在山头上，照亮山顶洞
使我突然想丧失一切
母牛和五谷也会听从人类
熄灭烛光，姿态美丽地来到集市
绿色狮子陪伴她们嫁给汉人
处女也会听从人类的父母
身旁的姐妹痛哭失声
我骑在水上，对抗着母亲的孕育

十三

原始的妈妈
躲避一位农民
把他的柴刀丢在地里
把自己的婴儿溺死井中
田地任其荒芜
灯下我恍惚遇见这个灵魂
跳上海水她要踏浪而去
大海在粮仓上汹涌
似乎我雪白的头发在燃烧

十四

老乡们，谁能在海上见到你们真是幸福
一伙叛徒坐在同一只船舱
远处的山洞大火熊熊，已经烧光
我们会把幸福当成祖传的职业
放下手中痛哭的诗篇
今天的白浪真大　老乡们
它高过你们的粮仓
如果我中止诉说，把我自己的故乡抛在一边
我连自己都放弃，更不会
回到秋收　农民的家中温暖而贫困
在七月我总能突然回到荒凉
赶上最后一次
我戴上麦秸，安静地死亡
这一次不是葬在山头故乡的乱坟岗

十五

一个岛屿取走了一颗英雄的脑袋
一面镜子、一条河流和一个美人
又取走另一颗英雄的脑袋
谁来取走我的头颅？
我从一本肮脏的书中　跳起来杀人

放火城廓。雨夜的酒馆多像一处牲口棚
在寒冷的高原上，肮脏但是温暖
我独自一人，呆在山上
两个山头　两个皇帝　发动同一场革命
他只有牙齿和爪子，抓到一切都是牺牲
我是一只受伤而失败的从太阳上飞下的兽
　　捧着火，用他们亲人的血
我用粗糙的岩石也擦不尽爪子
戈壁横在我心中，像一次抢劫扔下的武器

十六

我不是你们的皇帝又是谁的皇帝
火　或被残暴的豹子双爪捧上山
献给另一个比豹子更孤独的皇帝

十七

天空大亮　石头自己堆起
四个城门
一个皇帝满朝文武
我在何方？我为何
不在这里　不在此时此地

火　点在岩穴的开口
那里面昏暗而潮湿
在给我那位难友摘脚镣时
我站在一旁等着，然后我走到铁砧跟前
铁匠们让我转过身去，背向着他们
他们从后面抬起我的脚放在铁砧上
他们忙乱了阵，都想
把这件活干得更灵巧更出色
铁镣掉在地上
我把它拣起来，擎在手里
最后看了它一眼，想起来多么奇怪
它刚才还戴在我脚上

十八

我丢失了一切
面前只有大海
我是在我自己的故乡
在我自己的远方
我在海底——
走过世界上最高的地方
天空向我滚来
高原悬在天空
你是谁?

饥饿
怀孕
把无尽的滚过天空的头颅
放回子宫和山洞
头颅和他的姐妹
嘴唇抱住河水　在大河底部喜马拉雅
而割下头颅的身子仍在世上
最高的一座山
仍在向上生长

十九

天空无法触摸到我手中这张肮脏的纸
它写满了文字
它歌颂大草原
被扔在大草原
被风吹来吹去
仍然充满了香气
这就是山顶洞中，一顶遗民的草帽
和兽骨上文字的香气
当语言死亡，说话的人全部死去
河流的绿色头发飘荡
荒野无尽的孕育使我惊慌
人类，你这充满香气的肮脏的纸

天空无法触摸到我手中这张肮脏的纸
这就是我的胜利

1987；1988

编后记

转眼间离海子去世已经30年，这些年中国发生了巨大的变化，用天翻地覆来形容也不为过，几十年一回首，整个中国仿佛特修斯之船一样，名字还是那个名字，但很多东西都已不同，因着这样的巨变，人们在精神层面上亦出现了难以用言语描述的变化，这一点，我们每一个身处这个时代的人都有着深刻的感触，正如赫拉克利特的哲学观所述：人在踏入河流后的下一刻，河已不是原来的河。

然而，海子的诗歌却像磐石一样，经历时间的洗礼后越发闪耀出其耀眼的光辉和力道。纵然时代的变迁毫不客气地否定了我们大多数人对所谓诗性的追求，我们的心中仍然存留着一些诗性因子，这些因子很难消磨掉，这也正说明，我们心中还是有一些不变的东西的。海子的诗歌能够一直保持着较高的关注度也和此有关，他俨然已经成为一种精神上的图腾，一种食粮，为许多现代人所需要，于是，便有了这一套收录了海子一生诗作的全集，或许有些文论式的手记不在其中，但诗作大抵便是这些了。

海子的创作生涯从前到后算起来并不长，他于1979年考入的北京大学法律系，从1982年也就是大三期间起开始诗歌创作，一直到1989年，总共7年时间，而1984—1989年这5年为其创作高峰期，不仅写下了200多首风格多变的短诗，还创作了多首浩然壮阔的长诗如《河流》《传说》《但是水、水》等。

因为短诗和长诗所要承载的东西不同，所以这套全集也按此分为了上、下两册。上册为海子所创作的全部短诗诗作，并根据其创作时间进行了编排，以方便读者在阅读海子诗作的时候，能够对照着了解其在各个时期的心理结构和创作轨迹。有些并未标明年份的诗作，则只能根据其内容做大致的分类。事实上，这种分法虽然有着清晰和一目了然的优点，但也有一定的缺点，那就是割裂了一些创作时间不同而联系却较为紧密的诗作，如《十四行：夜晚的月亮》《十四行：王冠》《十四行：玫瑰花园》《十四行：玫瑰花》这系列相互之间有一定联系的诗作，就分布在1986—1987年的不同时间内。当然，有过写作经验的人肯定都知道，一个人在某天写作的东西不一定和昨天写的东西有关联，很可能和半年或者一年前的某篇作品有着内在的关联，所以，虽然把这部分有联系的诗作按照年份分隔开了，反而能够给有心的读者以提醒，以便更加深入地去思考诗人随时间变化而显现出的创作脉络。

下册则收录了海子在1984年后所创作的长诗作品，亦根据大致的年份进行编排。和短诗偏向于抒情不同，海子创作长诗显然是希望能承载更多的东西，因而我们在阅读他的作品时会发现，从《河流》到后来的太阳系列诗作，史诗感越来越浓重，同时其空间上的广阔性也体现得淋漓尽致，有蒙古草原，有欧罗巴大陆，有印度次大陆等。在这近乎囊括世界的空间中，海子恣意地发挥着他的想象力，并构筑出他自己的史诗世界，在这个世界中，他获得了无限的自由，他是这个世界的诗歌之王。

毋庸置疑，海子是一个天才的诗人，也是一个孤独的诗人，还是一个在中国诗歌一天天走向衰落的大环境下独自前行的先锋诗人、探索者。海子诗歌中的意象是极其丰富的。

他极力地追求着诗歌的自由，要打破一切藩篱，再造新的诗歌，从而在这诗歌没落的黑暗时代斩出一条全新的道路，让诗歌获得新生。为此，他在诗歌内容和形式上做出了很多尝试，甚至于，并未学过绘画的他，还为《太阳·断头篇》亲自手绘了许多插图。这些手绘插图并不复杂，也可以说十分简洁，有的就是一条线、两条线，或是一个圆点，这些可能代表着海子诗歌中反复出现的麦子以及太阳，而另一些则能看出一个人的轮廓，或是手捧着圆点的人的上半身等。我们认为，在阅读海子的长诗时，如果能够配合他的手绘作品，读者应该能够获得更多的思考和心得，因此，在这套书的下册开头便放上了海子的全部手绘。当然，插图的顺序因为年代的关系早已混乱，但这并不影响读者的阅读体验，因为阅读实际是很个人的事情，每个读者因为自身经历的不同，对于同一个作品往往会有不同的看法。一千个观众眼中就有一千个汉姆雷特这句话同样也适用于此。对于海子的手绘所要表达的东西，不同的读者也一定会有不同的理解，我们也就不作过多的修饰，仅让这些手绘图片以其原始的模样出现在读者面前就可以了。

另外，需要说明的是，海子的一些诗歌当中实际是包含着死亡这个意象的，这其中就有海子对死亡这个概念的探索以及看法。十九世纪以来，诗人因为形而上的原因自杀成了西方思想界的一个避不开的主题，无论是海子诗中出现的杰克·伦敦还是叶赛宁，或是马雅可夫斯基，在他们生命走向毁灭的时候，都给世界带来了无比巨大的震动。诗人的死亡成了一种象征，成了一种精神。海子显然是认同这种象征和精神的，在其 1986 年的日记中，曾经写道：“我差一点自杀了……但那是另一个我——另一具尸体……我曾以多种方式结束了他的生命。但我活了下来……我又生活在圣洁之中。”可见，在海子的眼里，死亡并不纯然是一个消极的概念，甚至是一种获得新生的方式和手段。所以，本套全集亦未对海子的这些诗作做任何修饰，旨在让读者看到一个完整的海子。

最后，本全集在编录的过程中，得到了海子家人的大力支持和不遗余力的帮助，加上凤凰含章海子诗歌编辑组众成员的倾力配合，这才得以面世。在此，向他们表示由衷的感谢。

凤凰含章海子诗歌编辑组